김정주
단편집

# 바다 건너 샌들

바다 건너 샌들

**초판인쇄** 2022년 5월 1일 **초판발행** 2022년 5월 15일
**글쓴이** 김정주 **펴낸이** 박성모 **펴낸곳** 소명출판 **출판등록** 제13-522호
**주소** 서울시 서초구 서초중앙로6길 15, 2층
**전화** 02-585-7840 **팩스** 02-585-7848
**전자우편** somyungbooks@daum.net **홈페이지** www.somyong.co.kr

값 18,000원
ISBN 979-11-5905-692-5 03810
ⓒ 김정주, 2022

김정주
단편집

# 바다 건너 샌들

차례

# 이월 상품

탁은 묻기부터 한다.

초면이죠 우리? 실례인 줄 알지만 뭘 하는지 물어도 될까요?

탁과 나는 엄밀히 말하면 초면은 아니다. 탁은 내가 앉은 통로 옆 테이블에 앉았고, 탁이 나를 봤는지 안 봤는지는 모른다. 나 역시 탁을 눈여겨보지 않았지만 남자라는 정도는 알고 있었다.

여행사에서 가이드 하고 있어요.

탁은 고개를 한 번 까딱, 하며 묻는다.

여행…… 좋죠. 주로 어디를 다니나요? 국내? 해외?

탁은 내 이름조차 모른다. 나이는 물론 어디에 사는지도 모른다. 상대는 자신에 대해 알고 있는데, 자신은 상대를 모르고 있으니 무엇이든 알고 싶은 것이리라. 어떻게 살아왔는지, 지금은 어떻게 사는지, 무엇을 좋아하며 싫어하는지, 어떤 마인드를 가졌는지, 그런 질문만 아니라면 답하지 못할 것도 없다.

처음엔 국내를 다녔고, 지금은 주로 해외를 다녀요.

탁은 예상했던 질문을 던진다.

해외 어디요? 최근에 다녀온 곳은 어딘데요?

계속되는 질문이 공격에 가깝다.

일본요.

탁은 이번에도 고개를 한 번 까딱, 하더니 묻는다.

일본…… 뭐 좋기도 하고 싫기도 한 나라죠. 가이드를 하다 아는 사람을 만날 때도 있을 텐데 그럴 땐 기분이 어때요?

나는 발끈, 무릎에 놓은 핸드백을 든다.

줄 거 주고 받을 거 받았으니 이만 가볼게요.

탁은 급히 찻잔을 잡는다.

아직 다 마시지 않았는데요. 다 마실 때까지 있어주면 안 될까요?

나는 핸드백을 어깨에 멘 채 엉거주춤 선다.

그럴 사이는 아니라고 보는데요. 말씀하신대로 초면이잖아요.

탁은 찻잔을 포기하고 일어난다.

아, 예, 알고 있습니다. 고마워서 그런다는 게 그만. 점심식사를 대접하고 싶은데 설마 거절할 건 아니죠?

나는 카페 입구로 걸음을 옮긴다.

밤 비행기를 타야 해서요. 그 안에 준비할 것도 많아요.

탁은 카페를 나오자 내 앞을 가로막듯이 선다.

고기 좋아하세요? 좋아하시죠? 고기 먹으러 갈래요?

대낮부터 무슨 고기. 탁이 말하는 태도가 거슬린다. 상대의 뜻을 존중해서 묻는 듯하나, 실은 자신의 생각대로 움직이겠다는 투다. 탁은 벌써 카페 옆 퓨전 레스토랑으로 간다.

저 사람 왜 저러지? 그렇게 생각했음에도 탁을 따라간다.

레스토랑에 들어가자 탁이 메뉴판을 잡는다.

여긴 아메리칸 식 차이나 레스토랑이군요. 뭐 먹을래요? 스테이크? 칠리 새우? 깐풍마늘 가지새우 볶음?

나는 뭐든 좋으니 알아서 주문하라고 말한다.

탁의 핸드폰이 북북 운다. 탁은 액정을 보더니 밖으로 나간다. 탁이 레스토랑 앞을 왔다 갔다 하며 머리를 조아리듯 통화한다.

짙은 갈색 유리판을 통해 탁을 바라본다. 탁은 의사다. 어떤 과 전문의인지 모르나 의사인 것만은 틀림없다. 탁의 핸드폰 갤러리에는 탁이 수술복을 입고 수술하는 사진이 여러 장 있다. 메모장엔 전문 의약품들의 명칭이 **빽빽**하다. 탁이 질문조로 말하는 습관은 의사여서인가? 환자에게 질문해야 처방할 수 있는 일종의 직업 증후군? 탁이야말로 점심시간을 넘기면 안 되는 직업이 아닌가.

탁은 통화를 마치자 격한 운동을 한 사람처럼 들어온다. 탁이 쫓기듯 주문을 하더니 몸을 바로 한다.

죄송합니다. 중요한 전화라서요. 아까 하다 만 얘기, 마저 할까요? 가이드를 하다 아는 사람을 만날 때 기분이 어떤가요?

남의 사생활을 자꾸 묻는 건 습관일까 궁금증일까. 나는 질문을 건너뛴다.

전화란 예고 없이 오는 것이고, 오는 전화를 받는 것은 죄송할 일이 아니라고 생각합니다.

탁은 이번에도 고개를 딱 한 번 까딱, 하더니 예의 질문을 던진다.

이해해줘서 감사합니다. 그런데 제가 불편합니까?

나는 짙은 갈색 유리판으로 시선을 옮긴다.

그렇게 말씀하시는 게 불편하네요.

잠시 침묵이 깔린다. 주문한 음식이 테이블에 놓인다. 나와 탁은 기어이 넘어야 할 산을 넘듯 음식물을 삼킨다.

탁이 냅킨으로 입가를 닦는다.

점심 후엔 뭐 할 거예요? 사실 오늘 휴가를 냈거든요. 고마워서요. 요 앞 공원을 걷는 건 어때요? 아니면 근교로 나가 멋진 찻집에서 차나 할까요?

이 남자, 왜 이러지? 이럴 게 아니라 길거리 어디, 지하철 역 어디, 빌딩 앞 어디, 그런 데서 만날 걸 그랬나. 아니, 우편으로 보냈어야 했다.

탁은 계산을 마치자 갈색 유리문을 연 채 내가 나오기를 기다린다. 나는 림프종을 앓는 사람처럼 탁이 잡고 있는 유리문을 나온다.

고마워서 신세를 갚는 거라면 이 식사로 충분해요. 전 이만 가볼게요.

탁은 내 손이라도 잡을 듯 바짝 다가선다.

혹시 절 못 믿어서 그러나요? 잠시면 됩니다. 차 한잔 마시는 시간이 길면 얼마나 길겠어요.

나는 거절도 응낙도 하지 않은 채 앞서 걷는다. 탁은 나를 앞질러 가다, 뒤를 따라오다 해가며 말을 잇는다.

전화번호를 물어도 되겠습니까? 또 압니까? 제가 도울 일이 있을지.

나는 옷집이 즐비한 매장 앞에 선다. 매장 앞 매대엔 이월 상품으로 스카프며 티셔츠, 바지들이 놓여 있다. 나는 스카프를 들추다 티셔츠를 들었다 놨다 해가며, 조금은 뜻 모를 말을 웅얼거린다.

이월 상품과도 같은 인생이 있죠.

탁은 무슨 말인가를 하려다 재차 묻는다.

전화번호를 알려주면 안 될까요? 저, 이상한 놈 아닙니다.

나는 천천히 몸을 돌려 전화번호를 말한다. 탁은 내가 불러준 번호로 통화 버튼을 누른다. 내 폰에서 벨소리가 나자 탁은 까딱, 고개를 끄덕인다.

탁이 폰을 주머니에 넣자 북북 전화벨이 울린다. 탁은 액정에 뜬 이름을 보더니 저쪽으로 간다.

나는 탁이 간 쪽과는 반대편으로 간다. 탁은 내 이름을 묻지 않았다. 탁의 핸드폰에 나는 어떤 이름으로 저장될 것인가.

그녀는 갔고 나는 그녀를 붙잡지 않았다. 그녀는 전화번호를 줬고 나는 그녀의 번호를 저장했다. 저장된 이름은 이월 상품.

그녀의 말은 맞다. 이월 상품과도 같은 인생이 있다. 제때 팔리지 않는 물건은 처치 곤란해지고, 싼값에 내놓아도 잘 팔리지 않는다. 들었다 놨다, 마음을 저울질하다 발길을 돌리게 한다. 그녀가 어떤 사람인지 몰라도 그녀는 고달프다. 여행사 가이드라는 직업은 여행을 하는 게 아니라, 다수의 사람을 상대로 간과 쓸개를 빼놓아야 한다. 그 고달픔이란 담즙이 역류하는 것과 흡사하다.

그녀를 처음 본 데는 고깃집이다. 그녀는 불판을 앞에 두고 혼자 술을 마시고 있었고 나는 입사 동기와 함께였다. 동기란 말이 동기지, 내일 출근하지 않아도 전혀 궁금해 하지 않을, 피차 그렇고 그런 사회적 관계일 따름이다.

나와 동기는 술잔을 나누며 그 더러운 직장과 점장과 거래처를 씹었다. 동기는 지난 주말엔 마누라 등쌀을 피해 목욕을 간다고 속이고 피시방에서 게임을 했다고, 영웅담을 늘어놓듯 말했고, 나는 잠만 퍼질렀다고 말했다. 과연, 내가 잠만 퍼질러도 될 정도로 으하하하핫…… 괜찮은 환경을…… 으하하하핫…… 가지고 있나?

나는 비참하게 살고 있다. 출구의 열쇠는 내가 아닌 아내가 쥐고 있다. 아내는 출구의 열쇠를 보관하고 있는 게 아니라 어딘지도 모를 곳에 던져버렸다. 나는 도망치고 싶어도 칠 수가 없다. 나는 아내에게 순종했고, 지금도 열불 나게 한다. 순종, 그 빌어먹을

놈의 순종.

고깃집에서의 그녀는 우울해 보였다. 명랑한 사람도 혼자 고기를 굽고 술을 마시면 우울해 보이기 마련이다. 헌데, 그녀는 그보다 더한 차원에서 건너온 듯했다. 엄마 자궁에 있을 때부터 우울이라는 뇌와 간과 허파를 만들어서 나온 걸로 보였더란 말이다. 우울함에 순종하는, 그 빌어먹을 순종에 순종하는 여자. 그런 여자에게 왜 끌렸을까. 동족만이 알고 느끼는 뭐 그렇고 그런 동질감이 포화砲火로 발작을 일으켰는지도 모른다.

전화벨이 북북 울어댔다. 고깃집에서 나가 전화를 받았다.

왜 이렇게 늦게 받아? 술 빨고 있는 거 아냐?

대답하기도 전에 아내는 그 감때사나운 목소리를 유감없이 쏟아냈다.

올 때 김치하고 음식물 쓰레기봉투 사 와. 참이슬 빨간 뚜껑 두 개랑 제일 큰 햄도.

나는 거래처 사람과 통화하듯 공손하게 대답했다.

예, 알겠습니다.

다시 술집으로 들어갔을 때, 통로 건너편 불판에는 아깝게도, 고기가 신나게 기름을 튀며 오글자글 타고 있었다. 쪼글쪼글 접힌 알루미늄 덕트는 허옇고 푸르스름한 연기를 열심히 빨아먹는 중이었다. 그녀는 멍한 눈으로 타는 고기를 보기만 했다. 종업원이 와 불판을 갈았다. 그제야 그녀는 반쯤 남은 술잔을 넘기고 고기

한 점을 집었다.

나는 그녀가 눈치 채지 않게 연신 곁눈질을 했다. 적절한 타이밍으로 치면, 그녀가 일어나기 전에 내가 일어나야 했다. 나는 두 개의 폰 중 구형의 폰은 바지 왼쪽 주머니에, 새로 산 폰은 탁자 위에 올려놓았다.

새 폰으로 바꿀 때 구형의 폰을 그대로 둔 것은 아내 때문이다. 퇴근해서 집에 가면 아내는 마구잡이로 폰을 뒤졌고, 폰에 있는 일정과 통화 내역을 보며 잔소리를 퍼더버렸다. 나는 겨우 폰 하나를 확보하는 것으로 나를 지키고자 했다.

그녀의 고깃점과 술병은 거의 바닥을 향해 가고 있었다. 나는 슬슬 안달이 나기 시작했다. 타이밍을 제대로 잡아야 할 텐데 잡을 수 있을까? 잡다 실패하면?

나는 뭔가에 쫓기듯 폰을 들었다 놨다, 들었다 놨다, 구백구십 번은 해대다 기어이 결승선을 넘었다.

어우 씨, 집에 급한 일이 생겨 가봐야겠다.

동기는 핸드폰이 아니라 불판에 남은 고기 몇 점과 술을 구백 구십 번은 보다 말다, 보다 말다, 하더니

어우 씨, 나도 집에 급한 일이 생겨 가봐야겠다.

동기가 자리에서 일어났다. 나도 자리에서 일어났다. 동기가 통로로 나갔다. 나도 통로로 나갔다. 통로 건너편의 그녀는 무엇을 생각하는지 술잔에 눈을 꽂고 있었다. 나는 그녀 쪽으로 비틀, 쓰

러지는 척하며 몸을 틀었다. 그와 동시에 그녀의 발치에 구형의 폰을 떨어뜨렸다. 그녀는 그 어떤 것도 보이거나 들리지 않는 듯 지구와는 먼먼 세계를 붕붕 떠다니고 있었다. 나는 행여 그녀가 나를 불러 폰을 돌려줄까 마음이 졸았다.

하루를 기다렸다. 불행히도 그녀는, 불행히도 내 폰을, 불행히도 카운터에 맡긴 것은 아닐까. 다행히도 그녀가 보관하고 있다면, 다행히도 내 폰은, 다행히도 해부실의 생체로 낱낱이 까발려지고 있을 터였다. 까발려지도록, 나는 폰의 내용을 일찌감치 정리해두었다. 하루가 마감 시간을 향해 곤두박질치고 있었다. 그때야 나는 그녀가 가지고 있을 내 폰에 전화를 걸었다.

전화 받으신 분, 제가 폰 주인인데요, 분실했나 봅니다. 돌려주실 수 있나요?

그녀는 연락처를 알려주면 택배로 보내겠다고 했다. 나는 그렇게 아니라 만나서 받고 싶다고 했다. 그녀는 잠시 말이 없더니 그러라고 했다.

그녀의 첫인상은, 그러니까 술집 말고 카페에서 만났을 때의 그 인상은 뭐랄까, 가이드를 하기엔 적당해 보이지 않았다. 가이드란 활달하고 눈치 빠르고 순발력이 좋아야 하는데 그녀는 그렇게 보이지 않았다. 잎과 줄기는 있지만 꽃은 피울 생각조차 하지 않는, 시들하나 제법 고집 있어 보이는 화초였다.

나는 그녀를 만나면 어떤 말을 해야 할지 막막했다. 폰을 떨어뜨렸을 때의 기개는 어디 가고 지금은 제정신이 돌아왔는지 가슴이 툭탁였다. 나는 약속 장소로 가는 내내 고민했다. 관계를 지속시키려면 어떤 방법을 써야 할까.

나는 질문으로 시작해 질문으로 이어갔다. 내 질문과 의도는 쉽게 먹히지 않았다. 그녀는 단답형으로 말할 뿐 1도 앞으로 나가지 않았다. 혼잣말이긴 했지만, 그녀는 이월 상품과도 같은 인생이 있다고 했다. 옳다구나, 됐구나. 그 말은 그녀를 다시 만나야 할 필요충분조건으로 훌륭했다.

아내는 죽어 귀신이 돼도 만나거나 스쳐서는 안 될 필요충분조건이 차고 넘쳤다.

야, 니가 할 줄 아는 게 뭐냐? 비싼 등록금 내고 대학을 나왔으면 연봉 좀 받는 델 다녀야지, 겨우 제약회사 영업사원이냐?

아내는 말을 하며 내 팔뚝을 꼬집었다. 나는 벌게진 얼굴을 감추려 화장실로 갔다. 차마 거울을 마주 볼 수 없었다. 나는 거울에 사죄라도 하듯 거울 앞에서 고개를 푹 떨군 채 있었다.

아내가 벌컥 화장실 문을 열었다.

야, 찌질아! 우냐?

아내가 뒤통수를 쿡쿡 쥐어박았다.

꼴에 존심은 있어가지고, 설거지나 빨랑 해. 음식물 쓰레기도 버리고, 애 우는 소리 안 들려?

어머니와 아버지가 떠올랐다. 이렇게 살라고 낳은 것은 아닐 텐데 왜 이 꼴이 됐을까. 얼굴이 화끈거리고 눈물이 차올랐다. 세상은 아내처럼 무자비하다. 학교 선생들은 집안 좋고 성적 좋은 아이들에게만 관심을 쏟는다. 회사는 영업 실적이 좋은 직원에게만 능력을 인정한다. 중간이란 그 어디에도 없다. 아니, 있긴 있다. 이월 상품. 나는 더도 덜도 아닌 이월 상품이다. 운이 좋으면 팔리는 것이고, 운이 다하면 폐기되는 물건이다. 이 무자비한 세상에서, 이월 상품들은 살아남으려 버둥댄다. 연대를 조직하고 연대의식을 강화하려 시위를 마다하지 않는다.

가정에서는 그 어떤 연대도 시위도 할 수 없다. 남편이 아내에게 당하는 폭력은 발설 자체가 금기다.

아내는 자기를 이렇게 만든 건 나라고 했다.

이따구로 허접한 줄 알았으면 내가 결혼했겠니? 임신만 안 시켰어도 니 따위완 결혼 안 했어. 혼전 임신이나 시킨 주제에, 독박육아나 시키는 주제에, 애 기저귀 하나도 갈 줄 모르는 주제에, 뭐하나 딱 부러지게 하는 게 있어야지. 그러면서 밥은 목구멍으로 넘어가니?

아내는 말을 하며 내 볼따구니를 쿡쿡 찔렀다. 둘이 있을 때만 하던 그 짓거리도 이젠 누가 있거나 말거나 해댄다.

처남 부부와 남한산성 수어장대로 가는 길이었다. 등산을 했거나 산책을 했던 사람들이 무리지어 내려오고 있었다. 처남 부부와 나와 아내는 하산하는 사람들을 마주보며 걸었다.

아내가 꼬치 소시지를 먹다 내 옆구리를 쿡 찔렀다.

물티슈!

아내의 입 주변과 티셔츠에는 케첩이 묻어 있었다. 내가 물티슈가 없다고 하자 아내는 불같이 화를 냈다.

너라는 인간은 구제불능이다! 야 새끼야! 물티슈는 기본으로 가지고 다니라고 했어 안 했어?

아내는 말을 하며 내 볼따구니를 쿡쿡 찔렀다. 목덜미도 꼬집고 비틀었다. 나는 아픈 게 아니라 창피했다. 얼굴을, 도무지, 들 수가 없었다. 처남 부부는 못 본 체 못 들은 체 앞만 보고, 마주 내려오던 사람들은 아내와 나를 흘깃댔다. 나는 이대로 살 자신이, 살아가야 할 자신이 없었다.

반복 학습이라는 게 있다. 어떤 것이든 자꾸 하게 되면 일상이 되고 만다. 나는 남들도 나처럼 살고 있다고 믿기에 이른다. 아내는 폭력으로 일상을 살고, 나는 그 일상에서 마침내 어리어리 출구를 찾는다.

헤어지자. 내가 가진 모든 거, 너한테 줄 테니 그렇게 하자.

나로선 수많은 날을 갈등하며 내린 결정인데 아내는 욕부터 쏟아냈다.

어쭈? 웃기고 자빠졌네. 여자 생겼냐? 별 그지같은 새끼한테 그지같은 말을 듣네. 그러니까 이혼해서 너만 아름답게 사시겠다? 나를 이 꼴로 만들고 혼자 손 터시겠다? 뭐 이런 새끼가 다 있어?

이혼하고 싶음 나부터 죽여라!

아내는 내게 달려들었다. 그 날카로운 손톱으로 셔츠를 찢고 목덜미며 가슴팍이며 등판을 할퀴었다. 나는 꼼짝도 못한 채 고스란히 당했다. 힘으로 치면 아내를 제압할 수도 있었지만 나는 그러지 못했다.

아내는 연신 악을 써가며 식탁 유리판을 들어 내게 던졌다. 부엌칼이며 가위도 던졌다. 아내의 눈엔 살기라고밖엔 볼 수 없는 게 번들댔다.

이 새끼가 어디서 개수작이야? 당장 빌어! 못 빌어? 무릎 꿇고 싹싹 빌란 말이야! 안 그럼 직장에다 까발릴 거고 새끼고 너고 다 죽여 버릴 거야!

나는 묻고 싶다. 감당할 수 없는 폭력 앞에서 사람들은 무엇을 어떻게 하는지. 내가 할 수 있는 것은 아내를 피해 집을 나오는 것밖엔 없었다. 이월 상품들끼리 연대? 시위? 드러낼 수 없는 폭력은 연대 범위에 속하지 않는다.

나는 출구 없는 막장에 갇혀 출구가 되어 줄 그 무엇을 꿈꾼다. 그 무엇이 무엇인지 아직은 모른다. '이월 상품' 그녀가 어떤 출구가 되어줄지, 아니면 또 하나의 막장이 될지 알지 못한다. 아내는 뻔질나게 전화를 하고, 나는 그때마다 어디서 누구와 무엇을 하는지 답을 한다. 이렇게 사는 내가, 아내의 음성만 들어도 혼이 가출해버리는 내가, 과연 출구라는 그 거대한 문을 거머쥘 수 있을까.

'이월 상품'은 가고 나는 아내가 사오라는 생리대를 사러 약국으로 간다.

탁은 나를 알고 싶어 한다. 나는 나를 알려줄 마음이 없다. 탁이 나를 알고 싶었다면 질문으로 답을 유도하기보다, 내게서 질문이 나오게 해야 한다. 쉬운 일은 아니다.

나는 쉽지 않은 일에 직면해 있다. 낙태.

흡연자들이 반사회적 범죄자 취급을 받듯, 낙태하는 자 역시 그렇다. 지금도 낙태에 관한 논란은 먼지를 일으키며 찬반이 뜨겁다.

아빠는 밭에 난 잡초를 뽑으며 말했다.

이것도 살겠다고 뿌리를 내린 것인데 마음이 안 좋다. 작물이 잘 자라려면 잡초는 더 자라기 전에 뽑아줘야 해.

잡초는 경작자의 입장에선 생명의 가치를 상실한 생명이다. 원치 않는 태아도 임산부의 입장에선 생명의 가치를 부여받지 못한 생명이다. 내 임신은 실수이기도 하고 아니기도 하다.

동유럽 5개국 패키지 상품엔 그의 이름이 있었다. 그와 나는 상견례까지 치른 사이지만 결혼까지 가지는 못했다.

그의 부모는 우리 부모를 보자 마뜩찮은 기색을 드러냈다. 평생 농투성이로 그을린 피부, 나이보다 굵은 주름, 유행과는 거리가 먼 옷차림, 투박하고 소박한 어투는 그럴 만도 했다. 그의 부모를 이해했다. 서울 태생에 석사 박사에 전문직을 가진 부모였으니 계급의 차이를 받아들이긴 어려웠을 일이다.

상견례를 마친 얼마 후, 그가 내민 예단 목록은 내 인생을 다 바쳐도 해결할 수 없는 것들로 넘쳐났다. 한마디로 결혼을 시키고 싶지 않다는 뜻이었다. 모욕감이 밀려왔지만 그를 믿었다. 그와 내가 보낸 시간들, 몸들, 언어들, 주고받은 눈빛들은 예단 목록을 뛰어넘을 줄 알았다.

그를 만나 어떻게 했으면 좋겠느냐고 물었다. 그는 난처한 기색으로 입을 다물고 있기만 했다. 그의 부모를 이해했던 것처럼 그를 이해했다. 이해는 결혼과 무관하다는 걸, 뒤늦게 깨달았다. 그는 내 전화를 받지 않았다. 하루, 이틀, 일주일…… 그는 나와 결혼하고 싶지 않았던 것이다. 그의 부모는, 그에게 하나의 도구였으며 장치에 불과했다.

인천공항 3층 체크인 카운터 G에서 나는 명단에 적힌 그의 이름을 불렀다. 그는 나를 보자 꽤나 놀라는 눈치였다. 나는 내 직업이 가이드라는 걸 애써 되새기며, 여행자 보험이 인쇄된 용지를 그에게 내밀었다. 그가 용지에 사인을 했다. 그의 왼쪽 팔목엔 예단 목록에 든, 명품 시계가 채워져 있었다.

나는 여행객들에게 일정표와 네임태그를 건네고 셔틀 트레인을 타러 가라고 말했다. 그는 아내의 목에 네임태그를 걸어주며 머리칼을 쓸어주었다. 그의 아내가 배시시 웃으며 그와 눈을 마주

쳤다. 그의 얼굴이, 몸이, 사랑으로 차올랐다. 나와 그가 수없이 했고 봤던 일이, 대낮에, 내 앞에서, 대중이 몰려있는 곳에서, 다른 여자에게 한다는 사실이 더없이 끔찍했다. 그는 여전히 내게 타인이 되지 못했다.

체코슬로바키아 공항에 도착해서였다. 나는 여행객들을 리무진 버스에 태우고 버스 통로에 섰다. 지금부터 어떤 코스로 어딜 갈 것이며, 옵션엔 무엇이 있고, 가이드에겐 8박 9일 동안 하루에 10유로씩 90유로를 주면 된다고 말했다.

나는 옵션 내용이 든 용지를 여행객들에게 나누어 주었다. 그는 옵션 용지를 받자 옵션마다 체크를 했다. 그의 아내가 끼어들었다.

오빠, 이거 다 하게? 이건 빼자.

그는 옵션 용지를 내게 건네며 아내를 돌아봤다.

가이드도 먹고 살아야지.

그의 시계가 햇빛을 반사시켜 내 눈을 쏘았다. 그 빛은 일방적이었으며 짧고 강했다. 나는 그 빛을 되받아칠 그 무엇도 없는 여행 가이드였다.

가이드비를 걷을 차례였다. 그와 그의 아내가 앉은 자리로 갔다. 그는 준비하고 있던 200유로를 내게 건넸다.

그의 아내가 그의 손을 잡았다.

오빠, 잘못 주는 거 아냐? 90유론데 왜 200유로?

그는 아내의 손을 토닥였다.

잘 봐달라는 뜻이야.

나는 9일 동안, 900일, 9,000일을 살아야 할 일이 까마득했다.

폴란드 아우슈비츠 수용소에 갔을 때였다. 그의 아내가 화장실에 간 사이 그가 다가왔다.

직장을 바꿨구나. 하긴, 답답하게 사무실에서 근무하는 것보다 여행하며 돈 버는 것도 좋지. 인연이라는 게 따로 있는지…….

나는 그의 말을 잘랐다.

아무 말도 하지 마.

나는 9일이 아니라 900일, 9,000일과 싸우고 있었다.

오스트리아 숙소에 짐을 푼 날이었다. 다른 때와는 달리 몹시 피곤했다. 맥주라도 한잔 마셔야겠다고 숙소를 나왔다. 거리는 어두컴컴했으며 조용했다. 숙소 옆 카페로 갔다. 맥주를 시켜 반쯤 마셨을 때 그와 그의 아내가 들어왔다. 그의 아내는 화장기 없는 맨얼굴이었다. 얼굴과 몸은 볼링 볼처럼 딴딴하고 맨들맨들 윤이 났다. 잘 익은 애플 망고였다.

그의 아내가 그에게 속삭였다.

어? 가이드네. 맥주 한잔 시켜줄까?

그가 아내의 머리칼을 쓸어주며, 참 착한 생각이라고 말했다. 그의 아내가 맥주 세 잔을 시켰다. 나는 자리에서 일어났다.

그가 내 테이블 앞에 와 섰다.

같이 하시죠.

나는 출입구로 눈을 돌렸다.

더 마시면 내일 일정을 진행하기 어렵습니다.

카페를 나왔다. 뒤에서 그의 아내가 하는 말이 들렸다.

가이드가 참 쌀쌀맞네.

숙소가 있는 호텔로 갔다. 로비에 있는 스탠드바에는 나갈 때 봤던 운전기사가 혼자 술을 홀짝이고 있었다. 운전기사가 나를 손짓했다. 나는 잠시 망설이다 운전기사 옆에 앉았다. 운전기사는 젊은 체코인으로 금발에 체격이 좋았다. 그가 지갑을 열어 가족사진을 보여주었다. 아내와 딸 둘이 어깨에 어깨를 걸고 웃고 있었다. 나는 보기 좋다고 엄지를 치켜세웠다. 운전기사가 내 잔에 술을 따랐다. 나는 단숨에 잔을 비웠다. 내가, 잘 마셨다며 일어나자 운전기사도 따라 일어났다.

운전기사와 나는 같은 엘리베이터를 타고 같은 층에서 내렸다. 운전기사의 룸은 내 룸 건너편이었다. 운전기사가 자신의 룸 문을 열더니 들어오지 않겠느냐고 했다. 나는 예단 목록이 떠올랐다. 내 옆의 옆방을 사용하는 그와 그의 아내도 떠올랐다. 그가 어느 때 어떤 식으로 옷을 벗고 살을 만지며 숨을 토해내며 사랑한다고 속삭이는지 하나하나 생각났다. 그 기억은 우리 시골집 울타리로 있는 탱자나무 가시처럼 날카롭고도 딱딱하게 나를 찔렀다. 나는 예단 목록에 순순히 굴복했듯이 운전기사의 초청에 응했다.

나는 이제 어떻게 할 것인가. 잡초는 더 자라기 전에 뽑아줘야

작물이 잘 자란다고 했다. 어느 의사가 범법자가 되는 일을 맡으려 할까. 그런 생각을 하며 나는 티파니에서 탁의 핸드폰을 뒤지고 있었다. 수술복 차림의 탁이 눈에 들어왔다.

나는 내 폰을 열고 탁의 폰 번호를 보며, 마침내 전화를 건다.

도울 일이 있을지도 모른다고 했죠?

탁은 만나서 얘기했을 때와는 달리 착 가라앉은 음성이다.

아, 예. 그랬지요, 뭐 도울 일이?

나는 한꺼번에 배설하듯 말한다.

만나서 얘기하고 싶은데요,

나는 탁에게 말할 수 있을까. 탁은 내 부탁을 들어주려 할까. 나는 바르르 떨고 있는 손을 꼭 맞잡는다.


그녀, '이월 상품'에게서 전화가 왔다. 나를 대하던 태도를 생각하면 의외다. 그녀는 무엇을 도와달라는 걸까. 나는 희망을 잃은 지 오래인데, 무엇을 원하는지조차 모르는데, 무엇을 도와줄 수 있을까. 소심파의 두목인 내가 과연 할 수 있는 게 무엇일까.

아내에게서 전화가 온다.

똥이 안 나와. 네가 스트레스를 줘서 이 꼴이야. 올 때 변비약 사와. 아니, 지금 사 와. 영업사원인 주제에 그 정도 시간도 없겠어?

아내를 세상 밖으로 퇴출시킬 방법은 없다. 아내는 갑이 아니라 갑마저 좌지우지하는 신 중의 신 악신이다. 나는 을이 아니라 을

마저 시궁창에 꼴아 박는 을의 을의 을의…… 을마저 되지 못한다. 이런 꼬락서니가 '이월 상품'에게 무엇을 해 줄 수 있을까.

퀵으로 변비약을 보낸 후 거래처 병원으로 간다. 이 병원은 늘 환자들로 북적인다. 환자들의 시간은 갑이고, 내 시간은 나머지에 속한다.

간호사에게 다가가, 반쯤 허리를 굽히고, 대진바이오에서 왔다고 말한다. 간호사는 어디서 왔냐고 재차 묻고는 알았다고 한다.

진료 대기실에 앉아 원장의 호출을 기다린다. 기다림이 길어진다. 폰을 열고 SNS 여기저기를 돌아다닌다. 사람들의 일상이, 사건이, 내 손바닥 안에서 논다. 몸은 몸이되 영상으로 움직이는 몸은 피를 흘리지 않는다. 비염도 천식도 없고 중력의 법칙도 타지 않는다. 을조차 되지 못하는 인간들에겐 한없이 자애로운 놀이터다.

다른 간호사가 나를 향해 어디서 왔냐고 묻는다. 나는 엉거주춤 일어나, 비굴하다면 비굴한 자세로, 대진바이오에서 왔다고 말한다. 간호사는 대진바이오? 대진바이오? 하면서 옆에 앉은 간호사에게 대진바이오에서 왔대, 하곤 킬킬거린다.

무심코, 혹은 이때다 싶게 찌끌찌끌 내뱉는 무시들. 먹고사는 일이 무시당함을 견뎌내는 것이라면, 그래, 나는 견뎌내고 있다. 영혼이 너덜너덜 찢어져 흔적조차 없어질 때까지, 혹은 쇠파이프를 들고 이 병원 저 병원 이 거리 저 거리를 돌아다닐 때까지, 나는 견디는 것 외엔 할 수 있는 게 없다. 견딤이란 표피주사를 맞는 것보다, 망치로 두개골을 맞는 것보다 아프다는 사실을, 나는 무리를 해가며 무시하려 든다.

내가 들어왔을 때보다 진료 받을 사람의 수가 늘어난다. 세 시간 째, 원장과의 미팅은 접어야 한다. 슬그머니 일어나 병원을 나온다.

이 빌딩은 소위 메디컬 빌딩으로 층층이 병원으로 들어차 있다. 고등학교 동기 중 하나는 병원에 의료기기를 판매하는 영업사원으로, 수술까지 강요받았다고 한다. 의사 왈, 새 기계인 만큼 나보다 네가 더 잘 알 테니 수술을 해보라고 했단다. 환자를 상대로 일종의 마루타 수술을 한 셈이다. 동기는 처음엔 무서웠지만 지금은 원장보다 자기가 더 잘 한다고 설레발을 쳤다. 그 증거로 수술하는 장면을 찍은 사진을 전송해왔다. 퍼런색 수술복과 모자, 마스크를 착용한 사진은 누가 봐도 의사였고, 누가 봐도 동기의 얼굴인지 내 얼굴인지 옆집 아재의 얼굴인지 몰라볼 만했다. 나는 눈만 빠꼼이 보이는 동기의 사진 여러 장을 저장했다. 나를 모르는 사람이 내 폰을 본다면 나는 당연히 의사였고, 나는 나를 모르는 사람에게 그 폰을 떨어뜨렸다.

엘리베이터에서 내려 지하 주차장으로 간다. 지하에 뼈를 묻은 사람들 중 누군가는 아내가 자는 틈에 교살하는 꿈을 꾸었을 수도 있나. 아내가 잠든 사이에 가스를 틀고 라이터를 켜 던지는 꿈을 간직했을 수도 있다. 살인에 대한 꿈은, 꿈이어서 얼마든지 가능하다. 그보다 어려운 꿈이 있다. 아내를 버리는, 아니, 아내에게서 탈출하는 꿈이다.

차를 빼 도로로 나온다. 한 블록을 지나자 횡단보도 앞에서 정지신호를 받는다. 대각선 쪽에는 내부 공사만 남은 메디컬 전용 빌딩이 있다. 빌딩 중간층에는 병원 임대라는 현수막이 배기가스와 소음을 먹어가며 펄럭인다.

저 메디컬 빌딩도 조만간 내 섹터로 떨어질 것이다. 내과든 치과든 약국이든, 개업일엔 화환을 보내야 하고, 직접 찾아가 의료기기나 의약품을 배치해 줘야 한다. 할머니라 불러도 어색하지 않을 모 의사가 요구했던 대로, 매달 50만 원씩 통장에 꽂아줘야 할지도 모른다. 인테리어 공사는 물론, 공기청정기와 비데, 에어컨도 설치해 달라고 할 것이다. 의료계는 리베이트 없이는 꼼짝을 하지 않는다. 나는 지쳐간다. 낙오 지점까지 가는 건 시간문제다.

신호가 떨어진다. 서부지점으로 차를 몬다. 오늘의 실적은 단한 건도 없다. 지점장은 온갖 욕을 쏟아낼 것이고 사채를 얻어서라도 실적을 올리라고 압박할 것이다. 매일 겪는 일이지만, 아내의 폭력과 마찬가지로 적응하기 힘들다. 나는 을의 을의 을도 아닌, 지점장 말대로 병신새끼다.

나는 린치보다 더한 욕을 먹고 서부지점을 나온다. 갈 곳이 없다. 만날 사람도 없다. 아니, 있다. '이월 상품'과의 약속이 생의 구원이다. 그녀는 나를 의사로 생각할지도 모른다. 무엇이 됐든, 나는, 그녀가, 내 의지가 되어주었으면 한다.

나는 약속 장소로 가며, 지난번의 내 페이스를 떠올린다.


탁은 만나자 마자 질문부터 쏟아낸다.

구면이죠 우리? 지난번엔 밤 비행기를 탄다고 했는데 스케줄 진행은 잘 됐나요? 어딜 갔다 왔는지 물어도 돼요?

탁은 질문을 모으고 있는* 사람처럼 여전히 묻는 것으로 시작한다.

이태리요.

탁은 고개를 까딱, 하더니 커피잔을 든다.

이태리면 로마도 갔겠네요? 트레비 분수도 갔어요?

나는 그렇다고 대답한다. 탁은 트레비 분수에다 동전을 던졌냐고 묻는다. 나는 아니라고 답한다. 탁이 고개를 까딱, 하더니 커피잔을 내려놓는다.

왜 넣지 그랬어요? 행운을 가져다준다던데.

행운이 동전 몇 닢에 오는 것이라면 애달플 게 뭐가 있을까. 한 닢 던지면 취업이 되고, 또 한 닢 던지면 암이 물러나고, 또 한 닢 던지면 저절로 낙태가 될 텐데.

탁은 내 이름을 묻는 게 아니라 거짓말에 대해 묻는다.

로마의 휴일이라는 영화 봤어요? 거기에 보면 진실의 입이라

---

* "질문을 모으고 있군요"(올가 토카르추크, 최성은 옮김, 『태고의 시간들』, 은행나무, 2019)

는 석상이 나와요. 그 석상 입에 손 넣어봤어요? 거짓말하면 그 석상이 손을 콱 문다고. 그레고리 펙이 오드리 헵번에게 장난치잖아요. 거짓말 한 적 있어요?

거짓말 하지 않고 사는 사람이 어디 있을까. 거짓말 한 적이 없다는 사람이야말로 거짓말을 하는 것이다.

내가 아무 말도 하지 않자 탁의 눈길이 허공에 머문다.

나는 하루에도 수없이 거짓말을 해요. 이런 약이 좋겠다, 저런 치료가 좋겠다, 바쁘다, 한가하다, 뭐 그런 것들요. 거짓말 할 때는 거짓말인 줄도 몰라요. 거짓말 해 봤어요?

나는 탁을 마주본다.

거짓말 할 때는 거짓말인 줄도 모르고 해서 거짓말을 했는지 안 했는지 모르겠는데요.

탁은 순간 멈칫 하더니 하, 하는 탄성인지 신음인지를 뱉는다.

나는 이런 식으로 시간을 허비할 수 없다. 탁은 내가 용건이 있다는 걸 알면서도 짐짓 다른 말로 시간을 끈다.

아, 참, 물어본다는 걸 잊었어요. 제 폰 어디서 주웠어요?

3박 4일 베트남 패키지를 끝내고 공항에 도착한 때였다. 택시를 타고 집으로 가던 중 고깃집이 눈에 들어왔다. 갑자기 배가 고팠다. 그보다 속이 허했다. 택시에서 내려 고깃집으로 갔다. 배는 고팠지만 식욕은 없었다.

고깃집이었어요.

탁은 이번에도 하, 하는 탄성인지 신음인지를 뱉는다.

티파니를 말하는 거 같은데요. 해장국도 팔고 고기도 파는 집이요. 그런 음식점 상호로는 어울리지 않지만 백금녀가 하는 집 맞아요. 백금녀 아세요?

나는 고개를 젓는다.

탁은 흑백 영화를 되감아 보여주듯 말한다.

같이 살던 우리 할머니가요, 백금녀를 싫어했어요. 우람하고 뚱실한 것이 자기랑 닮았다고요. 백금녀가 우리 할머니 때 코미디언이었다는 건 알아요?

탁이 말하는 백금녀는 카운터에서 계산을 맡고 있었다. 백금녀는 족히 세 냥은 될 법한 순금 목걸이와 팔찌, 각각 한 돈쯤 되는 순금 귀걸이를 하고 있었다. 나는 탁이 떨어뜨린 폰을 백금녀에게 맡길까 하다 계산만 하고 나왔다. 집에 와서야 탁의 폰을 부서져라 손에 쥐고 있다는 걸 알았다.

탁은 비거리도 좋게 말을 이어간다.

백금녀 팔찌 봤어요? 손목을 꽉 쥐고 있는 팔찌요. 내 눈엔 황금으로 된 수갑을 찬 것처럼 보였거든요. 아무튼 제 폰을 백금녀한테 맡기지 않은 건 다행이에요. 그 여자는 분실 폰을 찾아줄 여자가 아니거든요. 그저 매상에만 열을 올리죠. 폰을 분실한 적 있어요?

나는 아무 대꾸도 하지 않은 채 창 쪽으로 고개를 돌린다.

탁은 내게서 무얼 읽었는지 목소리를 낮춘다.

뭐 불안한 거 있어요? 불안해 보여요. 이럴 땐 먹어주는 게 좋아요. 말이 난 김에 티파니에서 해장국 먹을래요? 그 집은 고기보다 해장국으로 유명해요. 김치찌개도 맛이 좋아요.

나는 불안하다. 해장국 타령이나 하는 저 남자를 갈겨버리고 싶게 초조하다.

탁이 자리에서 일어난다.

이렇게 말하면 어떨지 모르지만 불안을 해장하는 기분으로 먹으러 가는 거 어때요?

나는 탁의 그 어떤 말도 귀에 들어오지 않는다. 탁은 낙태를 해주거나 할 수 있는 병원을 알려주면 되고, 나는 물어보기만 하면 된다. 그런데 왜 이렇게 말이 나오지 않는 걸까. 임신은 축하해야 할 일이고 낙태는 저주해야 할 일인가. 불법 임신이라는 말은 없는데, 불법 낙태라는 말은 있다. 이건 불공평하다. 임신과 낙태는 두 사람이 공동으로 책임져야 할 일이다.

탁이 차에 올라 시동을 건다. 나는 조수석 차문을 열고 탁에게 말한다.

해장국은 다른 사람하고 드세요. 전 이만 가보는 게 좋겠어요.

탁이 운전석에서 나와 내게로 온다.

아, 도울 일을 물어보지 않았군요. 일단 타세요. 해장국이 중요한 건 아니니까.

탁은 내가 탈 때까지 조수석 문을 잡고 그대로 있는다. 나는 떠밀리듯이 차에 오른다.

탁이 주차장을 막 나서는 순간 탁의 핸드폰이 북북 운다. 탁은 액정을 보더니 전원을 끈다.

시도 때도 없이 전화가 와요. 근무 시간 지난 거 뻔히 알면서.

탁의 말대로 해장국으로 불안을 해장할 수 있다면 얼마나 좋을까. 나는 해장국이 아니라 메스가 필요하다. 노란 머리털이 자라기 전에, 코와 입이 윤곽을 드러내기 전에, 작물에 해가 되기 전에 뽑아내고 싶다.

탁은 운전을 하며 묻는다.

걱정거리가 없는 사람이 없어요. 무슨 일이에요? 뭘 도와주면 될까요?

나는 잠시 머뭇대다 입을 뗀다.

갓길에 차를 세우는 게 낫겠어요. 야간 운전인데.

탁은 알았다며 적당한 갓길이 나오면 세우겠다고 한다.

차가 정지 신호를 받자 탁은 앞차 번호판에 시선을 고정한다.

차번호가 2434네요. 둘이 사랑을 해도 죽고, 셋이 사랑을 해도 죽고, 사랑이 죽음이라는 거 알아요?

나는 대답하지 않는다. 사랑만큼 믿을 수 있는 것도 없으며, 믿기 어려운 것도 없다. 사랑은 속고 싶고 속이고 싶어 만들어낸 황금 가면이다. 예단 목록을 보기 전만 해도 나는 사랑이라 믿었다.

그 역시 예단 목록을 보내기 전만 해도 사랑으로 알았을 터다. 사랑이 죽음이라는 말은 부인하기 어렵다.

탁이 말을 잇는다.

사랑해서 결혼했는데 결혼하고 보니 사랑이 아니라 죽음이라는 걸 알았어요. 이 죽음을 어떻게 처리할지 고민이에요. 그런 고민을 하는 중인가요?

정지 신호가 풀리고 주행 신호가 떨어지자 탁이 페달을 밟는다.

여기서 일 킬로미터쯤 가면 제법 넉넉한 갓길이 있어요.

나는 바르르 떨리는 손을 맞잡는다. 무슨 말로 시작해야 할까. 탁은 어떻게 응대할 것이며 탁이 거절하면 어떻게 해야 할까.

탁이 갓길에 차를 세운다. 나는 마른침을 삼킨다. 탁이 얼굴을 돌려 나를 향한다.

뭘 도와주면 될까요? 어떤 도움이 필요해요?

나는 잠시 탁을 마주보다, 단숨에 마지노선을 넘는다.

낙태를 해주세요.

탁은 하, 소리조차 내지 못한다. 탁이 한참을 말이 없다 입을 뗀다.

생각 좀 해보고요. 산부인과를 하는 선배가 있긴 한데 해줄지 말지 물어 본 다음에 결정하는 거 어때요? 만약 못 하겠다면 다른 데를 알아보고요.

나는 나도 모르게 목소리에 날이 선다.

생각할 시간이 있다면 이런 부탁을 할 필요도 없겠죠.

나는 차문을 열고 발 하나를 밖으로 내딛는다. 탁이 다급히 내 팔을 잡는다.

잠깐만요, 할 수 있을 거예요, 할 수 있어요.

나는 탁에게 팔을 잡힌 채 발 하나는 차 밖에, 발 하나는 차 안에 두고 이러지도 저러지도 못하고 있다.

시간이 없어요…… 없어요…….

나는 소름끼치게도 임산부가 되어 있다. 사회는 축복받은 임산부에게만 지정석과 주차 공간을 제공한다. 떳떳이 드러낼 수 없는 임산부는 좁고 더럽고 어두운 수술실마저 애타게 원한다.

탁이 안전띠를 풀더니 차 밖으로 나간다. 차 앞을 돌아 조수석 쪽으로 와 내 다리를 들어 차 안에 넣는다.

갑시다. 가는 게 뭐 어렵다고.

탁이 운전대를 잡고 페달을 밟는다. 나는 이곳만 아니라면 어디라도 괜찮다. 시체들이 널브러진 곳이건, 폭파음으로 고막이 터지는 곳이건, 지금의 나를 지울 수 있다면 그 어디라도 좋다.

탁의 차가 하이패스를 통과해 속도를 올린다. 나는 차창을 열고 바람을 들인다.

느닷없이,

속이 메스꺼워지며 입 안 가득 침이 고인다. 헛구역질과 함께 보글보글 끓는 김치찌개가, 야만스레 눈앞에 펼쳐진다.

# 위생 국가

패스워드를 친다. 문이 열린다.

방이자 거실이자 주방인 실내. 방금 누군가 왔다 간 흔적이 냄새로 떠돈다. 지독히도 머리 아픈 소독약 냄새.

차영은 망연히 서 있다 안으로 들어간다. 침대에 겉옷을 던지고 욕실 문을 연다. 바닥이며 세면대는 바짝 말라있고 소독약 냄새가 짙다. 차영은 욕실 앞에 언제까지고 있다. 까짓 이따위 냄새, 별것도 아니다.

차영은 침대에 걸터앉는다. 창문은 나갈 때 잠가놓은 그대로다. 사층 건물에 사층을 쓰지만 옥상은 없다. 입구는 딱 하나 현관. 현관을 자유롭게 드나들 수 있는 사람은 민하밖에 없다. 민하에게선 크레졸이 아니라 라벤더 향 혹은 형용하기 어려운 좋은 냄새가 난다.

민하는 향수에 열광한다. 이 남자를 만날 땐 이 향수, 저 남자를 만날 땐 저 향수, 헷갈리는 법이 없다. 민하는 향으로 자신의 캐릭터를 확실하게 긋는다. 민하 말로는, 남자들은 자신만을 위한 향인 줄 알고 헤어지지 못하거나, 헤어져도 그 향을 잊지 못해 그리워한다고 한다.

차영은 부르르 떤다. 이 원룸의 침입자는 자신의 분비물로 영역을 표하는 동물처럼, 소독약 냄새로 자신의 존재를 드러낸다. 그 냄새는 샴푸 냄새와 화장품 냄새를 지우고, 젊은 여자의 풋풋한 살 냄새도 지운다. 그래서, 그래서? 그래, 지금은 오전 1시 29분. 모두가 잠들었을 시간에 막 귀가한 자를 소독하는 냄새.

문자가 온다. 잘 들어갔냐는 일상적인 안부. 차영은 잘 들어갔다고, 잘 자라고 답을 보낸다. 인교는 오늘 마신 와인과 카페가 인상적이었다고 한다. 차영은 답을 보내지 않는다. 인교는 다음 주엔 자기가 멋진 밥을 사겠노라고, 그땐 시간을 비워두라고 한다. 차영은 답을 보내지 않는다.

원룸에서 대각선 쪽 도로엔 적색 점멸등이 쉼 없이 깜박인다. 검정색 승용차가 적색 점멸등 가까이에 정차되어 있다. 새벽으로 들어가는 시간, 승용차의 후미등이 빨갛다.

한동안 움직일 줄 모르던 승용차가 천천히 적색 점멸등을 지나 사라진다. 승용차마저 없는 텅 빈 새벽. 밤공기가 매연을 털어내며 무게를 줄이려 노력한다.

민하는 노력한다. 좋은 직업군에 있는 남자를 이런저런 연줄로 찾아낸다. 그에 맞게 자신을 세팅할 줄도 안다. 다이어트는 기본이요 적재적소에 맞는 미소와 대사를 끊임없이 찾아내 세공한다. 민하의 노력엔 시점이 따로 없다.

민하가 종종 이 원룸에 남자를 데려오는 건, 손익분기점을 웃도는 대상이라는 뜻이다. 민하의 노력 아닌 노력은 결실을 염두에 둔 것이나, 결실을 맺은 적은 없다. 지금 사귀는 남자와 골인을 하든 더 좋은 직업군의 남자를 발굴해내든, 민하는 결실을 향해 부단히 움직이는 과정에 속한다. 그래서 신선해 보인다면, 그래서 부러워 보인다면, 그래서 따라하고 싶다면.

신선하지도, 부럽지도, 따라하고 싶지도 않지만, 따라하는 경우도 있다. 이 원룸 생활 같은 것. 가슴이 조마조마하며, 수면장애를 겪으며, 앞뒤를 계산하며, 누군가를 의식하며, 그래도 계속해야만 하는, 만들어내는 생활들.

차영은 방충망을 손톱으로 긁는다. 방충망 저 밖엔 민하들이 살기에 적합하다. 영혼 없는 미소를 흘리며, 반드르르한 멘트를 날리며, CCTV에 걸려도 거뜬히 살아남는 처세술로 탁월하게 산다. 민하들은, 자신을 초기화할 필요가 없으며, 엄마 뱃속에서 모든 것을 흡수하며 배우며 자라던 그때를 그리워하지 않는다. 끔찍하게도 자명한 현실에 자신을 투자하며 최고의 소득을 꿈꾼다. 그런데 나는? 나는 원룸 생활을 택했다.

차영은 창을 열어둔 채 침대에 눕는다. 집에서 독립한 지 겨우 석 달 반. 그 안의 실적은 미미하나 미미하지 않기도 하다. 연락이 끊겼던 민하를 찾아내 원룸으로 데려왔고 패스워드를 알려줬다.

거래처에서 만난 인교와는 종종 밥과 술을 먹는다. 스텝은 천천히, 과부하가 일지 않게 면밀히.

엄마와 언니의 스텝은 서툴렀고 정직했다. 과부하가 일도록 직선적이었고 공개적이었다. 엄마와 언니의 타이밍은 오락가락하다 넝마처럼 너덜너덜해졌다.

죽음은 의미와 무의미 사이를 떠돌며 남은 자에게 교훈을 던진다. 교훈은 단순하지 않다. 어느 죽음은 공소시효 만료로 가해자는 살아남고, 피해자의 혈육은 공소권을 포기하지 않는다. 엄마에 대한 기억은 공소시효가 없다. 사고였는지 질병이었는지 자살이었는지 타살이었는지, 그것은 엄마만이 안다. 엄마는 죽은 게 아니라 어디 먼 곳에서 살고 있을지도 모른다. 가까운 이웃에서 얼굴을 감추며 살고 있을 수도 있다. 엄마가 소독약 냄새로 이 원룸을 찾았다면, 손수건 한 장 정도는 흘리고 갔어야 하지 않나.

언니는 소곤소곤 말했다. 엄마가 보고 싶었어. 작은방 앞에서 울었어. 엄만 문을 열어주지 않았어. 문을 두드려도 대꾸하지 않았어. 우릴 안아준 건 아빠야. 아빠가 우리를 정성으로 길렀다는 건 너도 알지?

언니의 기억은 르느와르의 풍경화와 닮아 있다. 하품이 날 정도로 평화로우며 노선버스만큼이나 변함이 없다. 아빠에 대한 기억은 엄마를 기억하는 것과 마찬가지로 오염되어 있다.

민하는 왜곡이나 오염을 모른다. 그림 같은 사랑이 아니라 생활을 윤택하게 해 줄 남자를 찾는다. 방충망을 통해 들고나는 바람처럼, 민하의 사랑은 방충망으로 걸러낸 보장형 팩트다.

차영은 휴대폰에 깔린 캘린더 앱을 연다. 인교가 말한 다음 주엔 할 일도, 약속도 없다. 약속보다 더 중요한 일이 있긴 하다. 머리를 염색하는 일. 누구처럼, 노랗게 물든 머리칼을 다섯 개의 손가락으로 젖히며 거울을 바라보는 일. 누구처럼, 사랑의 무게를 화끈하게 무시하며 '나'를 전면에 내세우는 일.

인교는 민하처럼 자신을 전면에 내세울 줄 안다. 사귀던 여자와 헤어진 이야기를 풀어놓고, 그 여자를 잊지 못해 다시 만났다는 이야길 거리낌 없이 한다. 두 달을 만나고 일주일을 헤어져 있다, 그 일주일을 견디지 못해 다시 만나 한 달 가까이를 보낸다. 한 달이 되기도 전에 헤어지고, 헤어진 후 일주일쯤 되면 다시 만난다. 인교의 입에서 끊임없이 흘러나오는 단어는 일주일, 한 달, 헤어짐, 만남이다. 그러한 이야기를, 영화의 한 장면을 연출하듯 그럴싸하게 와인을 홀짝이며, 때론 어느 각도에서 얼마만큼 고개를 숙여야 좋은 컷이 나오리라 계산하며, 가끔은 고뇌의 표정을 지으며, 마주 앉은 여자를 젖은 눈으로 바라보며, 눅눅한 음성으로 말하는 것도 잊지 않는다. 그러한 이야기를, 인교가 말하는 것처럼 감동적으로 받아주면, 인교는 헤어질 때 살짝 허그를 하며, 허그를 받아주면 어깨에 둘렀던 팔을 허리로 내려 힘을 주며, 그래도 가만히 있으면 키스를 한다. 인교에게선 소독약 냄새가 아닌 남자 스킨 냄새와 살 냄새가 난다.

차영은 머리를 염색한 후 인교를 만나기로 한다.


민하의 옷차림은 화이트다. 하얀색 슬랙스에 하얀색 티셔츠. 농밀한 관계처럼 아래위 옷은 타이트하다. 화이트에 검은색 선글라스, 새빨간 립스틱 색이 강렬하게 내리 쪼는 햇빛만큼이나 심플하며 뜨겁다.

민하는 차영의 침대에 걸터앉아 맞은편 거울을 바라본다.

클럽 안 갈래?

차영은 냉장고에서 김치를 꺼낸다.

우리 둘이?

민하는 거울을 보며 선글라스를 치켜 올린다.

둘도 좋고 서넛도 좋고. 왜, 같이 갈 남자 있어?

차영은 고개를 젓는다. 민하는 그러면 그렇지 네가, 하는 눈빛을 던진다.

차영은 오목한 접시에 김치를 담고 컵라면 두 개를 꺼낸다.

안 먹을래?

민하는 선글라스를 머리 위에 올린 채 싱크대 앞으로 온다.

글쎄…… 먹어보실까?

민하는 전기 포트에서 폭폭 끓는 물을 컵라면 두 개에 붓는다.

그 짜아식 말이야, 언제 프러포즈를 하나 기다렸던 그놈 말이야, 어제부로 종쳤다. 생긴 건 멀쩡한데 짜아식이 말이야, 매너가 꽝이더라고. 모텔 가고 술 마시고 거기까진 좋았는데, 택시비를 날더러 내라는 거다. 잔돈이 없다나? 쪼잔한 새끼. 내가 왜 남자를 만나면서 돈을 써야 하니? 그런 짜아식은 여자 만날 자격이 없는 거야. 잘 가라 새꺄 하고 빠이빠이 했다.

차영은 컵라면 뚜껑을 열고 젓가락으로 라면을 휘휘 젓는다.

그래, 가자, 클럽.

민하는 이번에도 그러면 그렇지 네가, 하는 눈빛을 표 나게 던진다.

너, 부킹 들어오면 할 거니? 괜찮은 놈 걸리면 난 원나잇도 콜.

차영은 라면을 후후 불어 입에 넣는다. 클럽, 부킹, 원나잇. 엄마는 클럽을 다닌 적이 있나? 언니는 최선을 다해 클럽을 좋아했나? 나는? 나는 좋은 딸이 되기로 약속했다. 약속은 지키라고 있는 것이지 어기라고 있는 게 아니라고 배웠다. 약속을 어기는 것은 배신이라고 했다. 배신은, 엄마를 입에 올리는 것과 같은 금기어다. 금기는 누가 정하는 것인가.

민하는 휴지로 입술을 닦더니 새빨간 립스틱을 바른다.

난 사는 게 재미있어. 특히 클럽 갈 때. 어떤 놈이 걸릴지 모르지만 어떤 놈이 어떤 놈인지 딥따 궁금하거든. 어떤 년은 클럽에서 만나 결혼까지 갔다잖니. 그것도 회계사 놈이랑. 그 말을 듣는데 바닥을 데굴데굴 구를 뻔했어. 배 아퍼서.

민하가 거울 속 차영을 보며 달뜬 음성을 숨기지 못한다.

빨랑 준비해. 화장하고 옷은 내가 책임질게. 클럽 갈 땐 무조건 튀어야 산다.

차영은 욕실로 들어간다. 엄마는 어설프게 아니, 정직하게 튀어서 죽었나? 언니는? 나는? 나는 착한 딸이 되기로 약속했다. 약속은 죽을 때까지 지켜야만 할 책임이라고 했다. 책임은 스스로 정한 의무라고 했다. 의무는 배신하면 안 되는 규칙이라고 했다. 규칙은 누가 정하는 것인가.

차영은 샤워를 마치고 욕실에서 나온다.

민하는 기다렸다는 듯 차영의 화장품을 이것저것 꺼낸다.

내 이럴 줄 알았다. 기초는 있는데 색조가 없네. 내 걸루다 오늘의 주인공을 만들어주시겠다. 일루 얼굴 대.

민하는 자신의 백을 열고 화장품을 와르르 쏟아낸다. 차영은 침대에 걸터앉는다. 민하가 기초화장을 끝내고 색조화장으로 들어간다. 민하에게서 숨의 열기, 얼굴의 온도, 붓 터치의 신중함이 뜨겁게 나온다. 아빠는 이런 진지함을 알까? 엄마는? 언니는? 나는? 나는 색조화장을 한다.

민하가 화장솔로 볼터치를 끝낸다.

어머머머! 얘 이쁜 것 좀 봐. 부킹은 너한테만 들어오겠다. 난 원나잇은커녕 팽 당해서 슬프게 울 거 같아, 으흑흑흑…….

민하가 깔깔거리며 핸드백을 든다. 차영은 창문을 닫고 블라인드를 내린다. 민하가 엉덩이를 까불까불 흔들며 현관으로 간다.

클럽 입구엔, 도대체 어디 있다 나왔나 할 정도의 현란한 옷차림들이 넘실댄다.

민하가 익숙하게 클럽으로 들어간다.

너 여기 와 봤니?

차영은 고개를 저으며 신용카드를 꺼낸다. 민하는 그럴 줄 알았다는 듯 차영의 얼굴에 자신의 얼굴을 바짝 들이민다.

넌 참 아름다운 짓만 한다. 근데 하나만 물어보자. 너, 부자니? 부자 아빠나 할아버지 둔 거 아냐? 만날 때마다 계산하니까 어째 수상하네.

차영은 픽 웃으며 카운터 직원에게 신용카드를 건넨다. 직원이 리더기에 카드를 넣는다. 밤 11시 43분. 누군가에겐 흥미로운 시간이며, 또 누군가에겐 충격의 시간이 되리라. 흥미로운 시간과 충격의 시간은 하나의 줄기를 타고 하류로 향한다. 하류엔 녹조로 탁해졌던 물이며 발암물질을 포함한 물이 뒤섞여 악취를 뿜어낸다. 악취를 먹고사는 생물은 존재감을 얻고, 악취로 시름시름 앓는 생물은 절망을 얻는다. 아빠는 악취가 아닌 미소를 신용카드로 쓴다. 아빠의 신용카드는 놀랍도록 정확하며 녹슬거나 폐기된 적이 없다. 그런데 엄마는? 언니는? 나는? 나는 클럽에서 신용카드를 쓴다.

차영은 신용카드를 받아 지갑에 넣는다.

모텔 갈 때도 불러. 계산해 줄게.

민하가 차영의 팔에 자신의 팔을 낀다.

이쁘다 이쁘다 하니까 요것이 이쁜 말만 하네. 너 부자 아빠 둔 거 맞구나? 어느 회장님 딸이신가요. 정체를 밝히렷다.

차영은 슬쩍 민하의 팔을 뺀다.

정체를 밝히면 시시해져.

종업원이 다가와 차영과 민하를 테이블로 데려간다.

민하는 할끔할끔 주변 테이블을 둘러본다. 저 테이블은 꽤나 노는 척하는 족들이지만 싼 티가 난다는 둥, 저 테이블은 여자깨나 후리게 생긴 것들이지만 저런 놈들일수록 독박을 씌운다는 둥, 돈도 쓰고 화끈하게 놀 줄 아는 놈들은 콧대가 높다는 둥, 그런 놈들과 부킹을 하자면 테크닉이 필요하다는 둥, 너처럼 얌전을 빼고 있음 부킹에 실패한다는 둥, 민하의 말은 고막이 찢어질 듯 터져 나오는 음에 섞여 끊기다 이어지다 한다.

민하는 맥주 몇 모금을 마시자 사이키 조명 안 깊숙이 들어간다. 민하가 몸을 흔들자 남자들이 민하를 포위하듯 다가와 춤을 춘다.

차영은 인교에게 문자를 친다.

지금 클럽에 있는데 오지 않을래?

인교는 혼자 술 마시고 있던 터에 잘 됐다고 답을 보낸다.

차영은 인교가 오자 슬그머니 뒷문으로 빠져나온다. 밤 12시 57

분. 집에 도착하면 새벽 1시 40분쯤. 차영은 클럽 주위를 둘러보며
택시를 잡는다.

패스워드를 친다. 문이 열린다.

지독히도 머리 아픈 소독약 냄새. 차영은 현관에 우뚝 서 있다.
안으로 들어간다. 블라인드는 올려 있고 창은 열려 있다. 밤바람이
실내를 한 바퀴 휘돌아 침대보 끝자락을 날린다. 차영은 침대에
핸드백을 던지고 주위를 살핀다. 벗어 놓은 옷과 화장품은 제자리
에 그대로다. 노트북이며 메모지며 읽다 만 책도 그 자리 그대로
다. 냉장고를 연다. 물병의 물이 텅 비어 있다. 반쯤 남았던 우유도
비어 있다. 새것 그대로인 오렌지주스병도 비어 있다. 싱크대는 방
금 누군가가 사용한 듯 젖어 있다. 욕실을 연다. 샤워기 꼭지에서
똑, 똑, 물이 떨어진다.

아빠는 말했다. 물을 쓰면 꼭 잠가라. 외출 할 때는 반드시 창문
을 닫아라.

차영은 열린 창 앞으로 간다. 도로는 텅 비어 있고, 적색 점멸등
은 깜박인다. 적색 점멸등에서 십여 미터 떨어진 곳엔 검정색 승
용차가 후미등을 켠 채 정차되어 있다. 새벽마다 점멸등을 찾아오
는 이는 누구인가. 그는 고환염에 시달린다. 열렬하며, 끊임없으
며, 정지를 모른다. 성긴 방충망은 그런 자를 막지 못한다. 그는 갑
옷의 무사로 말에 오르며, 말은 그가 주는 사료를 먹으며 사랑을

배운다. 무사의 사랑은 친절하며 디테일하며 고상하다. 무사가 말의 갈기를 쓰다듬으며 말한다. 미세방충망으로 교체해도 말은 말, 너는 내 말이니.

문자 두 개가 동시에 온다.

민하, 인교하고 원나잇 해도 됨?

인교, 뉴 페이스…… 고맙다.

차영은 답을 보내지 않는다. 방충망 사이로 잘게 부서진 밤바람이 침대보 자락을 흔들다 냉장고로, 싱크대로, 욕실로 간다. 차영은 창을 열어둔 채 이불을 덮는다.

아빠가 보인다. 아빠는 늘 그렇듯 미소를 짓고 있다. 푸른색 셔츠는 싱그럽고, 두 번 접은 소매 아래 팔목과 손은 부드러우며 곧다. 아빠가 엄마 손을 잡고 작은방으로 들어간다. 여보, 우리집 통행금지 시간이 어떻게 되지? 엄마는 불쾌하다는 듯 고개를 돌린다. 아빠가 엄마 턱을 잡아 자신 쪽으로 돌린다. 내 퇴근 시간이 당신 통행금지 시간이라는 거, 다시 말해야 하나? 아빠 입가엔 미소가 떠나지 않는다. 주차장에서 마주치지 않았음 난 당신이 집에 있는 걸로 알았을 거야. 엄마가 아빠를 외면한다. 영화 끝나는 시간이 조금 늦었어요. 아빠는 엄마 얼굴을 돌리더니, 엄마 입술의 꼬리에서부터 꼬리까지를, 펜으로 그리듯 손끝으로 천천히 훑는다. 오늘따라 당신 말하는 입술이 왜 이리 새빨갛지? 엄마가 아빠 손을 잡아뗀다. 그만 해요. 애들 잘 자고 있나 보러 가야 해요. 아빠 얼굴엔 인자한 웃음이 가시지 않는다. 우리집 가장은 나야. 난 당신과 애들 보호자라고. 보호자가 정한 시간을 지키는 것은 가족의 의무야. 엄마 얼굴이 굳는다. 아이, 참. 친구들과 같이 보는데 나만 먼저 나와요? 아빠가 환하게 미소를 짓는다. 친구들? 그 친구들은 남편 올 시간까지 영화 나부랭이나 보고 있나? 아빠 손가락이 다시 엄마 입술로 가더니 턱을 따라 목으로 내려간다. 목에서 가슴골로 가더니 젖가슴 위에서 멈춘다. 가슴이 커졌어. 체중이 늘었다는 얘기야. 엄마가 아빠 손을 잡아뗀다. 이 손 좀 치워요. 생리 전이라 가슴이 커진 것뿐이에요. 아빠가 엄마 허리를 움켜잡는다. 허리에 붙은 이 살은 뭐지? 체중이 늘면 건강에 해롭다고 한 얘기, 잊었어? 엄마가 아빠의 눈을 똑바로 본다. 체중으로 날 모욕하고 싶은가 본데 맘대로 해요. 건강이 아니라 당신 체면 구길까봐 그러는 거잖아요. 아빠가 엄마를 벽에다 밀어붙인다. 그렇게 말하면 곤란하지. 난 당신 보호자라니까. 잊지 마. 보호자라고. 아빠는 미소 짓는다.

창밖에서 자동차 엔진음이 난다. 차영은 침대에서 일어나 창으로 간다. 1톤 트럭이 원룸 앞에서 짐을 싣는다. 이사를 가는구나. 터를 옮기는구나. 좋은 일이야. 아주, 많이, 가벼운 일. 엄마는 이사를 한 적이 있나? 언니는? 나는? 나는 이사를 했다.

1톤 트럭이 떠난다. 짐칸엔 작은 책상과 컴퓨터 본체, 이불이 들었음직한 커다란 보따리, 살림 도구들이 들었음직한 박스들이 켜

켜이 쌓여 있다. 1톤 트럭이 짐을 싣고 적색 점멸등을 지나간다. 차영은 방충망을 손톱으로 긁는다. 잘 가세요, 이곳을 잊고 마음도 이사하세요.

아빠는 이사를 했을까. 아무도 없는 집에서, 사랑을 줄 누구도 없는 집에서, 밤 10시가 되기만을 기다리는 건 아닐까.

아빠는 밤 10시가 넘자 언니와 내가 함께 쓰는 방으로 들어온다. 언니 책상 서랍을 열어보기도 하고 옷장을 열어보기도 한다. 언니가 들어온다. 아빠 얼굴엔 결이 고운 미소가 번진다. 언니는 아빠의 미소를 보자 그 자리에 무릎을 꿇는다. 아빠, 잘못했어요, 버스를 놓쳤어요. 아빠는 여전히 미소 띤 얼굴로 종이를 내민다. 여기다 각서를 써라. 10시를 넘기면 열흘간 집에서 자숙의 시간을 갖겠다고. 언니는 각서를 쓴다. 아빠는 각서를 벽에 붙이라고 한다. 언니는 입술을 앙다문 채 각서 쓴 종이를 벽에 붙인다. 아빠 얼굴에 만족의 미소가 오래 머문다. 그래, 그렇게 해야지. 아빠는 너희를 사랑하고 지켜야 할 책임이 있어. 아빠가 방을 나간다. 언니는 씩씩거리며 벽에 붙인 각서에 삿대질을 한다. 사랑 좋아하시네. 책임 좋아하시네. 언니가 흥흥 콧소리를 내며 옷을 벗는다. 언니 팔뚝엔 주사 자국이 또렷하다. 언니는 주사 자국을 가리키며 픽픽 웃는다. 이게 뭔지 아니? 임플라논이라는 거야. 피임 시술 말이지.

차영은 방충망을 등진다. 오전의 햇살이 따끈하게 덥힌 우유만큼이나 감미롭다. 꿈을 꾸어도 좋겠는 시간. 언니의 꿈은 시간을 잘 맞춘 것일까 맞추지 못한 것일까. 언니는 집을 나가기 전 말했다. 내 꿈이 뭔지 아니? 아빠가 없는 곳에서 사는 거야. 그게 실패하면 살인을 하는 거야. 살인의 포인트는 아빠 엿먹이기. 사회로부터 얼굴을 들 수 없게 만드는 거.

언니는 아빠가 없는 곳으로 이사를 했고, 아빠가 간섭할 수 없는 행방불명의 세계로 떠났다. 언니는 지금 행복할까. 아빠는? 아빠는 행복하다. 미소를 가지고 있는 한, 아빠의 행복은 꺾이지 않는다. 아빠는 언니에게 신용카드를 줄 때에도 미소를 잊지 않는다. 대학 입학한 기념이다. 용돈은 따로 안 줄 테니 이 신용카드를 써라. 아빠는 내가 대학에 들어갔을 때도 신용카드를 준다. 이 카드를 써라. 용돈은 따로 주지 않으마. 아빠 얼굴엔 석가모니도 반할 만한 미소가 빙긋 떠오른다.

차영은 신용카드를 꺼낸다. 아빠 이름과 16개의 숫자. 그 숫자엔 아빠를 복사한 미소가 새겨져 있다. 아빠의 미소는 다정하다. 자상하며 침착하며 넉넉하다. 아빠는 언니가 신용카드를 쓴 지 얼마 후 언니를 부른다. 술집엘 자주 드나드는구나. 담배까지 손댄 건 아니겠지? 언니는 무릎을 꿇는다. 죄송해요 아빠. 친구들이 잡아끌어 갔는데 돈이 없다고 해서 아빠 카드를 썼어요. 이번에도 아빠는 자상하며 침착하며 넉넉한 미소를 짓는다. 잔소리라고 듣지 마라. 다 너를 위해 하는 말이다. 너는 내 딸이야. 내 딸답게 행동거지 해야 하는 거 알지? 언니는 방으로 와 신용카드를 벽에 던진다. 아, 골 때려. 카드 주더니 알림 서비스를 받나 봐. 언니가 갑자기 킥킥댄다. 이것 좀 볼래? 언니는 가방에서 담배를 꺼내 입에 문다.

차영은 메모노트를 꺼낸다. 카드를 쓸 때마다 기록했던 날짜와 내역이 시간대별로 빼곡하다. 아빠는 신용카드가 문자를 남길 때마다 안심하거나 미소 띤 화를 내거나, 메모 한 장 남기고 간 딸을 떠올리며 분을 삭이고 있을지도 모른다. 메모는 간단했다. 아빠, 저도 독립할 때가 되었어요. 걱정하지 마세요. 착한 딸로 열심히 살게요.

문자가 온다.

민하, 점심 시간인데 같이 밥이나 먹을래?

차영은 답을 보낸다. 월차 내서 집에 있어. 저녁엔 약속이 있고.

약속에도 배신은 있다. 언니는 아빠에게 다시는 그러지 않겠다고 약속했지만 지키지 않았다. 못 한 게 아니라 안 한 것은 배신이다. 착한 딸로 살겠다, 좋은 딸이 되겠다는 약속도 믿을 수 없다. 언니처럼 적극적으로 힘을 다해 어기기도 한다. 약속에도 융통성이라는 게 있으니까.

차영은 신용카드를 들고 밖으로 나간다. 미용실에서 노랗게 염색을 하고, 점심을 먹고 카페에서 차를 마신다. 화랑에 들러 그림을 보고 고궁을 산책한다. 대형서점으로 가 비치된 책을 꺼내보거나, 서점 안에 있는 문구점에서 여러 색의 펜들을 꺼내본다. 음반

코너에서 음반을 꺼내 헤드폰으로 음을 듣다, 백화점으로 가 여기 저기를 돌아다닌다. 오후 6시 17분.

차영은 인교에게 문자를 친다.

저녁 같이 먹을래?

인교에게서 답이 온다.

일이 아직 끝나지 않았음. 한 시간 후쯤이면 가능함.

차영은 백화점에서 나와 인교가 근무하는 직장 앞으로 간다.

도심 복판. 차영은 빌딩 옆에 조성된 작은 공원으로 간다. 공원 벤치에 앉아 지나가는 차들을 바라본다. 버스 막차는 대개 밤 12시 에서 1시 사이다. 버스들은 그 시간을 넘기면 차고지에서 잠을 잔 다. 버스의 막차 시간과 밤 10시의 공통점은 정해진 시간이라는 점 이다. 정해진 시간을 벗어나는 건 위법이라고 한다. 위법은 의미를 찾을 수 있는 기회이기도 하다. 엄마는 아빠에게 위법을 하다 어 떤 의미를 찾았나. 언니는? 나는? 나는 남자를 만난다.

인교가 백팩을 메고 다가온다.

오늘은 자살 내지 타살하고 싶을 만큼 팀장한테 깨졌어. 그러니 까……

차영은 공원을 나온다.

그러니까 깨진 날엔 삼겹살에 소주 어때?

인교가 불판에 고기를 얹는다.

머리칼에 힘 좀 줬구만. 뭐, 나한테 잘 보이려고 한 건 아닐 테고, 할 말 있어서 만나자고 한 거 아냐? 이왕 깨진 날, 한꺼번에 깨지자고. 그날 민하하곤……

차영은 소주잔에 술을 따른다.

쉿! 나, 그런 거 신경 안 써.

인교는 육즙이 흘러내리는 살점을 뒤집는다.

신경이 안 쓰일 정도면 내가 별 볼 일 없는 놈이라는 말이네. 팀장보다 쎄다.

차영은 인교의 술잔에 술을 가득 채운다.

그런가? 그럴지도 모르지만 아닐지도 모르지.

인교는 잘 익은 고기를 가위로 잘라 차영 앞에 놓는다.

말이 어렵다. 혹시 어장 관리 하는 중?

차영은 상추에 삼겹살을 얹는다.

그런가? 그럴지도 모르지만 아닐지도 모르지.

인교가 차영의 술잔에 술잔을 부딪친다.

너 참 이상하게 말한다. 만날 때마다 음식값이며 술값 찻값을 내는 것도 이상하고, 공짜라 좋긴 한데 어째 찜찜하다.

차영은 술잔을 반쯤 비운다.

꿈을 이루기 위한 일종의 밑밥이라고 해두자.

인교가 풋고추를 된장에 찍는다.

어떤 꿈인지 모르지만 비용 지불이 꽤 되겠어.

차영은 휴대폰을 꺼내 시간을 본다. 밤 10시 47분.

또 이상하게 말할게 들어볼래? 우리 모텔 갈까? 또 이상하게 말할게 들어볼래? 모텔비는 내가 낼게.

밤 11시 28분. 차영은 신용카드로 음식값을 낸 후 무인텔로 간다.

인교는 적당히 취기가 오른 몸을 좌우로 흔든다.

내가 여자들한테 이렇게 인기가 좋은 줄 몰랐어.

차영은 무인텔 카드기에 신용카드를 긁는다.

임신시킨 적이 없나 보지.

차영은 신용카드를 지갑에 꽂는다.

너 먼저 들어가 있어. 콘돔 사 가지고 갈게.

차영은 무인텔을 나와 조심스레 주위를 살핀다. 새벽 12시 9분. 오늘은 여기까지. 오늘을 읽은 자는 노여운 미소를 띠거나, 바뀐 전화번호를 알아내려 흥신소에 의뢰를 넣었을지도 모를 일이다. 차영은 원룸이 있는 쪽으로 걸음을 옮긴다.


패스워드를 친다. 문이 열린다.

지독히도 머리 아픈 소독약 냄새. 차영은 현관에 서서 안을 바라본다. 침대 위 이불은 바닥에 떨어져 있고, 책상 위 노트북은 침대로, 몇 권의 책과 노트는 싱크대 개수대 안에, 옷장의 옷은 욕실 바닥에 흩어져 있다. 자기 자리를 잃어버린 물건들. 있어야 할 자리를 이탈한 물건들.

아빠는 퇴근 후면 으레 언니와 내가 쓰는 방부터 열어본다. 잠

옷을 벗었으면 잘 개켜 보이지 않는 곳에 둬라. 저 양말은 뭐냐. 어서 세탁실에 가져다 놔라. 물컵이 책상 위에 그대로잖니. 어서 치워라. 집에 들어오기 전, 입은 옷은 벗어서 털고 들어오라는 말 잊지 않았지? 들어온 즉시 손부터 씻으라고 한 거, 지켰니? 다 너희를 위해 하는 말이다. 아빤 너희를 잘 가르치고 지킬 책임이 있어.

언니는 아빠가 나가자 신경질적으로 물건들을 치운다. 이놈의 집구석, 꽉 뿌셔버리고 싶다. 엄마를 이해하겠어.

차영은 흩어져 있는 물건들을 제자리에 놓는다. 흔적을 남기고 간 자. 그 자는 흔적을 남기지 않으려 수술용 장갑을 끼고, 신발엔 일회용 부직포 덧신을 신었는지도 모른다. 흔적을 남기며 남기지 않는 자. 그 자의 계산은 치밀하나 의미는 치밀하지 않다. 엄마는 치밀했나? 언니는? 나는? 나는 새벽 1시를 넘겨 원룸에 와 있다. 원룸에서 대각선 쪽엔 적색 점멸등이 붉은 빛을 토해내고, 그 근처엔 검정색 승용차가 후미등을 켠 채 정차되어 있다. 차영은 으스스 떨며 침대에 눕는다.

언니가 보인다. 언니는 물건을 치우자 침대에 벌렁 눕는다. 아이 쌍. 방문을 확 잠가 버릴까 보다.

잠그다와 잠기다. 엄마가 끝내 나오지 않은 방은 잠근 것일까 잠긴 것일까. 아빠와 엄마가 작은방으로 들어간다. 딸깍, 문 잠그는 소리. 아빠는 엄마를 지그시 쳐다보고 엄마는 아빠를 외면한다. 아빠가 엄마의 **뺨**을 천, 천, 히, 위에서 아래로 쓰다듬는다. 여보,

난 당신이 올 동안 주차장 차 안에서 기다리고 있었어. 엄마의 눈동자가 곤혹스럽게 흔들린다. 아빠는 종이를 구기듯 엄마 얼굴을 와락 잡는다. 지금 몇 시인지 말해볼래? 아빠 입가엔 맑은 미소가 떠나지 않는다. 내가 왜 내 손으로 집 문을 열고 들어와야 하지? 당신이 있는데? 당신은 내가 올 시간에 맞춰 문을 열어줘야 하는 거 아닌가? 엄마는 아빠 손을 뿌리치고 방 모퉁이에 쭈그려 앉는다. 아빠가 엄마 앞에 쪼그려 앉는다. 까만 밍크도 사주고, 하얀 밍크도 사주고, 비싼 골프복도 사주고, 주말이면 외식도 시켜주고, 골프장도 데려가고, 이 사람 저 사람이 더럽게 만진 돈을 내 아내가 만지는 게 싫어서 항상 신권으로 주고, 그런 걸로는 부족하다는 뜻인가? 엄마는 아빠를 빤히 본다. 사달라고 한 적 없어요, 데려다 달라고 한 적도 없어요. 회원들한테 과시하려고 사 준 거 다 알아요. 아빠가 엄마의 양 입술을 집게손가락과 가운데 손가락으로 꽉 잡는다. 그런 말도 할 줄 알고 많이 컸네. 그런데 말이야, 그 말이 틀렸다는 거지. 난 이 집 가장으로 최선을 다한 거고, 당신 또한 아내와 엄마로 최선을 다해야 맞는 거야. 전업주부가 퇴근하는 남편 문 열어주는 게 그렇게도 어려운 일인가? 난 당신과 애들을 최우선에 두고 사는데 당신은 그렇지 않은 모양이지? 아빠가 방안을 왔다 갔다 한다. 나는 질서, 위계질서를 지키려는 거야. 가정에 위계질서가 무너지면 어떻게 되는지 알아? 아빠가 엄마 앞에 우뚝 선다. 당분간 이 방에서 자숙하길 바라. 아빠가 문손잡이를 잡는다. 엄마 목소리가 비명에 가깝게 터져 나온다. 난 인형이 아냐! 날 내버려 둬 개새꺄! 아빠가 잠시 문손잡이를 잡고 있다 방을 나온다. 딸깍, 문 잠그는, 혹은 잠기는 소리.

문을 잠근 건 아빠일 수도 있고 엄마일 수도 있다. 엄마는 그 방에 들어가 나오지 않았다, 혹은 나오지 못했다. 언니는 침대에서 발딱 일어나 앉았다. 엄마 사진이 한 장도 남아있지 않아. 우리를 위해서라고 하겠지. 우리가 뭘 원하는지 알지도 못하면서. 알려고 하지도 않으면서. 너, 엄마가 들어갔던 작은방 말이야, 거기 들어가 본 적 없지?

그 방은 현관 옆에 붙어 있다. 집을 나가며 들어올 때마다 그 방 앞을 거친다. 그 방 옆엔 화장실이 있다. 화장실을 들락거릴 때마다 그 방을 본다. 꾹 닫힌 문. 거대한 성으로 들어갈 수 없는 방. 들어가지 못하지만 속속들이 보이는 방. 언니는 그 방문에 기대어 소리 없이 울었다. 엄마가 보고 싶어. 보고 싶어 죽겠어. 엄마가 들어간 작은방은 흔적을 남기며 남기지 않았다.

언니는 흔적을 남기며 사라졌다. 언니가 새벽 2시가 넘어 집에 오던 날, 아빠는 언니와 내가 쓰는 방에서 언니를 기다린다. 언니가 들어오자 아빠는 나를 밖으로 내보낸다. 달깍, 문 잠그는 소리. 아빠가 말한다. 어디서 오는 길이니? 머리 꼴은 왜 그 모양이냐? 술집 나가는 여자들처럼 노랗게 물이나 들이고, 언니는 무릎을 꿇는 게 아니라 벽을 바라본다. 친구 만났어요, 아버지는 언니의 아래위를 샅샅이 뜯어보며 온화한 미소를 짓는다. 어떤 친구? 언니는 차갑게 대답한다. 남자친구요. 아빠의 미소는 그치지 않는다. 어떤 남자친구? 언니는 몸을 돌려 아빠를 마주본다. 아빠가 나온 대학에 다녀요. 아빠는 어떤 과 누구인지 묻는다. 언니는 문득 요즘 읽은 시의 시인이 떠오른다. 김수영이요. 법대 다녀요. 아빠는 미소를 잃지 않으며 언니의 어깨를 톡톡 두드린다. 니 말이 맞는지 아닌지는 내일이면 알 수 있어. 언니는 작정한 듯 아빠를 빤히 본다. 복학생이에요. 아빠처럼 신사적이고 예의도 바르고 교양 있게 미소도 지을 줄 알아요. 아빠는 벽에 붙은 각서를 가리킨다. 그게 중요한 게 아니라 저 약속을 봐라. 니가 한 약속이니 지켜야겠지? 열흘간 이 방에서 꼼짝 말고 자숙해라. 니가 이 방을 나올 수 있는 건 자숙뿐이다. 아빠가 달칵, 방문을 열고 나온다.

인교에게서 문자가 온다. 은근 취했던 듯. 장화 기다리다 잠이 들었음. 모텔비 아까워 자고 가겠음.

차영은 침대에서 일어나 창으로 간다. 적색 점멸등은 여전히 깜박이고, 검정색 승용차는 보이지 않는다. 오늘따라 하늘엔 유난히 밝은 별이 반짝인다. 별로 꿈꾸던 시대는 지났다. 별은 이제 정복해야 할 영역의 땅이 되었고, 별이 건네던 꿈은 인공위성이 대신한다. 유독 밝은 저 별빛은 인공위성이 내쏘는 빛일 수도 있다. 엄마는, 언니는, 별로 꿈을 꾸었나. 꾸다가 인공위성이 내쏘는 빛에 부서졌나. 하루의 흔적이 GPS로 낱낱이 고해지며 누군가의 뇌를 파괴했나.

아빠는 파괴된 얼굴이 아니다. 달칵, 문을 열고 나온 얼굴엔 봄날 같은 미소가 번져 있다. 별 일 아니다. 오늘부터 저 방은 언니 혼자 쓸 테니 너는 아빠 방을 써라. 사랑스런 내 딸.

차영은 방충망을 손톱으로 긁는다. 언니는 이런 방충망이 달린 창을 찢고 집을 나갔다. 언니의 탈출은 석 달 반 만에 끝이 났다. 내가 이 원룸으로 이사 온 지 석 달 반이 되는 지금과 같은 기간.

언니는 열흘이 아니라 이틀을 갇혀 있었을 뿐이다. 그동안 언니는 방안의 물건을 집어던지며 소리 질렀다. 이놈의 집구석! 사육장! 사육장! 구역질 나! 아, 씨팔, 그만 웃어요! 엄마를 내놔요! 우리 엄말 내놓으라고요! 아빠는 거실에서 언니의 외침을 들으며 미소 짓는다. 사랑을 배워야겠구나.

언니가 한때 자유라 생각하며 지냈을 원룸엔 소독약 냄새가 진동했다. 원룸 복판엔 새빨갛게 익은 수박이 박살난 채 널려 있었고, 그것은 마치 핏덩이가 터져 산산이 흩어져 있는 꼴이었다. 누가 이랬을까. 어떤 메시지를 전하고자 이렇게 했을까.

차영은 창문을 잠그고 책상 앞에 앉는다. 지금까지의 기록은 내가 겪은 것이자 언니가 겪은 일이다. 그 일은 수박이 시뻘겋게 터져있는 장면을 끝으로 더 나아가지 않는다.

같은 패턴이 오늘도 있게 된다면, 내가 잠든 사이 소독약 냄새는 진동할 것이고 수박은 원룸 복판에 처참히 깨져있을 것이다.

그런 후 나는 죽거나 행방불명이 될 수도 있다. 언니의 행방은 GPS조차 읽어낼 수 없는, 피라미드의 깊은 어디쯤이 될지도 모른다.

차영은 노트북을 켜고 항공사 홈페이지로 들어간다. 내일 당장 떠날 수 있는 항공권을 간신히 구해 신용카드로 결재한다. 신용카드는 항공편명과 시간을 휴대폰 문자로 보냈을 것이다. 차영은 구매한 항공권을 프린트한 후 캐리어를 꺼낸다. 노트북과 몇 가지 옷을 캐리어에 넣고 침대에 눕는다.

언니의 마지막 밤은 어떠했을까. 엄마는? 나는? 나는 잠을 자며 소리를 듣는다.

패스워드 치는 소리, 문이 열리는 소리. 흰 가운을 입은 자가 침대로 다가온다. 소독약 냄새가 뭉텅뭉텅 덩어리로 난다. 차영은 눈을 감은 채 잠이 깬다. 언니도 이랬을까. 눈을 떠 마주할 수 없는 냄새라는 걸, 세상에서 가장 무섭고 역겨운 냄새라는 걸, 거역하기 힘든 냄새라는 걸 알았을까.

흰 가운의 자는 가져온 수박을 높이 들더니 원룸 복판에 그대로 툭 떨어뜨린다. 퍽! 수박이 깨지며 사방으로 튄다. 차영은 눈을 감은 채 뻣뻣해진다. 언니의 마지막 밤도 이러했을까. 그 다음은?

흰 가운의 자는 수술용 고무장갑을 낀 손으로 거즈에 흡입마취제를 적신다. 흰 가운의 자가 차영의 코에 거즈를 덮는다. 차영이 늘어지자 흰 가운의 자는 장례지도사처럼 알코올을 적신 수건으로 차영의 몸을 닦는다. 손길은 꼼꼼하며 위생적이며 친절하다. 흰 가운의 자는 차영의 몸을 다 닦자 청테이프로 차영의 몸을 칭칭 감는다.

전화벨이 울린다, 울린다, 울린다…… 전화벨이 끊긴다.

문자음이 난다, 전화벨이 울린다, 문자음이 온다, 전화벨이 울린다…….

차영은 눈을 뜬다. 떠지지 않는다. 속은 울렁이고 머리는 부서질 듯 욱신댄다. 다시 눈을 뜬다. 몸을 움직인다. 눈도 몸도 움직여지지 않는다. 눈 속 저 어딘가에서 엄마가 보인다. 엄마는 아빠 손에 잡혀 작은방으로 들어간다. 엄마 입에는 청테이프가 붙어 있고, 동그랗게 만 몸뚱이에도 청테이프가 감겨 있다. 엄마가 몸을 뒤튼다. 옆으로 넘어진다. 엄마는 작은 항아리처럼 동그라진 몸을 움찔거린다. 엄마 앞에는 보란 듯이 문구용 칼 하나가 놓여 있다. 엄마는 힘겹게 문구용 칼을 잡아 청테이프를 찢는다. 손이 자유로워지자 엄마는 문구용 칼로 팔목을 긋는다.

문자 울림이 이어진다.

민하, 패스워드 바꿨어? 문이 안 열려. 열나 두드려도 코빼기를 볼 수가 없어. 전화해도 안 받고. 어디 해외 여행이라도 간 거야? 갈 거면 신고하고 가야지 이거사.

차영은 민하에게 말한다. 창문을 줘. 밖과 통하는 문.

차영은 겨우 눈을 뜬다. 엄마가 마지막으로 있었던 작은방. 차영은 청테이프에 감긴 채 방안을 둘러본다. 언니가, 행방불명으로 알고 있던 언니가, 하얀 가운을 입고 미라인 양 누워 있다. 노랗게 염색한 머리는 쑹덩쑹덩 잘려있고, 눈은 허공 저 어딘가에 고정되어 있다. 탄탄하던 볼은 푹 꺼진 채 산 것도 죽은 것도 아니게 있고, 앙상해진 발목에는 문신이 새겨져 있다. no return. 문신은 자신의 존재를 증명이라도 하듯 검푸른 색으로 또렷하다.

작은방 앞에서 발소리가 멈춘다. 달칵, 문 열리는 소리가 나고 소독약 냄새가 화끈 들어온다.

# 밤이 오면

"오늘도 행복을 책임지는 뽀뽀입니다. 규, 얼른 일어나세요."

귓속을 간질이는 음성, 간지럼에 긴가민가하게 들어 있는 기계음.

규는 알파고폰을 와락 쥔다. 모닝콜이 멈춘다. 한손에 쏙 들어오는 유방의 질감. 아모퍼스 실리콘에다 거미줄을 합성해 만든 야들야들하고 탄력적인 감촉. 규는 침대에 누운 채 알파고폰을 조물댄다. 아랫도리가 서고 손바닥이 축축해온다.

알파고폰에서 경고음이 흘러나온다.

"지금 뭐 하고 있음? 웨이크 업! 웨이크 업!"

규는 벌떡 일어나 알파고폰을 노려본다. 알파고폰에서 비음 섞인 목소리가 흘러나온다.

"규, 어서 씻고 출근 준비하세요."

규는 미적미적 욕실로 간다. 샤워를 마치고 나오자 기다렸다는 듯 알파고폰의 알림이 낭랑하게 나온다.

"오늘 여의도 최저 기온은 6.3도, 최고 기온은 18.5도, 바람은 오전 8시 3분 남서 방향에서 초속 4.55미터로 불다, 7분 후엔 북동 방향에서 초속 4.43미터로 불 예정."

규는 속옷을 입으며 알파고폰에 입을 맞춘다.

"뽀뽀, 고마워. 8시 이후엔 사무실에 있는 거 알지? 오늘 코디 부탁해."

알파고폰이 깃털보다 가볍게 대답한다.

"그레이 슈트 정장에 화이트 셔츠, 다크 블루 줄무늬 넥타이에 블랙 구두, 그레이 양말."

규는 알파고폰이 일러주는 대로 옷을 꺼내 입는다.

"오늘 예상 고객 숫자는?"

알파고폰의 목소리가 가볍게 날아오른다.

"스물세 명 정도."

규는 버스 정류장으로 가며 마음이 무겁다. 하루에 수백 명씩 오던 고객이 어느 때부터 백 단위를 넘기기 어려워지더니 지금은 수십 명대로 줄었다. 불경기 때문만은 아니다. 아닌 이유를 알지만 그에 관해 입을 떼는 사람은 많지 않다.

규는 은행 문을 열자 그 자리에 얼어붙는다. 어제만 해도 열세 개였던 창구가 다섯 개로 줄어있다. 여덟 개의 창구는 파티션으로 막아놓았고 고객용 소파도 여섯 개에서 세 개만 남아 있다.

하루가 지날 때마다 한두 명의 직원이 출근하지 않는 것은 구조조정이라 치고, 예고도 없이 은행의 규모마저 축소한다는 건 예상 밖이다.

규의 2년 선배가 어깨를 툭 친다.

"어지간히 놀랐나보군. 여기 지점, 오늘부터 출장소로 바뀌었어. 그러니까 폰을 칩으로 바꾸라고 했잖아. 난 칩으로 갈아타니까 실시간 고급 정보를 보내오더라고."

규도 그 점은 알고 있었다. 그동안 업무 지시나 변동 사항은 주로 알파고폰이 맡아했다. 언제부터인지 핵심 사항은 알파고폰이 아니라 알파고칩이 대신하는 눈치였다.

선배가 셔츠를 슬쩍 걷어 올리더니 손목을 내보인다. 일반 시계를 차던 자리엔 어태처블 워치attachable watch가 어엿이 채워져 있다. 선배는 제법 자랑스러운 표정으로 어태처블 워치를 푼다. 어태처블 워치가 있던 자리에는 새끼손톱만한 크기의 동그란 칩이 깔려 있다.

규는 선배의 손목을 흘깃 돌아본다.

"아, 알파고칩이군요."

알파고칩은 지문인식처럼 개인의 고유 정보를 체내에 이식해서 저장하고, 어태처블 워치는 그 정보를 읽어서 그 사람에 맞는 정보를 제공한다. 사용자는 알파고칩에 입력된 자신의 고유 정보를 이용해 정보를 받는다. 칩은 어태처블 워치의 아랫부분과 맞닿아야 작동하며, 한 번 이식한 칩은 다양한 어태처블 워치와 바꿔 쓸 수 있다. 쉬운 예로, 동일한 콘센트에다 110V나 220V를 사용할 수 있는 것과 같다. 이때 알파고칩의 에너지원은 둘이다. 하나는 어태처블 워치에 내장된 극소량의 원자배터리이고, 다른 하나는 신체가 보유한 전기다.

선배는 풀었던 어태처블 워치를 찬다.

"잘 알겠지만 디바이스는 알파고폰과 다르지 않아. 워치에 깔린 앱을 이용하니까. 나는 뭐 액정을 터치해 보는 것도 귀찮아 주로 이어폰을 사용해. 이어폰에서 워치걸이 귓속에다 정보를 털어주는데 듣는 재미가 또 쏠쏠해요. 아무개 씨~ 한 시간 전보다 혈당 치수가 3포인트 올라갔네요~ 아무개 씨~ 고지혈 치수도 알려드릴까요? 혈당 치수를 내리려면 오늘 점심은 보리밥에 소스 없는 야채를 드셔야 해요, 뭐 이러구 있어요. 하하하."

선배의 음성이 조금 더 커진다.

"근무할 때는 이어폰을 꽂을 수 없잖아. 그때는 앱을 터치해 액정을 보거나 가상화면을 띄워서 보면 돼."

선배는 이거 보라는 듯 어태처블 워치에 깔린 애플리케이션 하나를 터치한다. 어태처블 워치 상단에 있는 작은 구멍에서 빛이 반짝 터지더니, A4용지 반만 한 크기의 가상화면이 눈앞에 뜬다. 가상화면은 반투명 필름 모양으로 바탕엔 오늘의 날씨가 이모티콘과 함께 상세히 적혀 있다.

선배가 다시 애플리케이션을 터치한다. 이번에도 빛이 반짝 터지더니 가상화면이 감쪽같이 사라진다.

선배는 자리로 가며 알파고칩에 방점을 찍는다.

"사실 칩으로 바꿀까 말까 고민할 때 결정을 내려준 건 알파고폰이었어. 알파고폰이 뭐라고 했냐면, 레이저빔으로 시술하는 거라 통증이 없다는 거야. 이식도 십 분이면 된다고 하고, 제일 당기는 거는 몸에 심는 거라 신체의 리듬과 신체에 관한 모든 사항을 알려주고 그에 맞게 건강관리도 해준다는 거지. 갑자기 살이 찐다거나 빠져도 체내의 세포와 유기적으로 결합해 끄떡없이 작동한다네. 그게 다가 아니에요. 어떤 정보도 물어보는 족족, 세부사항까지 몽땅 다 알려주더라고. 대입 학원이 줄줄이 문 닫는 거 봤지? 알파고칩이 있는데 학원인들 과외인들 무슨 소용이 있겠어. 비용이 좀 나가지만 그 이상의 값어치는 충분히 해. 오늘 출장소로 바뀌는 것도 일주일 전에 알파고칩이 알려줬거든. 내구성도 끝내주고, 십 년 무상 보증이라니까 한 번 생각해 봐. 도태를 막는 길은 아니, 오래~ 오래~ 살아남는 길은 알파고칩뿐이라고."

규는 기운이 쭉 빠진다. 도태. 어제 본 동료가 나오지 않고, 그저께 점심을 함께 먹던 선배가 나오지 않는다. 일주일 전 퇴근길에 술잔을 나누던 후배가, 2주 전 야구장에 같이 갔던 선배가 보이지 않는다. 그들은 이유도 모른 채 아우슈비츠 수용소로 가던 유대인처럼, 자신이 사라지는 줄도 모른 채 사라진다.

규는 자리에 앉아 알파고폰을 손바닥에 놓는다. 종잇장처럼 얇지만 플렉서블 디스플레이처럼 휨이 자유로워 구겨도 되고 접어도 된다. 한마디로 탄성과 소성을 극대화시킨 물질의 완성품이다.

규는 최저 크기로 접었던 알파고폰을 최대 크기인 A4용지 크기로 편다. 그런 후 애플리케이션을 터치해 음성을 문자로 전환한다. 액정 상단 좌측 세 번째 애플리케이션을 터치하자 구조조정에 관한 정보가 뜬다.

김광진 부장 – 잉여.

규는 잉여를 터치한다.

기밀 사항. 세부 사항은 알파고칩에 문의.

규는 그 다음 정보를 읽는다.

노혁진 대리 – 셀프.

규는 셀프를 터치한다.

기밀 사항. 세부 사항은 알파고칩에 문의.

규는 알파고폰을 도르르 말아 책상 한쪽에 놓는다. 잉여나 셀프나 거기서 거기. 잉여 인간이 되는 게 두려워 자진 사표를 내서 셀프라 해도 그렇고, 그 셀프가 자살이라는 마감으로 간다 해도 마찬가지다. 사라지면서도 이유를 묻지 않는 사람들. 이유를 물을 수도 없게 거대해진 차단의 벽.

뭔지 모를 불안이 엄습한다. 규는 애써 마음을 다독이며 다시 알파고폰을 편다. 알파고폰의 액정 우측 세 번째 하단에 있는 애플리케이션을 터치하자 오늘의 메뉴가 뜬다. 규는 메뉴 중 점심을 터치한다. 화면엔 뽀뽀의 음성이 고스란히 들어있는 글자가 뜬다.

"규, 고민하지 마세요. 점심 메뉴는 쫄면."

쫄면? 어젯밤 야참으로 라면을 먹고 아침은 걸렀는데 점심마저 밀가루? 규는 밀가루보다 뜨끈한 갈비탕이 떠오른다.

규는 쫄면에다 물음표를 그린다. 뽀뽀가 서슴없이 설명한다.

"쫄면은 규의 연봉과 체중, 근육의 질량, 산소포화도를 산정하여 표준 값으로 나온 거임. 세부 사항은 알파고칩에 문의 바람."

규는 왠지 심사가 뒤틀린다. 뽀뽀가 내보낸 문자에다 엑스표를 그린다.

뽀뽀의 음성이 뒤틀린 심사 못지않게 글자로 튀어나온다.

"규의 앞날은 쫄면. 군말 말고 쫄면."

뭐가 어째? 앞날이 쫄면? 쫄면으로 쫄아가며 살라는 거야 뭐야? 이것이 오냐오냐 해줬더니 브레이크도 까먹고 역주행하네. 규는 알파고폰을 착착 접어 양복주머니에 넣는다.

개점한 지 십여 분. 첫 고객이 들어온다. 주황색 골프 점퍼에 명품 백을 든 할머니가 어느 창구로 갈까 이리저리 고개를 돌린다.

은행을 찾는 주 고객들은 텔레뱅킹이나 인터넷뱅킹을 겨우 했거나 한 적이 없는 사람들이다. 대중에겐 구닥다리로 접어든 알파고폰이지만 알파고폰도 모른다. 은행이 아직까지 존속하는 까닭은 저들을 위해서다. 은행 또한 알파고폰을 모르는 사람들과 마찬가지로 원시시대의 유물이 되어 간다.

할머니가 돈과 도장과 통장을 규 앞에 내민다.

규는 도장과 통장을 도로 할머니에게 건넨다.

"고객님, 이제 도장이나 종이돈, 통장은 사용하실 수 없습니다. 지난 번 오셨을 때 홍채 인식을 하신 걸로 나옵니다. 오늘부터 고객님은 홍채 인식으로 고객님 전용 알파고뱅크폰을 사용하실 수 있습니다."

규는 폴더가 달린 정사각형의 뱅크폰을 할머니 앞에 놓는다. 뱅크폰은 스마트폰의 두께로, 폴더를 열자 액정이 나온다. 액정 중앙엔 코인건전지처럼 생긴 작은 렌즈가 달려있고, 렌즈를 중심으로 위, 아래, 옆으로 정사각형의 칸이 여덟 개가 있다. 중앙의 렌즈에 눈을 대면 홍채를 인식하고, 홍채 인식이 끝나면 여덟 개의 칸에 적힌 입금, 출금, 송금, 보험, 적금, 공과금, 주식, 대출을 이용할 수 있다. 은행은 개인화된 정보를 저장하고, 사용자는 그 정보로 여덟 개의 칸을 터치해 업무를 본다.

규가 뱅크폰의 사용법을 알려주자 할머니의 얼굴이 뜨악해진다.

"아니, 예전보다 쉬워졌다고 하더만 더 어렵구려. 이거야 어디 눈도 침침하고 손도 떨려서 제대로 할 수가 있나."

규는 할머니가 가져온 돈을 대신 입금시키며 다시 한번 사용 설명을 한다.

"고객님, 지금 제가 하는 거 보셨지요? 처음이라 그렇지 몇 번 해보시면 쉽고 편리하다고 느끼실 겁니다."

규는 액정에 입금이 완료됐다는 메시지가 뜨자 할머니에게 보여준다.

"고객님, 입금이 완료되면 이런 메시지가 여기에 이렇게 뜹니다. 이게 안 뜨면 완료가 안 됐다는 뜻이니까 그럴 땐 저를 찾아오세요."

할머니가 찡그린 얼굴로 알파고뱅크폰을 받아든다.

"아니 왜 이런 게 생겨가지구 사람을 성가시게 하누. 이런 거 없이두 잘만 살았는데."

옆 창구로 땅딸막한 할아버지가 다가간다. 할아버지는 알파고뱅크폰을 내밀며 세금을 내야 하는데 낼 줄 모른다고 한다. 옆 창구의 직원이 뱅크폰의 공과금 칸을 터치해 세금을 송금해준다.

알파고가 대중화됐다곤 하나 알파고 이전 시대의 사람들은 아직 남아 있다. 그들에게 알파고는 여전히 상대할 수 없는, 상대하기 싫은 존재다. 은행 업무 역시 알파고폰으로 해결 가능하지만, 이통사는 알파고폰을 사용하지 않는 노년층을 겨냥해 알파고뱅크폰이라는 전용 단말기를 만든 것이다.

몇몇 노인 고객이 가자 대기실은 텅 빈다. 간유리를 통해 들어온 빛이 오늘 따라 유난히 흐리다. 고객용 소파는 한껏 늙어 보이고 창구에 앉은 다섯 명의 직원들 또한 쓰다 버린 휴지만큼이나 구깃해져 있다.

규는 심란한 마음으로 알파고폰을 연다. 중앙의 칸을 터치하자 뽀뽀가 방글 웃으며 나타난다.

"규, 무슨 고민이 있어 호출?"

규는 뽀뽀의 입술을 손끝으로 터치한다. 뽀뽀가 싱긋 웃으며 할 말을 문자로 바꿔 내보낸다.

"내 입술을 터치한 걸 보니 여자 생각이 난다는 거네?"

규는 화면에다 동그라미를 그린다. 기다렸다는 듯 뽀뽀가 동영상을 내어보낸다. 소녀가 반바지 차림에 머리칼을 흩날리며 자전거 페달을 밟는다.

규는 자전거 동영상 위에다 엑스표를 한다. 뽀뽀가 다른 동영상을 띄운다. 긴 머리칼의 여자가 벌거벗은 몸으로 풀장 물속에 비스듬히 누워 있다. 여자의 손이 자신의 젖가슴을 쓰다듬더니 아래로 간다. 여자가 자위를 시작한다. 자위를 하던 여자가 돌연 화면을 돌아본다. 여자는 화면을 뚫어질 듯이 보며 자위를 멈추지 않는다. 동영상을 보는 사람의 눈과 여자의 눈이 마주친다. 여자의 눈동자에 눈물인지 열기인지 모를 게 차오른다.

규는 더는 볼 수 없어 엑스표를 하려는 찰나 여자의 입가에 비웃음 같은 것이 흐른다. 규는 까닭 모르게 조마조마해온다. 알파고 폰을 터치해 풀장의 여자를 내보낸다.

풀장의 동영상은 알파고의 최대 약점이다. 알파고는 감정을 모르기에 여자의 감정을 그대로 내보낸 것이다. 여자는 그 점을 간파해 미묘하고도 복잡한 표정으로 알파고의 허점을 파고 들었다는 결론이 나온다.

규는 가슴이 뛴다. 다시 풀장의 동영상을 불러낸다. 풀장의 동영상은 나오지 않는다. 내주는 것도 감추는 것도 알파고의 권한이니 어쩔 수 없다.

노년층으로 접어든 여자가 들어온다. 알파고와 은밀히 놀던 직원들의 시선이 일제히 여자에게로 쏠린다. 여자는 알파고칩을 자랑하던 선배에게로 간다. 선배와 여자가 말을 나누는 사이 규는 뽀뽀에게 묻는다.

"퇴근하면 뭘 해야 좋을까. 누군가를 불러내 와인이라도 마실까 아님 곧장 집으로 갈까?"

뽀뽀는 망설임 없이 대답한다.

"집."

규는 미련이 남는 걸 어쩌지 못한다.

"곧장 집으로 가면…… 뭘 하지? 심심할 텐데."

뽀뽀의 답은 쌀쌀맞다.

"규의 연봉 상태와 미래를 산출한 값은 집. 집에 가서 집밥 먹고 알파고의 고전 영화 보기. 세부 사항은 알파고칩에 문의."

규는 알파고폰을 접어 양복주머니에 넣는다. 알파고가 지시한 대로 하면 탈날 일은 없다. 헌데 마음은 왜 이다지 허전한지, 왜 이렇게 찜찜한지.

퇴근 시간이 되자 직원들이 자리에서 일어난다. 규는 책상서랍마다 달린 도어락을 잠그고 은행을 나선다. 문득 선배의 말이 떠오른다.

"아직도 도어락이야? 칩을 깔아봐. 터치 하나면 책상서랍이 쓰
윽 열리고 쓰윽 잠긴다고. 그거 볼 때마다 얼마나 뿌듯한지 알아?"

사람과 사물을 명령하는 알파고. 누군가는 알파고 때문에 성
가시다고 하고, 누군가는 뿌듯하다고 한다. 알파고에게 협상이란
없다.

거리는 미세먼지와 황사로 인해 잿빛이다. 암울한 미래를 예견
이라도 하듯 잿빛 속을 오가는 사람들의 표정도 밝지 않다. 저런
표정은 아무리 봐도 익숙해지지 않는다. 셀프를 택한 사람들, 그
들의 표정이 저렇다. 그들과 같은 처지가 되지 않으려면 알파고가
지시하는 대로 집으로 가 집밥을 먹는 수밖엔 없다.

규는 곧장 집으로 와 밥을 먹은 후 알파고의 고전이라 불리는
기록물을 연다. 이세돌과 알파고의 바둑 게임. 이세돌은 한 번의
승리, 알파고는 네 번의 승리.

말이 쉬워 바둑이지 바둑을 이해하기란 쉽지 않다. 규는 초등학
교 때 우연히 바둑을 접했다. 혼자 사는 삼촌에게 놀러갔을 때, 삼
촌은 오목을 두자며 규를 바둑판에 잡아 앉혔다. 오목은 생각보다
재미있었다. 오목이 시시해질 무렵 바둑으로 넘어갔다. 초등학교
3학년이 됐을 땐 아마 1단의 삼촌을 넘보게 됐다.

규는 복기할 수 있을 정도로 알파고와 이세돌의 바둑 대결을
봤다. 볼 때마다 생각과 감정은 달랐다. 처음 볼 땐 놀라움이 컸고,

두 번째 볼 때는 도전 심리가 작용했다. 세 번째 볼 때는 알파고의 허와 실이 무엇인지, 인간의 허와 실이 무엇인지 나름 분석해보기도 했다. 알파고는 한 번 진 것을 교훈 삼아 지금의 이 자리까지 왔다. 알파고의 기록물이 고전으로 회자되는 중요한 이유다.

규는 같은 이유를 사람에게 적용해본다. 사람이 알파고에 진 것을 교훈으로 삼는다면, 알파고를 능가할 자리를 획득할 수 있을 것인가. 질문이 틀렸다. 알파고와 사람은 차원을 달리 한다. 알파고에겐 지능이라는 차원이, 사람에겐 지성이라는 차원이 있다. 다른 차원을 같은 차원에 놓고 승리니 패배니 떠들어대는 게 문제다.

규는 침대 머리맡에 알파고폰을 놓고 눈을 감는다. 심심할지도 모른다는 생각은 여지없이 깨졌다. 헌데 말이지, 밤하늘의 별을 보며 와인을 마시고 싶은 이런 기분은 어쩌면 좋은지. 가뭇 잠이 올 때마다 그녀가 나오는 꿈을 꾸게 해주는 알파고는 없는지. 그녀와 멀리 떨어져 각각 마시는 와인도, 동시에, 같이 마시는 느낌을 주는 알파고는 없는지.


이것은 무슨 기분일까. 규는 신경이 곤두선다. 아, 그렇구나! 알파고폰! 규는 깜짝 놀라 머리맡에 둔 알파고폰을 잡는다. 알파고폰이 먹통이다. 규는 알파고폰을 손바닥으로 탁탁 친다.

뽀뽀가 비아냥거리는 말을 거침없이 내뱉는다.

"때리지 마. 넌 잘렸어!"

규는 멀뚱하게 있다 반문한다.

"뭐가 잘렸다는 거야? 지금 뭔 말을 하는 거야?"

뽀뽀는 알 듯 모를 듯한 말을 던진다.

"오늘 코디는 알아서 해라. 난 책임질 수 없어."

규는 순간 자신의 귀를 의심한다.

"그러니까 잘렸다는 건 내가 직장에서 잘렸다는 거고, 그래서 모닝콜도 안 주고 코디도 할 필요가 없다는 거야? 이게 무슨 개소리야! 난 지금까지 니가 하라는 대로 했어. 곧장 집으로 가라면 갔고, 영화를 보라면 봤고, 엄마한테 전화하라면 했고, 이발을 하라면 했고, 더 나열해? 그런데 이제 와서 이게 말이 돼?"

갑자기 알파고폰에서 장송곡이 흘러나온다. 규는 와락 알파고폰을 벽에 던진다.

"이런 배신자! 나는 죽지 않았어!"

규는 그 자리에 벌렁 드러눕는다. 장송곡이 무겁게 바닥에 깔린다. 규는 장송곡에 덮여 숨을 헐떡인다. 지금까지 알파고폰에 에러가 난 적은 없다. 알파고폰은 스마트폰과는 다르다. 고공이나 해저에서도 까딱없이 작동하는 것은 물론, 사람과 대화할 줄도 안다. 그런데 잘린 사실을 이제야 알려줘?

규는 선배의 말이 실감난다. 알파고칩은 은행 지점이 출장소로 바뀐다는 사실을 일주일 전에 알려주었다고 했다. 알파고칩만이

도태를 막아주고 오래 오래 살아남을 수 있게 해준다고 했다.

규는 급히 청바지에 티셔츠를 걸치고 집을 나온다. 거리는 SF 영화의 배경처럼 여전히 잿빛이고, 오늘이란 없다는 듯 어제를 복사해놓은 꼴이다.

규는 직장으로 가는 버스를 탄다. 알파고폰이 잘렸다고 말한 게 사실이라면 어떻게 해야 하나. 사라져 없어진 사람들 모양 그렇게 사라져야 하나. 그럴 수는 없다. 그렇게는 안 된다. 하지만 알파고폰이 말한 게 사실이 아니라면 사정은 달라진다. 알파고는 에러가 난 것이고, 알파고를 철석같이 믿던 사람들은 충격을 받을 것이다. 그에 따른 손해 배상은 이슈화될 테고, 고소가 잇따를 것이다. 그렇다면 그 감당은 누가 어떻게 할 것인가.

규는 직장이 가까워올수록 가슴이 툭탁인다. 알파고폰의 말은 사실일 수도 있다. 아니, 사실로 받아들였기에 양복이 아닌 청바지 차림으로 나섰을 터다. 알파고가 무의식까지 지배하지 않고야 이럴 수는 없다.

버스가 직장 앞에 선다. 규는 버스에서 내려 은행 앞으로 간다. 은행은 십오 층짜리 빌딩 아래층을 전부 사용했던 것이라고는 볼 수 없게 컴컴하다. 은행 고유의 로고와 컬러로 치장했던 간판도 없다.

규는 은행이 있던 자리에서 눈을 떼지 못한다. 은행도 하룻밤 새에 사라져버릴 수 있다니! 허탈감인지 참담함인지 모를 게 부글

거린다.

규는 도로 건너편에 있는 카페로 간다. 점심을 먹은 후면 동료들과 종종 들러 커피를 마시던 카페다. 이 자리에서 동료들은 불안과 분노를 가만가만 나누었다.

"구조조정 말이야, 그거……."

"누군 당하고 싶어 당하나. 나도 언제 당할지 몰라 유서 써놓고 다닌다. 흐흐……."

"빅테이터가 하시겠다는데 방법 있어?"

잉여나 셀프를 당한 사람들. 그들의 잘못은 무엇이기에 미래가 막혀버렸나. 선배 말대로 알파고칩을 이식했더라면 도태도 막고 미래도 설계 할 수 있었나. 선배는 한 달도 안 돼 출장소마저 없어진다는 사실을 알고 있었을지도 모른다. 젠장할 놈의 알파고칩!

규는 성마르게 주머니를 뒤진다. 아차, 알파고폰! 규는 순간 머릿밑이 뜨끈해진다. 알파고폰을 두고 오다니! 이런 야비한 년!

알파고폰의 알람은 블루투스의 작동 원리와 비슷하다. 블루투스가 어느 정도의 거리를 유지할 때만 작동하듯, 알파고폰은 인체의 흐름을 감지할 수 있는 거리에서만 작동한다. 블루투스보다 한 단계 더 나아가, 인체가 일정 거리를 벗어나면 알람을 내보낸다. 알람을 끄는 것도 알파고폰에 저장된 지문에 의해서만 가능하다. 다시 말해, 어떤 사고로 인해 알파고폰을 잃어버렸다든지, 어느 장소에 놓고 나와도 본인 외에는 알람을 끌 수도 없고, 다른 사람이 사용할 수도 없다. 이런 점 때문에 사람들은 알파고폰에 열광하며 무한한 믿음과 애정을 보낸다. 헌데 알파고폰은 규가 집에서 나오도록 알람을 내보내지 않았다.

규는 선배와 통화하려던 것을 접는다. 마음이 종잡을 수 없이 들까분다. 아침이면 어김없이 여의도 지점의 날씨를 알려주던 알파고폰. 나긋나긋한 음성과 보들보들한 질감으로 애정을 발산하던 알파고폰. 오늘은 집에 놓고 와도 알람을 주지 않는 알파고폰. 규는 알파고폰에 이를 갈면서도 구속되고 싶은 욕망에 부르르 떤다.

따지고 보면 규가 은행에 취업할 수 있었던 것도 알파고폰 덕이다. 어떤 유형의 문제가 나올 것인지, 어떤 질문을 던질 것인지, 대답은 어떻게 해야 좋은지, 돌발 상황이 발생하면 어떻게 처신할 것인지, 개성과 능력을 최대치로 끌어내려면 어떻게 해야 할지, 이론은 물론 가상의 면접관을 띄우고, 경우의 수까지 면접관과 실전하며, 만점을 받을 때까지 할 수 있게 해주었다.

헌데 지금의 알파고폰은 언제 봤냐는 식이다.

규는 카페를 나가 알파고폰 전문 매장이 있는 곳으로 간다. 알파고폰 전문 매장은 은행에서 한 블록 떨어진 곳에서 번듯하게 영업 중이다. 알파고폰 매장 앞에는 줄 선 사람들로 장사진을 이룬다.

규는 줄 맨 뒤로 가 선다. 다들 폰을 칩으로 전환하려는 사람들이다. 건강을 체크해주고, 취업을 보장해준다는데 왜 안 그럴까.

그렇다 해도 일자리에는 한계가 있다. 알파고는 그 한계를 어떻게 돌파하며 처리할 것인가.

규는 앞사람이 보고 있는 알파고폰을 어깨 너머로 본다. 전면 광고가 혹할 만큼 매력적이다. 알파고칩을 구매하려는 사람은 오늘 이 매장에서 오전 10시에서 11시까지만 선착순으로 100명을 받는다고 떠 있다. 정부 지원금 30%에 알파고폰의 값을 30% 쳐준다고 한다.

규는 앞에 선 또래의 남자에게 묻는다.

"저, 죄송합니다만 화면에 뜬 광고 말입니다, 그거 언제 나왔습니까?"

앞에 선 남자가 규를 돌아본다.

"23분 전에 떴습니다."

23분 전이면 카페로 들어가던 시점이다. 규는 미심쩍은 생각이 들어 앞사람에게 다시 말을 건넨다.

"23분 전이면 그때 알파고폰을 본 사람들이나 알 수 있었겠군요, 예약제도 있는데 왜 이렇게 번거롭게 했을까요."

앞사람은 자신의 알파고폰을 구기다시피 접어 주머니에 넣는다.

"글쎄요…… 광고 효과를 노린 게 아닐까요. 이 늘어선 줄보다 더한 광고 효과가 어디 있겠습니까. 짧은 시간 안에 사람을 모을 수 있는 능력, 이만한 인기도 흔치 않을 겁니다. 거기다 판매수익까지."

알파고칩은 웬만한 대기업 과장급 월급의 2/3가 들어간다고 한다. 성능이 좋은 건 알지만 가격 면에서 쉽게 갈아타긴 힘들다. 가맹점들은 그 점을 노려 시간제를 이용해 할인을 하고, 예약시스템을 마다한 것일 터이다.

규는 슬그머니 줄에서 빠져나온다. 직장에서 잘렸다는 소식을 듣지 않았더라면, 알파고폰이 알람을 내보내주었더라면, 선배의 말을 귀담아 들었더라면, 이렇게 줄 끝에 서다 돌아설 일은 없었을 것이다.

규는 길을 건넌다. 급한 볼 일이라도 있는 양 이쪽 횡단보도를 건너 저쪽 횡단보도로, 저쪽 횡단보도에서 또 다른 쪽 횡단보도를 건넌다. 규는 다람쥐 쳇바퀴로 횡단보도를 건너다 말고 문득 선다. 알파고폰 전문 매장 앞에 선 줄이 한눈에 들어온다. 무리의 줄이 마치 천국행 티켓을 받고자 기다리는 듯이 보인다.

규는 언젠가 봤던 영화의 한 장면이 오버랩된다. 유대인들은 지옥행 기차를 타는 줄도 모르고 길게 줄을 서서, 독일군에게 인적사항을 넘겨주었다. 그들은 지금보다 더 좋은 게토로 보내준다는 말을 믿었다. 믿음이 무너지는 순간에도 저항하지 않았다. 그들은 엄청난 무리였지만 소수의 군인에게 무릎을 꿇었다. 알파고를 알파고로 키운 건 다름 아닌 저 줄에 선 무리다.

규는 등줄기가 서늘해지고 얼굴이 화끈거린다. 알파고를 제어할 그 무엇은 없다. 살아남기 위해선 저항이 아니라 순응이다. 유대인이야말로 순응에 대한 본보기를 직설적으로 보여주었다. 순응의 값은 죽음이었고, 소수만이 부끄럽게 살아남아 치욕의 역사를 기록한다.

알파고폰 매장에서 커리어우먼으로 보이는 여자가 나온다. 연신 어태처블 워치를 들여다본다. 얼굴이 복숭아 빛이다. 여자 뒤로 화이트칼라로 보이는 남자가 나온다. 철인 3종 경기에서 1등을 먹은 표정이다.

규는 매장과는 반대 방향으로 걸음을 뗀다. 알파고는 무엇인가. 알파고에 명령을 내리는 건 극소수의 전문가다. 알파고는 명령어에 복종하고, 사람들은 그 복종에 복종한다. 이러한 관계가 의심 없이 작동되는 이유는 순종에 있다. 자본에 대한 순종.

규는 머리가 띵 해온다. 느닷없이, 입대 전에 헤어졌던 여자 친구가 어른댄다. 그녀는 알파고 시대를 어떻게 보내고 있나. 알파고는 입대 전만 해도 몇몇 사람의 입에서나 거론되었다. 전역한 지 불과 몇 년이 흐른 지금은 신이 되어 있다. 그녀는 신의 비위를 맞추려 입기 싫은 옷을 입고 있는 건 아닌지. 알파고가 설계한 대로 자녀를 두거나 두지 않거나, 혹은 결혼조차 마다하고 있는 것은 아닌지. 알파고가 쏘아대는 지식을 섭취하느라 지식 비만녀가 되어 있는 건 아닌지.

그녀는 꽃보다는 볼을 좋아하고, 맥주보다는 와인을 좋아한다. 챙이 넓은 모자보다는 야구 모자가 더 어울린다. 평론을 공부하지만 종종 소설도 쓴다. 그런 그녀에게 알파고는 어떤 명령을 내리고 있는지. 그녀는 알파고의 명령에 어떤 저항을, 혹은 순종을 하고 있는지.

우리는 학창시절을 저항과 순종의 줄을 타며 그런대로 잘 보냈다. 속마음은 그렇지 않았지만 입대를 시점으로 헤어졌다. 그녀는 지금도 보고 싶은 사람이다. 보고 싶은 만큼 그때의 그녀로 있기를 바라는 마음도 여전하다. 부디, 명령어를 거북해하던 그녀가 지금도 거북해하길 원해본다.

규는 모교로 간다. 학교 근처 편의점에서 샌드위치와 우유를 사 들고 교문으로 향한다. 본관으로 곧게 이어진 길 양옆으론 벚꽃이 몽우리를 터뜨리느라 분주하다. 벚꽃은 알파고의 영향을 받지 않는다. 자본의 가치가 없는 것들은 알파고로부터 자유롭다.

교수와 학생들이 강의 시간에 맞춰 부지런히 걷는다. 저들의 손목이나 가방 어디에는 알파고가 있을 것이다. 알파고는 사람과 친밀해지고 싶어 한다. 사람도 알파고와 친해지고 싶어 한다. 문제는 없다. 그런데 문제다.

규는 습관적으로 바지주머니를 뒤진다. 알파고폰이 없다! 마음이 걷잡을 수 없이 요동을 친다. 반드시 있어야 할 이유도 없지만 없다는 사실이 고문이다. 알파고가 없던 시대, 없어도 삶이 풍요로웠던 시대는 돌아오지 않는다. 그녀처럼, 돌아오지 않는 그녀처럼.

규는 본관 앞 운동장으로 간다. 운동장은 원형경기장 형태로, 석축으로 계단을 올리고 그 계단에서 운동장을 내려다보는 구조다. 운동장에는 대학 축구부가 연습 경기 중이다. 몇몇 여학생과 남학생이 띄엄띄엄 계단에 앉아 연습 경기를 관전한다.

규는 계단에 앉아 샌드위치 팩을 벗긴다. 황사와 미세먼지 사이로 해가 비추다 말다 한다. 규는 샌드위치를 뻑뻑하게 넘기다 우유를 마신다. 실직하지 않았더라면 알파고폰은 이 시간의 샌드위치와 우유를, 모교의 운동장과 축구 경기를 말해주었을까. 문득 생각나는 이가 있다는 것도, 그게 그녀라는 것도 말해주었을까.

학교 로고가 새겨진 유니폼을 입은 선수들이 공을 향해 뛴다. 순간 운동장 한쪽은 비고, 선수들은 좌측 터치라인으로 몰린다. 선수들이 어깨를 부딪치며 몸싸움을 한다. 등판에 6번을 단 선수가 어렵사리 공을 빼돌린다. 6번 선수가 공을 몰아 상대편 골대로 간다. 골키퍼가 공을 막으려 한껏 부풀린 자세로 양팔을 벌린다. 공이 골대 바로 앞까지 간다. 골키퍼는 공이 올만한 방향으로 몸을 튼다. 4번 선수가 6번 선수의 옆 틈을 치고 들어온다. 4번 선수가 골대 옆으로 공을 찬다. 공이 터치라인 밖으로 나간다. 선심의 깃발이 코너킥을 선언한다.

감독의 목청이 거칠게 터져 나온다.

"야야야! 선휘! 너 자꾸 슛 타이밍 놓칠래? 승준이는 뒤로 처지지 말고 라인을 보면서 움직여야지!"

다시 휘슬이 울린다. 선수 모두 코너킥을 찰 선수를 주시한다. 공이 포물선을 그으며 날아간다. 3번 선수가 힘껏 점프를 해 헤딩을 시도한다. 공은 3번 선수가 생각했던 낙차지점을 벗어나 뒤로 흐른다. 7번 선수가 흘러나온 공을 골대로 찬다. 공은 크로스바를 살짝 스쳐 지나간다.

계단에 앉았던 학생들이 아쉬움에 찬 탄성을 지른다. 주심이 휘슬을 불며 전반전 종료를 알린다.

선수들이 계단 쪽에 있는 감독 앞으로 간다. 감독은 선수들이 모이자 자신의 손목을 들여다보며 무슨 말인가를 한다. 선수들은 감독을 둥글게 에워싸고 감독의 말을 듣는다. 선수들 중 몇은 감독의 말을 들으며 자신의 손목을 흘끔거린다.

규는 자리에서 일어난다. 짐작이 간다. 저들의 손목엔 알파고칩이 깔려있다. 경기라는 것도 알파고칩이 알려준 포지션을 그대로 적용한 것일 수도 있다. 이제 알파고는 당당히 등번호를 단 선수로 모든 경기의 선두를 달릴지도 모른다. 규는 살갗몸살이 난 듯몸 어딘가가 쓰리고 욱신거린다.

마른 바람이 운동장 바닥을 쓸어댄다. 이 자리에서 그녀와 경기를 보던 때가 까마득하게 멀어진다. 그때의 그녀가, 지금의 저 경기를 본다면 어떤 말을 할 것인지. 그때의 그녀가, 지금 이 자리에 있다면 그때처럼 말해줄 수 있는지. 눈물 나게 보고 싶을 때가 있고, 너의 하루를 종일 따라다니고 싶다던 그 말을, 다시 해 줄 수 있는지.

규는 운동장을 등진 채 학교를 나온다. 스포츠도 개념을 바꿔 정리해야 할 때다. 운동장 바닥을 쓸어대는 바람이 괜히 으스스하다.

밤이 온다. 백수, 실업자의 밤은 길고도 더디다.

규는 알파고폰을 조물대다 판판하게 편다. 사람을 재우기도 하고, 사람이 자는 중에도 공격수로 뛰는 알파고. 알파고가 점령한 세상이 사무친다.

규는 자신도 모르게 모닝콜을 터치한다.

뽀뽀의 빈정거림이 가감 없이 터져 나온다.

"지금 장난하냐? 할 일 없음 디비져 자라 응?"

규는 울큰 뜨거운 게 치민다.

"뭐가 어째? 자든 말든 니 따위가 뭔 상관? 내가 백수가 된 건 뭘 잘못해서가 아니라고!"

뽀뽀가 흥흥거리며 대꾸한다.

"싫으면 마시든가. 넌 잉여. 잉여가 사회에 기여하는 길은 셀프. 알아먹든 말든 셀프."

규는 벌끈 목청을 높인다.

"너야말로 잉여다. 넌 겨우 폰 덩어리야. 칩도 아닌 주제에 어디다 대고 주둥이를 나불대?"

규는 눈물 한 방울이 쏙 빠진다. 이따위로 시간을 축내다니. 이

따위로 열을 내다니. 아, 셀프. 셀프에 대한 절절한 이해.

규는 한동안 멍하니 있다 뽀뽀에게 말한다.

"야식이 먹고 싶은데 뭘 먹을까?"

뽀뽀가 잘라 말한다.

"양파."

규는 어이가 없어 콧소리를 낸다.

"흥, 너도 맛이 갔구나. 양파를 먹으라고? 생양파를?"

뽀뽀가 앙칼지게 대꾸한다.

"연봉 없는 인간은 닥치고 양파나 처드셔. 넌 이미 구제할 수 없는 단백질 덩어리거든?"

규는 알파고폰을 팩 놓고 주방으로 간다.

"연봉 없는 인간을 상대하는 넌 뭐냐? 쓰레기가 뭔지는 알고 있겠지?"

규는 라면을 끓이고 끓는 라면에 치즈를 넣는다. 연봉 있는 자가 밤에 라면을 먹으면 야참이라고 한다. 연봉 없는 자가 밤에 라면을 먹으면 잉여라고 한다. 잉여가 잉여를 먹으면 단백질 덩어리라고 한다. 단백질 덩어리는 재앙의 재앙으로 산업재해라고 한다.

규는 라면을 해치운 후 알파고폰을 입 가까이에 대고 분다.

"후~ 이 냄새 어떠냐? 황홀하지 않냐? 질투나지 않냐?"

규는 알파고폰을 식탁에 내려놓고 얼굴을 바짝 들이댄다.

"봤냐? 내가 맛있게 먹어치우던 치즈라면. 니가 아무리 잘난 척

떠들어도 넌 그 맛을 모를 거다. 너야말로 겨우 데이터로 분석해 낸 맛을 맛이라고 우기는데 그걸로 뭘 하겠냐. 혀도 아닌 것이 혀 인 척, 참 재미나요. 그래서 내가 살 맛이 난다고 하면 믿겠냐?"

규는 뽀뽀가 뭐라 대꾸하기도 전에 알파고폰을 끈다. 갑자기 공 허감 같은 것이 횡 하니 인다. 이런 장난질, 유치하다. 이런 가치 없 는 짓거리, 허망하다. 그러면 뭘 하나. 할 일이 없는데. 그 많은 백 수들은 뭘 하며 지내나. 치즈라면에 눈물을 쏟아가며 먹고 있는 건 아닌지. 그러다 셀프를 하거나, 셀프에 실패를 하거나, 실패한 셀프를 종이학 접기로 대신하거나, 대신할 또 다른 거리를 찾아 거리를 헤매거나, 헤매다 옛 애인과 번뜻 부딪히거나, 부딪혔는데 백수라는 사실이 들통 날까 허세를 부리거나, 허세부리는 게 서툴 러 빨리 고우고우 홈을 하거나, 하고 나니 역시 백수로 컴백, 알파 고폰을 열고 아양 섞인 부탁을 하거나.

"뽀뽀야, 내게 맞는 직장이나 일거리 뭐 없을까?"

뽀뽀는 잘라 말한다.

"없음."

규는 화가 나는지 어떤지조차 알 수 없어진다. 이대로 주구장창 알파고폰과 말씨름이나 하며 지내야 하는 건 아닌지. 오는 전화도 없이, 거는 전화도 없이, 시들시들 죽어가는 건 아닌지. "자본주의 가 꿈과 희망을 만들었다"*고 말했던 그들은 지금도 자본주의에

---

* 　다큐멘터리 영화 〈망원동 인공위성〉 중에 나온 대사.

기대어 꿈과 희망을 만들어 가는지.

꿈과 희망은 이것이다. 네가 필요하다는 말. 너를 좋아한다는 말. 그래, 그렇지. 그렇게 말해준 그녀가 있었지. 그녀는 네가 무엇을 하는지, 누구를 만나는지, 종일 따라다니며 보고 싶다고 했다. 그녀는 평론가가 되어 있나 소설가가 되어 있나.

그녀와 헤어진 건, 뭐 조상 탓이다. 조상 때문에 나라가 남북으로 갈렸고, 북이 쳐들어오는 것을 막지 못했고, 국방의 의무를 헌법에 박아놓았고, 헌법에 박은 대로 하지 않으면 범법자가 되어야 했고, 범법자가 되면 결혼과 취업은 꿈도 꿀 수 없었고, 꿈도 꿀 수 없으면 굶어죽어야 했고, 굶어죽기보다는 국방의 의무를 치르는 게 나았고, 치르려다 보니 여자 친구와 헤어져야 했다. 그녀는, 그녀가 보고 싶다. 보고 싶지만 볼 수 없다, 백수.

규는 알파고폰을 만지작거리다 오늘의 뉴스를 연다.

뉴스란 참 말하기도 싫다. 그 많은 백수들이 무엇을 하며 지내는지에 관해서는 한 마디도 없다. 그와 엇비슷한 게 있긴 있다. '알파고 신춘문예' 당선자에 대한 기사. 당선자는 6년을 백수로 지내다 처음 알파고 신춘문예에 도전했는데 당선이 되었다나 뭐라나. 이런 사기, 사기꾼.

규는 공연히 속이 뒤틀린다. 뒤틀린 대로라면 다른 뉴스로 넘겨야 하는데 무슨 이유에선지 상금에 대한 기사로 눈이 쏠린다. 상금은 돈이 아니라 아직 시판되지 않은 알파고다. 알파고 신제품은 한정판으로, 대기업 부장급의 연봉을 반쯤 털어야 살 수 있다고 한다. 거기다 알파고칩과도 차원이 다르다고 한다. 신제품이 나올 때마다 차원이 다르다고 하면, 차원이란 애초부터 없는, 그야말로 말로만 존재하는 그 무엇일 뿐이다. 알파고답게 자존심을 지키려면 차원이 다르다는 단골 마케팅 전략보다는 다른 마케팅 전략을 써야 한다.

규는 알파고폰을 닫고 침대에 눕는다. 밤은 어김없이 온다. 외로움도 낙오감도 **빼놓지** 않고 온다. 잉여, 나부랭이, 떨거지, 산업쓰레기, 셀프에 관한 생각도 차질 없이 온다. 6년을 백수로 지냈다는 자도 이런 밤을 보냈으리라. 보내다, 보내다, 아사 직전에 상금에 눈이 박혀 글을 써 냈을 것이다. 상금. 고액 연봉의 반과 맞먹는다는 신상 알파고. 탐이 날 만도 하다.

탐이 나는 신상 알파고는 이렇다. 칩을 심는 것도 거추장스러우니 주사 한 방이면 끝나는 알파고주사. 주사도 아프니 온몸에 뿌리면 입자 알갱이 하나하나에 정보가 들어있는 알파고스프레이. 그것도 번거로우니 캡슐 하나를 꿀꺽 삼키면 만사 딩동댕 되는 알파고캡슐. 당선자는 그렇고 그런 신상 알파고로 으쓱 알파고신이 되어 으쓱 갑질이나 일삼는다. 에효~ 그럴 바엔 신상 알파고를 팔아 생활비로 써라. 그게 싫으면 그 신적인 능력을 이용해 취업을 하든가. 그보다 알파고주식을 사는 게 재미도 있고 실속도 있지 않을까. 지금까지 알파고주식이 떨어진 적은 없다. 승승장구 알파고주식에 인생을 걸어보는 것도 나쁘지 않다. 그러자면 글을 써야 한다. 써본 적도 없는 글을, 어떻게 쓰나.

규는 알파고폰을 제일 큰 크기로 편다. 손가락이 알파고폰 화면을 오락가락 떠돈다.

규는 몇 자를 쓰다 지우고, 다시 쓰다 지운다. 머릿속에선 오만 잡동사니가 떠오르는데 도무지 가닥이 잡히지 않는다. 거기다 이미지도 슬쩍 떠오르다 엉뚱한 쪽으로 새어나간다.

규는 생각 끝에 알파고폰에다 '규의 성장소설 쓰기'를 입력한다. 알파고폰이 지체 없이 화면에다 글을 토해낸다. 규는 알파고폰이 척척 써내려가는 글을 눈으로 따라 읽는다.

내용인 즉,

출생일과 시간, 장소, 혈액형과 몸무게가 나오고, 유치가 난 해와 영구치로 바뀐 해가 나온다. 유치원과 초등학교와 고등학교와 대학교 졸업연도가 나오고, 언제 어떤 아르바이트를 했으며, 첫 직장과 얼마 전까지 다녔던 은행이 나온다.

규는 글을 읽다 글쓰기를 취소한다.

"이게 이게 소설이야 이력서야? 알파고가 쓰는 소설이라는 게 이런 거였어?"

알파고는 얼마 전부터 논문도 쓰고 소설도 쓴다. 완벽한 단계는 아니지만 알파고의 지능이 계속 업데이트되면 말이 달라진다. 논문을 대필했다거나 소설을 표절했다는 말 대신, 교수나 학생은 알파고에 돈을 지불하고 논문을 사고, 소설가는 여느 직장인들처럼 사라지게 된다. 지금의 알파고 소설은 말이 안 되지만, 제대로 된 소설을 쓰지 못하리라는 단언도 하기 어렵다.

규는 팔짱을 낀 채 알파고폰을 지그시 내려다본다. 넌 누구냐. 네가 누구라면, 연애소설 정도는 기본적으로 쓸 줄 알아야 하지 않겠냐.

규는 알파고폰에다 '연애소설 심층적으로 쓰기'를 입력한다. 이번에도 알파고는 한 치의 망설임 없이 글을 적어나간다.

남자는 소설을 쓴다. 남자가 쓰는 소설은 연애소설이다. 남자는 연애소설을 심층적으로 쓴다. 남자가 쓰는 소설엔 여자가 나온다. 여자는 남자의 아내다. 남자의 아내도 소설을 쓴다. 아내가 쓰는 소설은 연애소설이다. 아내는 연애소설을 심층적으로 쓴다. 아내가 쓰는 소설엔 남자가 나온다. 남자는 아내의 남편이다. 남편은 아내가 쓰는 연애소설을 싫어한다. 아내도 남편이 쓰는 연애소설을 싫어한다. 남편은 아내가 음식을 준비하는 사이 아내의 연애소설을 훔쳐본다. 아내는 남편이 욕실로 들어간 사이 남편의 연애소설을 훔쳐본다. 남편은 아내가 쓴 연애소설을 심층적으로 읽는다. 아내도 남편이 쓴 연애소설을 심층적으로 읽는다. 남편은 아내를 심층적으로 미워한다. 아내도 남편을 심층적으로 미워한다. 남편은 아내를 죽인다. 아내도 남편을 죽인다. 남편은 아내를 죽인 후 아내가 쓴 연애소설을 불태운다. 아내도 남편을 죽인 후 남편이 쓴 연애소설을 불태운다.


규는 화면의 글을 읽다 취소를 터치한다.

"이게 도대체…… 입력된 글자만 줄줄이. 칩이 아니라 폰으로 써서 그런가?"

규는 소설 쓰기를 그만두고 창가로 간다.

가로등이 환하다. 자동차의 전조등 빛은 낮보다 강하다. 알파고는 낮도 모르고 밤도 모른다. 밤이 오면 정신의 혈류는 갈증으로 퍼덕이고, 낮에 흘렸던 느끼한 웃음은 후회를 거듭한다. 그런 것도 모르면서 알파고는 글을 쓴다고 껍죽댄다.

규는 무슨 생각에선지 피식 웃으며 알파고폰을 집어 든다.

"알파고야, 너는 무슨 양심으로 글을 쓰니? 앞으로 매일, 너의 양심을 채점해 보겠다."

규는 알파고폰에 '추리소설 쓰기'를 입력한 후 잠자리에 든다.

알파고폰에서 빛이 흘러나오며 화면을 밝힌다. 터치하지 않아도, 간섭하지 않아도, 알파고는 능동태로 화면 가득 글자를 채워나간다. 규는 화면에 저절로 뜨는 글자를 새삼 신기하게 보다 눈을 감는다.


규는 눈을 뜨자 습관적으로 알파고폰에 손바닥을 댄다. "오늘도 행복을 책임지는 뽀뽀입니다. 규, 얼른 일어나세요" 하던 목소리는 간 데 없고 귀가 멍하도록 조용하다.

규는 눈을 감는다. 오늘도 어제를 카피한 날이 이어진다. 카피의 날이 계속되면 사람은 똥돼지가 되고, 똥돼지가 된 사람은 자신을 똥돼지로 만든 존재를 찾아내려 칼을 집어 든다. 똥돼지 사람 혹은 사람 똥돼지는 칼을 든 채 여기저기를 돌아다닌다. 자신을 똥돼지로 만든 존재를 찾아내기도 전, 똥돼지 사람 혹은 사람 똥돼지는 급히 계단을 오르다 발을 헛디딘다. 발을 헛딛는 바람에 똥돼지 사람 혹은 사람 똥돼지는 계단을 구른다. 계단을 구를 때, 들고 있던 칼이 빗나가 심장을 찌른다. 뜻하지 않게 셀프 완성. 셀프를 완성한 똥돼지 사람 혹은 사람 똥돼지는 하늘의 별이 된다. 되길.

규는 부스스 일어난다. 알파고폰 화면엔 어디가 시작이고 끝인지 모르게 온통 글자판이다. 규는 그제야 자기 전에 소설을 써놓으라고 했던 생각이 난다.

알파고가 쓴 추리소설은 짜깁기다. 그동안 발표되었던 추리소설과 웹툰의 어느 대사, 문장이 뒤죽박죽 장황하다. 이것이야말로 원본의 대필이자 표절이 아닐 수 없다.

규는 알파고에게 양심을 들먹이며, 소설 쓰기로 골탕을 먹이자던 생각이 떠오른다. 그래, 알파고야, 너의 양심은 나무랄 데 없이 잘생겼구나. 정보 수집, 통계, 확률, 그에 따른 분석과 실행이 너의 양심이거늘 그것을 몰라봤구나. 그렇다 해도 나는 소설 쓰기로 너의 약점과 놀아나고 싶구나.

그렇게,

밤이 오면 알파고는 소설을 쓴다.

그렇게,

아침이 오면 규는 알파고가 쓴 소설을 버린다.

어느 한 밤. 어느, 라는 특정할 수 없으나 특정 지을 수 있기도 한 날 밤. 규는 '알파고 문학상'의 기사를 읽는다. 당선자는 놀랍게도 그녀다. 규는 그녀의 이름에 눈을 박는다. 몇 번을 읽어도 그녀의 이름.

규는 그녀가 쓴 소설을 읽는다. 알파고가 쓴 것과 별반 다르지 않은 소설. 그녀는 저런 소설을 쓰려고 그리 마음을 태웠나.

규는 심사평을 읽는다. 심사위원은 알파고. 알파고 심사위원이 쓴 심사평은 알파고가 쓴 소설과 그닥 차이가 없다.

"당선자의 소설엔 메타포가 없다. 아이러니나 반전도 없다. 감성이나 비유법도 없다. 냉소적이거나 풍자적인 기법도 사용하지 않았다. 문제의식을 배제한 채 사실만을 명확히 써 누가 읽어도 이해하기 쉽다. 당선자는 효율을 미덕으로 여기는 이 시대를 정확하게 관통해 그에 맞게 썼다. 심사위원은 그 점을 높이 평가한다."

규는 뒤통수를 얻어맞은 기분이 든다. 저 심사평대로라면 소설은 그녀가 쓴 것인가 알파고가 쓴 것인가. 문학의 정신은 저항에 있다고 말했던 그녀는 어디로 갔나.

그녀는 이런저런 소설을 읽고 난 후면 느낀 바를 말했다.

"이 소설의 장점은 은유야. 아오~ 이 소설은 꽤 그럴 듯한데 주제가 없네. 이 소설이 소설이 될 수 있었던 건 아이러니야. 아웅~ 이 소설의 매력은 반전이네. 에이~ 이 소설은 잘 쓰긴 했는데 진정성이 없어. 이 소설은 문체가 좋은데 구성이 좀 산만하네. 이 소설은 미학이 뛰어난데 결말에서 힘이 빠져버렸어."

그렇게 말하던 그녀는 어디로 갔나. 무엇이 그녀를 이다지 황폐하게 만들었나. 그녀와 어스름한 저녁나절을 함께 걸으며 나누던 얘기는 거짓이었나. 물에 어룽대던 달빛을 보며 전부 마셔버리겠다던 그녀는 한갓 동화 속 인물이었나. 비가 오면 따뜻한 찻잔을 앞에 두고 따뜻하게 품어왔던 생각들을 나누던 그 시간은 가상이었나.

규는 알파고를 열고 글을 쓰는 그녀를 어림해 본다. 그녀는 상상력을 제거하기 위해 쓴 약초를 달여 마신다. 호기심을 차단하려 러닝머신만 탄다. 생각을 마비시키려 머리를 밀어버린다. 그녀는 그렇게 자신을 파괴했다고 여긴 후 소설을 쓴다. 왜.

이대로 이렇게 밤이 지속되면 그녀는 행복한가. 알파고를 추앙하는 신전을 짓고 밤마다 제의를 지내는 건 아닌지. 창조는 반역이 된다는 걸 알아채 이 시대에 맞게 리셋을 해가며 즐거워하는 건 아닌지.

규는 그녀가 쓴, 당선자의 소감을 읽는다.

"그와 헤어진 지 8년 4개월이 된다. 당시 그는 입대했고 나는 그를 보낸 후 집으로 가고 있었다. 인도를 걷는데 갑자기 차도에서 도시가스가 폭발했다. 그 일로 나는 얼굴의 반과 상반신 반을 화상 입었다. 그는 그 사실을 모른 채 입대와 제대를 했고, 나는 짓뭉개진 얼굴로 그를 만날 수 없었다. 그가 어디에 있든, 나는 지금도 그의 뒤를 졸졸 따라다니고 싶어 했던 나로 있다."

규는 전신이 떨리고 소름이 돋는다.

"살아있구나!"

그녀는 그녀로 살아있었다. 풀장에서 알파고를 똑바로 쳐다보며 자위하던 동영상의 여자처럼, 그녀는 알파고를 이용해, 제거되지 않는다고, 제거될 수 없다고, 자신을 알린다.

으하하하, 이 밤이 이토록 짜릿할 수가. 이 밤을 이렇게 디자인한 그녀에게 와장창 터지는 웃음을 무조건, 실컷.

# 시가 몸이 될 때

굴착기 기사가 폐가를 부순다. 그는 시신 한 구를 발견하여 경찰에 신고한다. 경찰은 서너 달 전에 사망한 여자라고 발표한다. 여자는 시인이고 타살의 흔적은 없으며 글이 적힌 노트를 품에 안고 있었다고 한다.

나는 인터넷에 뜬 기사를 읽으며 까닭 모르게 숨이 가빠온다. 시인이 죽었다는 고장은 잘 안다고 할 수는 없어도 모른다고 할 수도 없다. 그 고장은 흔히 볼 수 있는 시골 마을이다. 좁은 포장도로 양옆엔 작은 논과 밭이 있고, 인기척도 돌아다니는 사람도 보이지 않는, 전형적인 농촌마을이다. 지역명만 아니라면 그 고장을 떠올릴 일은 없다.

시신으로 발견됐다는 그녀는 아는 사람이 아니다. 그녀가 시인이라는 사실도 특별하지 않다. 그럼에도 비애라고도 할 수 있는 느낌이 피붙이마냥 들러붙는다.

하루가 지나고 또 하루가 지나고 며칠인지 모를 날이 지난다. 시간은 흘러가는 게 아니라 두텁게 쌓인다. 지독히도 평범했던 마을과 외롭게 누워있던 좁고 긴 길. 벌레조차 숨을 죽이던 정지된 풍경들. 아는 여자일지도 모른다는 의혹과 모르는 여자라는 단정. 그 마을인지 그 여자인지 모를 것이 검고 뭉글한 덩어리로 불쑥 솟다 흐릿해지를 거듭한다.

나는 부접을 하지 못하다, 이런저런 연줄을 찾아내 시인이 썼다는 노트 내용을 얻는다. 보내온 파일엔 그녀, 예원, 임예원이 쓴 글이 빼곡하다.

예원이라는 이름을 가만가만 되뇌어 본다. 그 이름은 뭐랄까, 사서 읽은 기억은 없는데 엄연히 책꽂이에 꽂혀 있는 책이라고나 할까. 밑줄까지 치며 읽은 흔적이 있는데 읽은 기억이 없는 책처럼, 혹은 내 이름을 써 사인해서 보낸 책인데 아무리 봐도 기억에 없는 작가인 것처럼, 예원이라는 이름은 모르는 사람이자 아는 사람일지도 모른다.

예원이 썼다는 글을 프린트한다. 그녀가 들어있는 A4 용지를 들고 옥상으로 올라간다. 옥상엔 긴 나무의자가 있고 나무의자 양옆엔 덤벨이 놓여 있다. 가끔 올라올 때마다 운동이랍시고 하긴 했던 모양인데, 운동보다는 긴 의자에 누워 책을 읽거나, 의자에 걸터앉아 소주를 홀짝일 때가 많았다. 몇 번인가는 휴대용 버너로 라면을 끓여 먹은 적도 있다. 같이 먹을 친구 두어 명이 있으면 좋겠다는 생각도 들었지만 친구를 부른 적은 없다.

바람이, 찬 기운과 따뜻한 기운을 품고 소슬하게 분다. 햇빛은 미세먼지에 걸려 희뿌옇다. 긴 의자에 길게 누워 A4 용지를 읽는다.

　이야기할 사람이 없어. 보들레르에 대해, 윤동주에 대해, 마야코프스키에 대해, 이육사와 랭보에 대해, 말할 사람이 없어. 브레히트에 대해, 한용운에 대해, 말라르메와 아폴리네르에 대해, 말할 사람이 없어. 있다면, 로맨틱과 리얼리티에 대해서도 말하고 싶어. 현실과 초현실에 대해서도, 사람들의 생각에 대해서도. 더 여유가 생긴다면, 아픔과 슬픔, 배고픔에 대해서도 말하고 싶어. 말을 나눌 사람만 있다면.

　세상은 아파. 바람이 불거든. 바람은 잡을 수 없어. 없지만, 잡는 사람도 있는 걸. 학연과 지연과 무릎걸음으로. 너도 알지? 명문대 문창과를 나온 여자 시인 말이야. 그녀는 등단 후 모임 자리에서, 기다시피 무릎걸음으로 가서 지도 교수이자 원로 시인에게 술을 따라. 머리를 조아리면서 눈치껏 눈도 맞춰. 눈빛이 예뻐. 오싹 예뻐. 치밀한 작전은 그래야 하는 거래.

　바람이 술잔 위를 뱅글 돌다 원로 시인의 목구멍으로 들어가. 원로 시인은 달달해져. 바람을 마셨거든. 무릎걸음의 바람을.

　원로 시인이 바람에 취해 비틀거려. 우리의 어여쁜 새내기 시인은 무릎걸음을 접고 시인을 부축해. 축 늘어진 겨드랑이에 그 갈대 같은 팔을 껴. 뒤뚱뒤뚱, 비틀비틀, 원로 시인이 넘어질까 새내기 시인이 넘어질까.

새내기 시인이 자신의 차에 원로 시인을 태워. 교수님, 댁까지 모셔다 드리겠습니다.

원로 시인은 바람에 잡혀버리고, 우리의 새내기 시인은 바람을 잡아버렸어. 메이저 문학지의 지면을 타고, 문학상을 타고, 돈을 벌어. 유명세가 붙고, 차를 바꾸고, 널찍한 주상복합 아파트로 이사해.

어느새 새내기 시인은 나이보다 빠르게 원로 시인으로 대접을 받아. 목이 꼿꼿해지고 오싹 예쁘던 눈빛엔 단단한 심이 박혀.

그런데 예원아, 너는 왜 눈물을 흘리니? 억울하니? 억울할 게 뭐 있어. 배가 고픈데. 배가 고픈 사람은 누굴 좋아하거나 미워할 여력이 없어. 그저 머릿속으로 텅텅 빈 냉장고 안을 뒤지거나, 팔 아먹을 뭐가 없을까 그런 생각만 해. 한때는 그랬어. 지금은 그마저도 아니라는 뜻이야.

은표에게 고맙다고 전해줘. 은표는 홈쇼핑에 나오는 옷이며 구두며 백을 거침없이 사서 택배로 보내줬어. 보내지 말라고 해도 자꾸만 보냈어. 그런 옷이며 구두며 백을 걸치고 나갈 데도 없는데 어쩌면 좋아. 은표한테 그 말을 했어. 은표는 우리를 만날 때 하고 나옴 된다고 그랬어. 한번은 은표가 말한 대로 했어. 그런데 왜 그렇게 어색하던지. 내 스타일이라고 들이댈 것도 없지만, 딱 꼭두각시였어. 다시는 안 하겠다고 다짐을 했는데, 은표에게선 자꾸만 택배가 왔어. 나중엔 프라이팬이며 믹서며 이불이며 자동 회전 냄비 세트까지 그치질 않았어. 언젠가는 이런 전화도 했어. 홈쇼핑에서 해외 여행 좋은 게 떴는데 같이 갈래? 하, 웃어야지. 웃지 않음 어떡해. 은표는 내 처지가 별로라는 걸 알지만 이 정도까지인 줄은 몰랐던 거야.

이런 말을 하긴 그렇지만, 은표의 물품 공세는 대리 만족이야. 그렇다고 고맙지 않은 것은 아니야. 은표는 십 층짜리 빌딩 두 개를 가진 집 며느리가 됐지만 지병을 앓는 시부모를 모시잖아. 모시는 조건으로 빌딩 하나를 받을 수 있댔어. 그러니 마음 놓고 외출할 수가 없다고 했어. 할 수 있는 건 홈쇼핑과 전화를 거는 것뿐이야. 은표는 매일매일 전화를 해. 하루에 세 번이나 한 적도 있어. 하는 말은 매일매일 전화를 거는 것과 같은 내용이야. 돈도 좋지만 시부모님 손발이 되어 주는 일이 무지무지 힘들다는 얘기, 어쩌다 외출이라도 하면 며느리가 사치하러 나갔다고 형제들한테 꼬지른다는 얘기, 빌딩을 주느니 마느니 난리가 난다는 얘기, 홈쇼핑으로 뭐뭐를 보냈다는 얘기들이야. 시와는 거리가 먼 얘기들.

시.

시를 왜 쓰기 시작했을까. 돈도 안 되는 것을, 무릎걸음과는 거리가 먼 것을, 어쩌자고 쓰기 시작했을까. 겁이 없었던 거야. 세상 물정을 몰랐던 거야.

몰라야 좋은 것들도 있긴 해. 기억의 최초엔 아빠도 엄마도 아닌 외할아버지가 있다는 사실 따위. 태어날 때부터 가난을 달고 나왔다는 사실 따위. 사랑도 할 줄 아는 사람이 해야 한다는 사실 따위.

사랑을 해본 적이 없어. 사랑은 화재처럼 타오르다 재가 되거든. 재가 되기로 했어.

재가 되는 게 끔찍한 일은 아니야. 누구나 재가 되잖아.

그러기 전, 은표에게 미안하다고 전해줘. 실은 먹을 게 없어서 은표가 보내준 물건들을 당근마켓에 팔았거든. 당근마켓에 올리려 겨우 포장만 뜯어 새것 그대로를 사진으로 올렸어. 새것일수록 빨리 팔리고 값을 받을 수 있잖아. 은표의 전화를 귀찮아했던 것도 미안해. 가난했던 것도 미안해. 가난해서, 누군가에게 도움을 받는다는 사실은 자유를 담보 잡히는 것과 같잖아. 도움을 받는 처지에서, 도움을 주는 사람에게 자기 말을 따박따박 할 수 있는 사람이 어디 흔하겠어. 자유 의지란, 적어도, 굶주림을 면했을 때나 할 수 있다는 걸 알아버렸어. 이 또한 몰라야 좋았을 걸 그랬나?

친구들은 나를 몰라. 모르는 게 좋아.

봄이 한창 자라는 날이었어. 연선이와 진희가 점심을 먹자며 불렀어. 낙지볶음으로 유명한 집이랬어. 낙지볶음을 먹는데, 그 야들야들하고 쫀득쫀득한 낙지를 씹는데, 속이 쓰려왔어. 그래도 맛은 좋았어. 기가 막히게 좋았어. 음식다운 음식을 먹어본 지가……, 기억에 없지만, 없어서 그랬겠지만, 낙지볶음에 관한 시가 쓰고 싶어졌댔어.

밥을 먹고 카페로 갔어. 연선이와 진희는 커피를 먹겠다고 했어. 커피 말고, 냉장실 진열대에 앙증맞게 놓인 애플주스가 먹고 싶었어. 커피는 연선이가 사는 거였고, 커피보다 주스가 비쌀 거 같았고, 그래서 주스를 포기하고 커피를 먹겠다고 했어. 커피를 마시는데 속이 쓰려왔어. 손이 저절로 배로 가더니 쓱쓱 문대고 있었어. 진희가 커피잔을 놓으며 말했어. 예원아, 속이 안 좋니? 아까 낙지볶음 먹을 때도 배를 쓸더니.

할 말이 생각나지 않았어. 하루에 한 끼밖에 못 먹어서, 그것도 빵조각이나 컵라면으로 때워서 속이 나빠진 것 같다는 말을, 차마 할 수 없었어. 그냥…… 그냥…… 속이 쓰리다는 말만 했어.

진희가 깜짝 놀라며 말했어. 속이 쓰리면 MRI를 찍어봐야지. 나라에서 하는 건강검진 말고, 내 돈 내고 하는 거 말이야. 그걸루 몸 전체를 싹 다 뒤집어서 알아내봐. 난 남편이 생일기념으로 삼백만 원짜리 건강검진을 해줬거든. 그거 받고 나니까 어찌나 맘이 편한지 몰라.

예원아, 너도 알지? 그 말을 들었을 때의 심정이란, 심정이라고 말할 뭣도 없지만, 차별을 느꼈어. 어떤 차별인지 설명하긴 어려워. 어쨌든 차별이라는 단어가 뇌리에서 뱅뱅 돌았어.

연선이도 진희의 말에 보탰어. 예원아, 단순 속쓰림으로 볼 게 아니라 서울대병원에서 검진 받아봐. 예약 걸어도 육 개월 이상은 걸리더라. 빨리 하는 게 좋아.

예원아, 너는 알지? 내가 꿈꾸는 게 뭔지. 보편적 행복은 건강하게 오래오래 사는 거지만, 그런 것에 의미를 두지 않는 사람도 있다는 거. 한 시간을 살아도 마음 내키는 대로 사는 것에 가치를 두는 사람도 있다는 걸, 예원아, 너는 알지?

일하러 가야 할 시간이라고 말하고 카페를 나왔어.

가로수는 매연을 먹어가면서도 푸른 이파리를 만들고, 사람들은 상처를 만들며, 또 입어가며 사람을 만나. 알면서도 그렇게 저렇게 살아내고 있어. 그런 사람들의 힘은 대체 어디서 나오는 걸까.

맞은편에서 여자가 오고 있어. 선수용 카약처럼 날렵하고 단단하게 빠진 몸매야. 여자가 스쳐가나 싶더니 뒤돌아 아는 척을 해. 어? 어? 선배 아네요? 아휴, 오랜만이에요. 진짜 오랜만이다.

원로 시인이 된 새내기 시인이었어. 무릎걸음은 애초 있지도 않았던 듯, 자신감이랄까 건들거림이랄까, 그 외에 복잡다단한 것들이 혼합된 무엇인가가, 어지럽게 흔들리며 산발적으로, 인도와 차도와 가로수와 매연에까지 팍팍 쏟아졌어. 감탄이 절로 나왔어. 아, 저것이구나. 유명해진다는 것은.

원로가 된 시인은 마치 유명 연예인이라도 된 양, 누가 알아보지는 않을까, 알아봐 주면 좋을 텐데, 그런 얼굴로 연신 주위를 두리번거렸어. 선배 다이어트 해요? 등단했을 때보다 훨 날씬해져서 몰라볼 뻔했어요. 에이, 다이어트는 그만하세요. 금방이라도 쓰러질 듯한데. 참, 책은 아직도? 저보다 삼 년 먼저 등단했으니 이십 년이 코앞이네요. 그동안 책 한 권 안 내기도 힘들었을 텐데, 좋은 출판사에서 내려고 기다리시나 봐요.

시인의 말은 잘못이 아니야. 아닌데도, 문득 언어의 자유는 어디까지일까, 라는 생각이 났어. 세상의 끝이 있다면, 마지막까지 남는 건 언어일 거야. 그럴 거야. 그때는 무슨 말을 해야 할까.

원로가 된 시인은 대단한 호의를 베풀 듯 말을 이었어. 지금도 쓰시죠? 지면에서 선배 이름을 못 봐서요. 지면 하나쯤은 마련해볼 수 있어요. 원고료는 없지만, 없어도 일단 지면을 타야 이름을 알릴 수…….

때마침 시인의 휴대폰이 울었어. 절묘하게 도움을 주는 휴대폰이었어.

시인을 뒤로 하고 가던 길을 가버려. 가로수의 푸른 이파리는 곤란한 사람을 위로하지는 못해도 자신의 몫은 하고 있었어. 주어진 몫이라는 게 무엇인지는 몰라도 밥값은 하고 있다는 말이 아닐까.

그런저런 생각이 자꾸만 꼬리에 꼬리를 물어. MRI로 몸을 싹다 뒤지라고? 한 번 뒤지고 나면 죽을 때까지 안 아픈가? 없는 병까지 찾아내면 행복해지나? 행복해지면 안 죽나? 행복해진 사람은 적선하듯 원고료 없는 지면을 주겠다고 말해도 되나? 그래, 그 것도 성의라면 성의겠지. 후배야, 선배라는 말조차 입에 올리기 힘들었을 텐데, 미안하구나 후배야.

그래서 속상했니 예원아? 아니, 아니야. 무릎걸음도 능력인데, 속상할 게 뭐 있어. 그런데 왜 우니? 운다고? 울고 있다고? 눈물을 흘리면 우는 게 되나?

눈물은, 닦는 것도 닦아주는 것도 아니야. 배설물이 아니라 마음이거든. 마음의 빗장을 열고 세상을 향해 던지는 말이거든. 세상이 아파서, 몹시도 아파서, 몸이 말을 하는 거거든. 마지막이라는 게 있다면, 세상의 끝이라는 게 있다면, 그때에 할 말은 눈물이야.

눈물은 증발을 꿈꾸는 몸뚱이야. 그 방에 들어가 시를 쓸까. 아니, 밥을 먹을까. 밥이 먹고 싶어. 뽀얀 김이 무럭무럭 나는 하얀 밥에 김장김치를 죽 찢어 얹어서…… 침이 고여. 창자가 뒤틀려. 몸이 뒤틀려.

몸을 틀어 옆으로 누워. 맞은 편 벽엔 그날의 그림자가 어른대. 외할아버지가 검정 패딩 점퍼차림으로 약봉지를 뜯어. 관절 약을 삼키더니 멍하니 있어.

말을 할까 말까 백 번 천 번 생각하다 신춘문예에 시가 당선됐다고 말해. 외할아버진 미동조차 하지 않아. 그 모습으로 한참을 있다 토방으로 내려가. 참 쓸쓸해. 되게, 되게, 서러워. 할아버지는 시가 무엇인지, 신춘문예가 무엇인지 알지 못해. 그래도 너무나 쓸쓸해. 너무, 너무, 서러워. 축하해 줄 그 누구를 기대한 건 아니지만, 그래도 울지 않았어.

그때는 나오지 않던 눈물이 지금은 왜 나올까? 자기 연민일까 자기애일까? 그 단어들은 한통속이야. 나약함이랄까 의존적이랄까 그런 것들의 종합세트야. 부모 없이 자란 애들의 거지근성. 상대의 마음을 흔들어 훔치려는 앵벌이 심보. 심한 말이라고 욕을 해도 이번엔 쩔쩔매지 않을 거야. 미안하다고 사과하지도 않을 거야.

쥐 오줌인지 비가 들이친 흔적인지 벽지는 얼룩얼룩 누래. 저런 얼굴로 살아왔어. 마음 놓고 깔깔 웃어본 적이 없어. 마음 놓고 누군가를 사랑하거나, 미워하거나, 질시하거나, 마음 놓고 게으름을 부리거나, 투정하거나, 아픈 적이 없어. 마음이라는 것은, 내 몸을 거처로 삼는 마음이라는 것은, 우습게도, 쩔쩔매는 것은 잘 해. 그 이유로, 내 목소리를 내지 못하는 그 이유로, 친구들은 나를 버리지 못해. 만만하니까. 상대적 우월감을 주니까. 말을 안 할 뿐이지 이 점은 친구들도 알고 예원이 너도 알아. 그래서 화가 난다거나 비참하다는 느낌은 들지 않아. 그 정도만 됐어도 무릎걸음 따위 배울 수 있었을 거야.

배가 고파.

배가…… 많이많이 고파. 늘 그래왔어. 지금의 이 차디찬 방처럼, 밭이랑과 논두렁을 얼리는 저 냉한 기온처럼, 을씨년스러운 이 폐가처럼, 말다운 말을 나눌 수 있는 사람이 단 하나도 없었던 것처럼, 배는 늘 고팠어.

고등학교를 졸업하고 타지로 나갔어. 은표와 연선이와 진희는 형편이 넉넉해서 중학교를 졸업하고 서울로 갔어. 서울 생활이 좋다고 편지를 보내왔어. 좋다고 다 할 수 있다면, 좋은 건 좋은 게 아니라고, 마음을 달랬어. 이솝 우화에 나오는 여우와 신포도의 이야기야.

이 집을 떠났어. 외할아버지와 단둘이 사는 게 싫어서는 아니야. 친구들이 부러워서도 아니야. 이 마을에 사는 외사촌 언니의 말에 떠밀렸던 거야. 그 언닌 서울에서 직장을 다녀. 가끔 내려오면, 외숙모 심부름으로 외할아버지에게 반찬 등속을 가져왔어. 그때 언니가 말했어. 너, 곧 졸업이지? 졸업 후에도 여기서 살 건 아니지? 이런 시골 구석탱이에서 살아봤자 뭐가 되겠니. 정신 차려 이것아. 책만 읽고 시만 쓴다고 밥이 나오냐 돈이 나오냐. 뭐라도 해서 니 앞가림은 해야지.

시는 앞가림도 안 되고, 매연을 먹어가면서도 자기 몫을 하는 가로수도 안 되었어. 그래도 시였어. 시가 있어서 살 수 있었다고 말하면 욕이 될까.

외사촌 언니가 일자리를 알아봐주었어. 지도에도 나올까 말까한 고장의 고졸 여자가, 기술도 없이, 시밖에 모르는데, 할 수 있는 일자리가 어디 그리 많겠어. 식당에서 서빙하는 게 첫 번째 일자리였어. 거기서 한 남자를 봤어. 무덤 같은 남자였어. 시집을 가지고 있었어. 예원이가 그토록 좋아하던 시집 말이야. 외사촌 언니는, 어디서 골라도 굶어죽기 딱 좋은 남자냐고 거품을 물었어. 외사촌 언니의 말을 부인하고 싶진 않아. 사실이니까. 사실, 그 남자는 올 때마다 시집을 읽었지만 시인이라고 말하진 않았어. 시를 쓰는 것과 시인이 어떻게 다른지 말하긴 어려워.

무덤 같은 남자, 늘 배를 곯는 듯한 남자, 그에게 끌렸어. 지금 생각해 보면, 그가 아니라도 아는 척하는 남자가 있었다면 다 끌렸을 거야. 따뜻해지고 싶었거든. 소곤소곤 시를 얘기하면서 주거니 받거니 정을 나눌 사람이면 누가 됐든 좋아했을 거야. 그는 갔어. 시를 얘기하기도 전에 자동차를 타고 가버렸어. 그를 좋아했어. 좋아하고 싶었어. 그는, 보들레르에 대해, 윤동주에 대해, 한용운과 브레히트에 대해 말을 나눌 수 있을 것 같은 사람이었거든.

그가 간 것뿐인데, 식당에서 일하는 게 힘들어졌어. 시가 쓰고 싶었어. 시만 쓰고 싶었어.

시를 쓰며 일할 수 있는 자리는 없을까 알아봤어. 손님 중 한 사람이, 지인이 모텔을 운영하는데 객실 청소부를 구한다고 했어. 손님에게, 숙식이 가능한지 물었어. 가능하다는 답을 받았어.

식당을 그만두고 모텔 청소부가 되었어. 제일 구석진 방 한 칸에 들어 숙식을 해결하고 시를 썼어. 그때가 생각나 예원아. 일을 끝내면 방에 들어가 책을 읽고 시를 쓰던 그 시절. 그때만큼은 누구의 간섭도 받지 않고 시만 썼거든. 거기서 쓴 시가 신춘문예에 당선된 거, 예원아, 너도 알지? 두 번 원고 청탁을 받은 걸로 끝이 났지만, 잊을 수 없는 때인 것만은 분명해. 임예원 이름 석 자가, 예원이가 쓴 시가, 신문에 활짝 실린 거.

몸을 후르르 떨며 모텔 여주인에게 신문을 보여줬어. 여주인은 신문을 보는 둥 마는 둥 하더니 이런 말을 했어. 시를 쓴다고? 시를 써서 뭐하게? 그거, 돈 되는 일이야? 참, 203호실 손님 나갔는데 청소했어?

현실과 사실과 시의 삼각관계에 대해 생각해 보았어. 시도 현실이고 사실인데, 돈으로 환산되지 않는 것은, 현실의 자격도 사실의 자격도 얻을 수 없는 거였어. 그게 현실이고 사실이었어. 몸뚱이도 현실이고 사실이야. 배가 고픈 것도 현실이고 사실이야. 시는 음식이 아니기 때문에 배고픔을 채워줄 수 없어. 이 또한 현실이고 사실이야. 시가 돈이 안 된다고 말하는 사람들은, 시를 비난하는 게 아니라 시 쓰는 사람을 비난하는 걸 거야. 세상이 어찌 돌아가는지도 모르면서, 모른 체하면서, 팔자좋게 시나 끄적인다고.

시를 써서 죄인이 되었어. 세상을 몰라서 낙오자가 되었어. 어찌해야 할까 예원이는. 너나없이 하는 사랑조차 해 본 적이 없는데, 시만 아는 예원이는 어떻게 살아야 할까.

이 마을엔 우는 사람이 없어. 다들 떠났거든. 마을은 공동화가 되었고, 태어나는 애도 없이 늙은이들의 죽음만을 기다려. 그땐 이 마을에도 우는 소리가 나겠지. 우는 것도 기운이 있어야 해. 미치게 보고 싶거나 환장하게 억울하거나, 그런 류가 응집된 에너지 말이야. 아니, 아니야. 춥거나 배가 고프거나 아파도 울어. 눈물과 우는 건 달라. 눈물은, 영혼이 흔들릴 때나 나와.

시로 눈물을 흘렸어. 시로 배를 채웠어. 이 집엔 눈물 같은 것은 없어. 유년시절이 있었다 해도, 외할아버지가 있었다 해도, 이 집엔 그리움이 없어. 그런데도 이 집을 찾았어. 갈 곳이 없어서야, 그저 갈 곳이 여기밖에 없어서야.

웃풍이 세. 냉기가 휘돌아. 냉동고 같은 방이야. 이런 데선 아무것도 살아남지 못해. 춥고 배고픈 감각만이 절절히, 치열하게 살아서 영원을 꿈 꿔. 뜬금없이 종희가 한 말이 생각나. 종희는 돈이 없을 땐 밥숟갈을 떼기도 전에 빌을 들고 카운터로 간댔어. 같이 밥 먹은 사람들한테 돈 없는 티를 내기 싫어서래. 그러다 돈이 붙으니까 밥을 얻어먹어도, 천천히 나가도 아무렇지 않대. 돈은 자유랬어. 어디든 갈 수 있고 뭐든 할 수 있는 최고의 자유. 그래서였나봐. 종희는 딱하다는 표정을 숨기지 않고 말했어. 시…… 조오치. 근데 시와 결혼할 순 없잖니? 모텔 청소 말고, 반듯한 일자리를 다녀야 괜찮은 놈하고 결혼할 수 있지 않겠니? 시는 결혼 후에도 쓸 수 있잖아.

사람들은 충고하길 좋아해. 마치 욥의 친구들처럼. 욥이 지금 이 시대에 산다면 욥의 믿음은 어떻게 됐을까 예원아. 믿음으로 시련을 극복하기엔 어려운 시대야. 코로나19가 전 세계를 돌아다녀. 거리두기 1단계가 2단계로 되더니 지금은 4단계까지 올라갔어. 자영업자들은 가게 문을 닫고, 가게에서 일하던 사람들은 일자리를 잃어. 일자리를 잃은 사람들은 갈 곳이 없어져.

모텔을 이용하던 사람들도 숨어버려. 객실은 썰렁해져. 사람이 오가지 않는 모텔은 유령 건물이 돼. 이 마을처럼, 공동화가 된 이 마을처럼, 모텔은 정지돼.

모텔 주인이 통보를 해. 더는 버티기 힘들어 모텔을 부동산에 내놓았대.

모텔이 잘 돼도 일자리를 잃어. 처음 일했던 모텔은 하도 잘 돼서 주인이 웃돈을 받고 다른 사람에게 넘겨버렸어. 새 주인은 숙식하는 청소부는 쓰지 않는댔어. 일자리를 잃었어. 그렇게 몇몇 모텔을 전전했어. 모텔 유랑이 나쁘기만 한 건 아니었어. 일이 끝나고 나면 모텔 구석방에 박혀 시를 썼거든.

코로나19로 일자리를 잃었어. 다른 모텔 청소부 자리를 알아봤어. 숙식을 제공하는 모텔은 없어졌어. 다들 형편이 안 좋아지니까 주인들이 직접 청소를 했어.

모텔을 나왔어. 시를 쓰던 방에서, 밤과 홋홋하게 보내던 때에서 쫓겨났어. 어디로 갈까 예원아. 모텔에서 숙식을 해결한 덕에 얼마간의 돈은 모았지만, 그래 그 돈으로 고시원을 찾았어. 추레한 사람들, 몸과 마음이 거무죽죽 헤진 사람들, 그 틈으로 들어가 일자리를 찾아 돌아다녔어. 이 밤을 타는 저 벌레들처럼, 동물들처럼, 배를 채울 먹이를 찾아 헤맸어.

친구들의 조언인지 충고인지가 떠올랐어. 그들의 처세술은 인정할 만했지만 그와 같은 능력은 갖지 못했어. 같은 마을에 살던 동창 누군가는 말했어. 난 너처럼 그렇게 살진 않겠어. 할아버지가 거둔 채소 몇 뿌리라도, 콩 몇 알이라도, 길바닥에 늘어놓고 팔아서라도 대학 갈 돈은 마련할 거야.

재주가 없어. 그럴 재주가, 도무지 없는 거야. 사람들은 죽을 용기가 있으면 살라고 하지만, 죽을 용기보다 힘이 센 건 아마도…… 살, 살아낼 용기일 거야.

욥은 살았어. 살아냈어. 욥의 용기는 아마도 인내, 인내였을 거야. 이 시대에도 욥의 인내가, 그 우직한 인내가 통할 수 있을까? 인내는 희망의 다른 이름인데, 그런 희망은, 인내는, 밥 없이도 생길 수 있을까?

추워. 몹시도 추워. 추위를 견디는 것은 배고픔을 견디는 것과 다르지만 비슷해. 인내나 용기와는 또 다른 차원이야. 배고픔은 이제 꺼져버렸는데 추위는 아직 살아 있어. 코끝이 알알하더니 얼굴이 얼얼해. 손발의 감각이 점점 무뎌지고 있어. 고시원에서 덮던 캐시밀론 이불을 당겨 얼굴까지 덮어.

얼굴은 가렸는데 마음은 가려지지 않아. 마음에 대해 자꾸 마음이 가.

이 집에 들어오기 전, 양식장에서 고인 물을 봤어. 진가네로 불리던 아저씨가 하던 우렁이 양식장. 진 씨 아저씨는 양식장을 접었는지 울타리로 세운 그물은 쓰러져 있고 우렁이도 보이지 않았어. 거기에 있는 것이란 검은 빛을 띠고 납작하게 엎드려 있는 물이 전부였어. 바람이 살짝 불었어. 검은 빛의 수면에 주름이 졌어. 바람이 갔어. 수면은 다시 정물화가 되었어. 움직임을 멈춘, 움직임을 기다리는 물체로 있었어. 다시 바람이 불었어. 양식장 둔덕 어디쯤에서 낙엽이 너풀너풀 날아오더니 고인 물에 앉았어. 수면은 깨지고 낙엽을 중심으로 겹겹이 동그라미가 생겼어. 돌멩이를 주워 고인 물에 던졌어. 고여 있던 물이 어지럽게 일어났어. 고인 물은 원래 그래. 장마가 지면 조용히 가라앉았던 물이 솟구치며 흙탕물을 일으켜. 장마가 끝나면 흙탕물은 다시 맑아져. 고인 물은 사람의 마음이야. 건드리면 재빨리 반응하는 촉수와도 같이 흙탕물이 되다 맑아지다 그래.

수도 없이 맑은 수면이다 흙탕물이다 그랬어. 누구나 그렇다는 말은 하지 말아줘. 그런 말은 어쩐지 개념을 삭제시킨, 개념이 삭제된 사물이 어디있겠어만은, 딱 그런 느낌이 들거든. 모두가 같으니까 같다는 이상한 논리로 들려.

아직은 아니야, 아닌 거야. 이렇게 추운데, 하도 추워서 캐시밀론 이불이 꽁꽁 어는데, 생각조차 뒤죽박죽인데, 이런 추위를, 추위는 다 그래, 라고 말하는 건 아니야, 아닌 거야.

벌레들은, 야행성 동물들은, 추위에 얼지도 않고 이 밤을 돌아다녀. 외할아버지가 돌아가신 후 폐가가 된 이 집에서, 어린 시절과 학창시절을 보낸 이 집에서, 벌레들과 야행성 동물들과 함께 하리라는 생각은 해보지 않았어.

쥐가 왔다 갔다 해. 다리 많은 벌레들이 천장에서 뚝 떨어지거나 벽을 기어 다녀. 생존은 그런 거야. 단백질을 얻으려 처절하게 돌아다니는 현장의 발. 그렇다는 사실조차 모르며 움직이고 또 움직이는 구강의 욕구. 그런 거에서 실패했니 예원이는? 시는 단백질이 되어 주지 못했다고 생각하니 예원이는?

고양이 울음소리가 나. 고양이는 쥐를 잡았을까?

포식자의 서열 맨 위엔 사람이 아니라 바이러스가 있어. 맨눈으로 보이지 않는 바이러스가, 맨눈으로 보이는 단백질 덩어리를 삼켜. 코로나19 바이러스가 인간을 가지고 놀아. 고양이가 쥐를 잡아 이리 돌리고 저리 돌리며 쥐의 생명을 농락하듯, 코로나19는 해외여행을 방해하고, 무역에 차질을 빚게 하고, 사람들을 우왕좌왕 움츠러들게 해.

해외 여행을 가자던 은표는 갔을까? 유럽 어디어디를 갔다 왔다고 자랑하던 연선이와 진희는 해외 여행도 없이 어떻게 지낼까? 여행 경비가 없으면 꿔 줄 테니, 다달이 푼돈으로 갚으라며 같이 가자고 한 그들은 꽉 막혀버린 해외 여행에서 어떻게 숨통을 트며 살고 있을까? 그 말을 들었을 때 맑게 고여 있던 물은 파문을 일으키다, 흙탕물이 되다, 되다, ……겨우 맑은 수면을 찾았어. 시를 썼거든. 코로나19도 집어 삼키지 못하는 시를, 썼거든. 시는 단백질이 아니라 그럴 수 있다는 말은 하지 말아줘 예원아.

밤이 가고 있어. 다투어 단백질을 섭취하려던 생명들에 새벽빛이 들이쳐. 춥고 배고프고 무서운 밤을 밀어내며 통통하게 살이 올라.

짜작짜작 새 소리가 따가워. 따따따따 경운기 가는 소리가 거미줄을 걷어내. 새는, 음산하고 추운 이 겨울도 잘 사는데, 외할아버진 겨울을 넘기지 못했어. 이장네 경운기를 빌려 타고 가다 떨어졌대. 읍내로 약을 타러 가는 길이라고 들었어. 할아버진 경운기를 몰다 갑자기 닥친 이석증에 중심을 잃었댔어. 경운기에서 떨어지는 순간 지나가던 차에 치었다고 했어. 그 소식을 들었지만 슬프진 않았어. 물끄러미, 우렁이 양식장의 고인 물을 볼 때처럼 아무런 느낌이 없었어. 할아버지와 보낸 추억 같은 게 없어서였을까?

혈연 관계는 슬프지 않아도 슬퍼해야 하는 걸로 알고 있어. 그래도 슬프지 않았어. 슬픔을 느끼게 해 준 건 시야. 참 이상하지? 아무리 생각해도 이상해. 그저 활자 몇 줄인데, 혈연 관계도 아닌데, 혈연 관계보다 더한 슬픔을 느꼈거든.

생일이라고 했어. 생일인 줄도 몰랐어. 외사촌 언니가 구구단을 가르쳐주겠다고 왔어. 외사촌 언니가 연시 몇 알을 툇마루에 놓으며 말했어. 오늘 니 생일이라며? 우리 엄마가, 미역국 먹는 날인데 연시라도 갖다 주랬어.

예원아, 그때가 쨍하게 기억나. 생일이라는 말, 미역국이라는 말. 그 말은 언제 들어도 그립고 침이 고여.

외사촌 언니와 툇마루에 나란히 앉아 연시를 먹었어. 가을이 반짝였어. 연시가 달콤했어. 툇마루 아래로 다리 네 개가 짤방짤방 춤을 췄어. 스무 개의 발가락이 싱긋싱긋 장난을 쳤어.

외사촌 언니가 가고,

그 다음 해가 가고,

그 다음 해쯤에야 알았어. 생일은 미역국을 먹고 케이크를 자르는 날이었어.

그 다음 다음 해 어디쯤에야 알았어. 생일은 선물도 받고 외식도 하고 미워하던 식구끼리도 안 미워하는 날이었어.

미역국도 케이크도 선물도 외식도 없었지만 슬프지 않았어. 그보다, 엄마는 애를 낳던 날 미역국을 먹었을까, 하는 생각이 불현듯 났어. 몰라야 좋은 것들은 그때 알아버렸는지도 몰라. 슬픔을 슬퍼하지 않던 그때.

슬픔을 배웠어. 슬퍼하는 게 슬픔이 아니라, 슬퍼하지 않는 게 슬픔이라는 걸. 약속해줘 예원아. 슬퍼하지 않겠다고. 이런 말도 해줘 예원아. 세상은 아프지만 슬프진 않다고.

아침이 가고 점심때가 기울도록 이 집을 찾는 사람은 없어. 갈
곳이 없어서이기도 하지만, 찾는 이가 없을 듯해서 이 집에 왔어.
이 집은, 사람이 살았지만 살 때조차 온기가 없었어. 온기가 없는
집은 집이 아니야. 그래도 집이었어. 밥도 먹고 씻기도 하고 잠도
잔 집. 어느 영화에서처럼, 머플러를 두르고 뾰족구두를 신고 삐죽
이 들어설지도 모를 사람을 기다리는 집.

밭은기침 소리가 지나가. 같은 반을 세 번이나 한 철주네 할아
버지의 기침 소리야. 저 기침 소리는 무자비해. 그때보다 쇠었지
만 아직은 정정해. 세사르 바예호의 「인간은 슬퍼하고 기침하는
존재」라는 시가 생각나. 시도 기침을 해. 영혼을 가진 존재는 다 기
침을 해. 그렇지만 철주네 할아버지의 밭은기침엔 영혼이 들어있
지 않아. 철주네 할아버지는 개고기를 좋아한다고 했어. 폐인지 간
인지가 좋지 않아서 개고기를 먹는댔어. 특히 짚으로 그을린 개를
최고로 친댔어. 철주네 할아버진 사냥꾼이야. 개 사냥꾼. 마을 사
람들은 철주네 할아버지가, 한 손엔 개 목줄을 쥐고 다른 한 손엔
토치를 들고 산으로 가는 걸 봤다고 했어. 개는 죽으러 가면서도,
나무에 대롱대롱 매달리면서도 철주네 할아버지에게 꼬리를 흔
들었대. 산에서 개 태우는 냄새가 마을까지 흘러들었어. 냄새가 지
독했어. 그 다음부터 철주와 말을 섞지 않았어. 개를 기르지도 않
겠다고 맹세했어. 개에 관한 시도 쓰지 않겠다고 결심했어.

개가 싫어. 극도로 애정을 받으려 납죽 기거나, 극도로 생명의 위협을 느껴야 하는 존재가 싫어. 그것들에겐 자유가 없어. 사랑받으려고, 생명을 지키려고, 자유하기를 포기하거든.

자유란 뭘까?

거미는 거미줄을 치지만 거미줄에 묶여 있어. 어떤 단백질이 오나, 오직 그것에만 관심을 둬. 그렇다고 자유롭지 않은 것은 아니야. 자신이 친 거미줄 성에서 최고의 권력자로 맘껏 사냥을 하거든. 철주네 할아버지처럼, 약자에게만 힘을 부릴 줄 아는 사람들처럼.

밭은기침 소리 끝에 끄악 퉤! 가래침 뱉는 소리가 나. 철주네 할아버지가 노인정이 있는 쪽으로 가고 있어. 노인정엔 막걸리와 귤과 과자와 화투와 질투가 있어.

어느 날인가, 비가 오거나 눈이 오거나 꽃이 예쁜 그런 날은 아니었어. 그날이 그날 같던 어느 날, 모텔 방을 청소하는데 뒤에서 밭은기침 소리가 났어. 305호실에서 장기 투숙하는 손님이었어. 남자는 60대 후반쯤으로 항상 술에 절어 있었어. 멀리서도 술 냄새와 담배 쩐 내가, 노인 특유의 그 지독한 냄새와 섞여 났어. 종류는 다르지만 썩은 두엄 냄새도 이 정도는 아니야. 구토가 이는 걸 간신히 참았어.

갑자기 남자가 머리채를 휙 낚아챘어. 세제 병과 걸레를 바닥에 떨어뜨린 채 남자 손에 잡혀 305호실로 끌려갔어. 방안엔 빈 막걸리 병과 귤과 과자와 화투가 어지럽게 널려 있었어. 남자가 끄악 퉤! 가래침을 뱉으며 말했어. 야, 이 년아, 너 씹한 지 오래됐지? 굶 어 죽게 생겼다구 통사정을 하는구나. 흐흐흐흐.

남자가 누런 이를 드러내며 바지 지퍼를 내렸어. 남자를 떠다 민 후 305호실을 뛰쳐나왔어. 가슴이, 머릿속이, 터져나가는 듯했 어. 전신이 후들후들 떨렸어. 간신히 접수실로 달려가 모텔 주인 에게 이런 일이 있었다고 말했어. 주인은 고개를 외로 빼더니 냉 담하게 말했어. 이런 데서 일하려면 그런 일쯤은 각오하고 왔어야 하지 않나? 남들은 이런 일자리가 없나 말을 넣는데 넌 뭐냐? 순 진한 거냐 미련한 거냐. 내가 알기로 니가 이러는 거, 이번이 세 번 째야. 알아서 해. 조용히 입 다물고 투숙객의 비위를 맞추든지, 보 따리 싸서 나가든지.

예원아, 그때처럼 세상이 거꾸로 보인 적이 없어. 다듬잇방망이 로 머리를 맞아 혼절하는 게 그런 걸 거야. 그때에도 미투라는 게 있었다면 어떻게 되었을까. 어떻게 되긴. 미투도 도와줄 단체나 힘 있는 사람이 있어야 하는 걸.

그보다,

나태한 오후처럼 있는 게 좋아.

지금처럼, 캐시밀론 이불을 덮고, 배고픔도 추위도 느끼지 못하 는 지금처럼, 아무 것도 아닌 것으로 있는 게 좋아.

몸이, 가물가물해져.

바람이 흐르고 있어. 물이 흐르고 있어. 시를 쓰던 예원이는 물 앞에 서. 맑은 물이 흐르는 천이야. 천 가운데는 청색이야. 짙은 청색. 청색의 물이 얼어 있어. 꽝꽝 언 속에서 물소리가 나. 시를 쓰던 예원이는 문득, 천의 중심, 청색으로 빛나는 그곳에 몸을 던져.

얼음이 깨지고 몸이, 아뜩하게 멀어져.

사는 내내, 아사餓死를 꿈꿔왔어. 사는 내내, 아사와 썸을 탔어. 예원이는, 비로소 홀로서기로 들어가. 홀로서기, 얼마나 두렵고 벅찬 말인지. 얼마나 멋지고 쓸쓸한 말인지.

한 여자가 사라지고 있어. 몸을 비우며 가고 있어. 볼따구니엔 눈물의 길이 말라 있어. 잘 있어라 예원아. 잘 갈게 예원아. 청색의 물속으로 날개를 펴고 깊게, 더 깊게, 자유롭게, 더 자유롭게, 안녕. 안녕.


나는 옥상의 긴 의자에서 벌떡 일어난다. 이십여 년 전의 소도시가 떠오른다. 당시, 나는 노조 시위를 취재하러 그 소도시에 갔었고, 갈 때마다 그 고장의 이름이 박힌 백반집에서 밥을 먹었다. 예원이 남긴 글 속의 나는 나일 수도 있고 아닐 수도 있다. 밥이 나오길 기다리며 시집을 읽는 건 오래된 습관이다. 지금은 시를 쓰지 않지만, 그때는 문예지로 등단한 지 얼마 되지 않은 터라 시에 대한 열정이 꽤 있었다. 예원이가 시집을 읽는 나를 보았는지 모르지만, 밥이 나오길 기다리며 책을, 시집을 읽는 사람이 어디 나

뿐일까.

그녀, 예원이가 든 A4 용지를 들고 옥상을 내려온다. 예원이 그녀는 누구인가. 보들레르와 윤동주와 브레히트를 말하던 그녀는, 혹시……

백반집에서 밥을 먹고 나왔다. 차에 시동을 거는데 백반집에서 한 여자가 급히 다가왔다. 그녀는 두고 간 책이라며 내가 읽던 시집을 건넸다. 나는 고맙다는 말을 하고 핸들을 틀었다. 그때, 고개를 돌리던 바로 그때, 여자의 눈과 마주쳤다. 절절한 무엇이, 눈물 같기도 한 무엇이, 눈 안에 가득 차 있었다. 그것은, 그러니까, 금방이라도 기체로 증발할 것 같은 몸이었다.

그때의 그녀를 예원이라고 단정할 순 없어도, 예원이라는 여자는 있었고, 있다가 사라졌고, 지금은 기억의 후미진 골목을 걸어 내게로 온다. 로맨틱과 리얼리티에 대해, 현실과 초현실에 대해, 아픔과 슬픔과 배고픔에 대해 말을 나누러 온다.

나는 다시 옥상으로 올라가 긴 나무의자에 앉는다. 봄기운이 완연한 바람이 저녁을 물고 온다. 세상이 아프다고 말했던 그녀는 언제쯤 이곳에 와, 시와 시인과 현실과 사실에 대해 말을 걸까.

저녁이 깊어간다. 건너편 원룸 건물에 하나 둘 불이 켜진다. 나는 나무의자에 길게 누워, 언젠가 읽었던 시를 한·자·한·자 허공에 필사한다.

절망에 대해 말해보렴, 너의 절망을, 그럼 나도 내 절망을 들려줄 테니. 그러는 동안에도 세상은 돌아가고, 그러는 동안에도 태양과 선명한 빗방울들은 풍경을 가르며 지나간다네. 대초원 너머, 우거진 수풀 너머, 산과 강 너머로. 그러는 동안에도 기러기는 맑고 깨끗한 저 하늘 높이에서 다시 집을 향해 날아간다네.*

---

\* 오길영, 『아름다운 단단함』, 소명출판, 107쪽, 메리 올리버 「기러기」 부분 재인용.

# 바다 건너 샌들

충성을 다해 앉아 있다, 개.

밤이슬이 하얀 털 위로 내려앉는다. 개는 밤과 함께 눅눅히 젖어간다. 시간은 멈추고 달빛은 고요하다. 개도 고요하다. 개의 저 고요함은 불안이다. 불안이 깊으면 움직임도 멈춘다. 개는 움직이지 않는 것으로 불안을 발산한다. 이제부터다. 홀로 된다는 것의 투쟁.

숙은 아까부터 창가에 붙어 있다.

개가 이곳 다가구주택 골목에 나타난 것은 하루밤에 되지 않는다. 개는 눈 깜빡할 새에 저 자리로 와 꼼짝을 하지 않는다. 개는 자리를 지킬 줄 안다. 사람도 자리를 지킬 줄 안다. 그보다 분수를 지킬 줄 안다.

밤바람이 사뿐 오르내린다. 개의 털이 슬쩍 부풀다 내려앉는다. 숙은 창을 연다. 개와 숙의 눈이 잠시 마주친다. 개는 고개를 돌린다. 개의 눈은 숙이 사는 다가구주택 일층 담벼락에서 멈춘다.

숙은 창에서 물러난다. 티브이 소리를 줄이고 화면에 눈을 고정한다. 휘발유값이 오른다는 뉴스. 허리케인이 미국 플로리다 북부를 강타한다는 뉴스. 미국, 미국.

미국엔 아들이 산다. 뉴욕인지 엘에이인지 플로리다인지 모르지만 아들이 사는 것만은 분명하다. 아들은 아들과 딸을 낳았을 수도 있다. 어쩌면 낳지 않았을 수도 있다. 분명한 건 개는 살지 않는다는 점이다. 이민자의 목록에 개는 포함되지 않는다. 미국은 개의 존엄성을 인정하지만, 검역 인증을 받지 않은 개는 받아들이지 않는다. 개는 한국에 남아 충성을 다해 앉아 있다.

숙은 창가로 간다. 개는 그 자리 그 모습이다. 그림의 모델로는 손색이 없다. 정지, 락ᵒᶜᵏ 상태.

그림은 정지, 락 상태가 아니다. 캔버스에 갇힌 듯 있지만 수많은 표정과 말을 던진다. 희끄레한 털빛의 개는 세밀화로 앉아 있다. 배가 고프다고, 목이 마르다고, 무서워 죽겠다고, 어서 데리러 오라고, 눈동자와 몸통과 꼬리와 귀와 귓밥과 털 가닥가닥과 모든 구멍이 부르짖는다.

숙은 창에서 물러나지 않는다. 개는 여전히 부동인 채로 각성되어 있다. 낯선 동네와 그 동네만의 특이한 냄새, 공기의 흐름, 발소리, 창 어딘가로부터 새어나오는 사람의 음성들은, 홀로 된 개에게는 궁금증도 모험도 아닌 두려움이다. 개는 이미 영광을 잃었다.

주인이 달려오면 꼬리를 흔들고, 주인은 개를 번쩍 안아 머리를 쓰다듬는다. 주인의 어린 딸은 치즈소시지를 높이 들어 흔들고, 개는 팔짝 뛰어 받아먹는다. 주인 내외와 딸은 화르르 웃으며 개에게 영광의 관을 씌워준다. 개는 영광의 순간들을 축적하며 주인의 가족이 된다. 그러던 어느 날 주인의 가족은 개를 버리고 미국으로 간다. 개는 홀로 남아 용기를 잃는다.

개는 콘크리트 바닥에 엉덩이를 내려놓고 두 개의 앞발로 몸을 지탱한다. 두 개의 앞발은 사랑을 기억한다. 어린 딸이 잡고 빙빙 한 바퀴를 돌 때, 발바닥으로 흐르던 그 찡한 기쁨과, 주인 여자가 허벅지에 올려놓을 때, 발바닥으로 전해오던 체온의 그 따뜻함과, 주인 남자가 가슴팍에 올려놓을 때, 발바닥으로 느껴지던 심장의 그 펄떡거림은, 경쟁 없는 사랑의 신호로 남는다. 인간의 손과 개의 앞발은 손과 손의 교감이라는 걸, 개는 알아버린다. 그리하여 개는, 사랑은 떠날 수 없는 것이라고 믿는다.

골목 어딘가에서 담배 연기 냄새가 난다. 개가 발딱 일어나 냄새가 나는 쪽으로 몸통을 튼다. 주인 남자는 담배를 피울 때면 종종 개의 얼굴에 연기를 뿜어댄다. 개는 재채기를 하며 어린 딸의 방으로 숨는다. 골목의 개는 코를 벌름대다 이내 주저앉아 고개를 돌린다. 돌린 바로 앞엔 다가구주택 일층 담벼락이 있다. 담벼락엔 개의 추억이 묻어 있지 않다. 기억의 회로는 담벼락에 막혀 다시 개에게로 간다.

개는 서른두 평 아파트에서 비타민과 오메가3가 든 사료를 먹는다. 하루에 한 번 사과나 바나나도 먹는다. 장난감용으로 개껌도 씹는다. 가족은 서로 개를 차지하려 밀치기도 하고 가위바위보도 한다. 그 틈에 개는 자기 집으로 쏙 들어간다. 주인 남자는 개를 보며 하하 웃는다. "어? 조년 봐라? 튕길 줄도 아네?" 가족은 개 집 앞에서 까르르 웃으며 손짓한다. 어서 나오라고, 같이 놀자고, 우리는 헤어질 수 없는 가족이라고, 전신으로 말한다.

개는 앞발을 세운 채 문득 하늘을 올려다본다. 달이 검은 바다의 섬으로 오롯이 떠 있다. 개는 달을 보고도 짖지 않는다. 이제 도시의 개들은 아무 때나 짖던 습성을 버렸다. 버려야 살 수 있는 것, 적응. 적응은 쉽지 않다. 이미 유전인자가 된 촉감과 후각과 청각은 지금, 이 자리를, 완강히 밀어낸다.

숙은 침대로 와 걸터앉는다. 티브이는 밤이 새도록 떠들어댄다. 오늘의 날씨와 주식시세, 사건 사고를 끊임없이 토해낸다. 멀쩡하던 도로에 싱크홀이 생기고, 보복 운전으로 추돌 사고가 나고, 보이스피싱으로 금융 사기가 극성이고, 미스터리한 살인이 연쇄적으로 일어난다. 티브이는 희비의 사연과 사건을 무성생식으로 무한 재생하기를 멈추지 않는다. 티브이는 죽음을 모르는 신이다. 그 신이 고장이라도 나면 홀로 사는 사람들은 사망한다. 보거나 말거나 그들에겐 하루 종일, 일 년 열두 달, 사람의 목소리로 떠드는 게 있어야 한다. 티브이는 벗이다.

아들도 벗이다. 아들은 밥을 먹으며 히죽 웃는다. "엄마, 이 장조림 디게 맛있네." 아들은 어미의 벗이다. 벗은, 벗의 마음을 안다. "어여쁜 박 여사님, 당뇨 약 고혈압 약 잘 챙겨 드세요. 안 그럼이 아드님이 불쾌해져요." 벗은, 협박성 발언으로 벗의 마음에 뿌듯함을 꼭꼭 채워준다.

티브이와 티브이 주변엔 먼지가 소복하다. 티브이의 나이는 먼지가 쌓인 것보다 고령이다. 가전제품의 수명은 날로 늘어난다. 사람과 개의 수명도 늘어난다. 수명이 늘어나는 만큼 먹는 약도 늘어난다. 티브이 옆 상자엔 관절염에 좋다는 어떤 약이, 당뇨와 고혈압과 신장을 치료한다는 어떤 약이, 잇몸을 좋게 한다는 어떤 약이, 고지혈을 완화시킨다는 어떤 약이, 소화제와 두통약, 변비약과 유산균, 피로회복제와 수면제가 가득 들어있다. 약의 수만큼 수명은 늘어나고, 수명이 늘어나는 만큼 행복하고, 행복한 만큼 서로를 이해하고, 이해하는 만큼 벗이 된다면…….

개와 티브이는 벗이 될 수 없다. 개는 티브이를 이해하지 못하고, 티브이도 개를 이해하지 못한다. 사람도 티브이를 이해하지 못하고, 티브이도 사람을 이해하지 못한다. 이해하지 못하는 관계는 벗이 될 수 없다. 벗이 될 수는 없는 것들은 벗이 되지 못해 잠을 이루지 못한다. 잠을 모르는 티브이, 잠을 모르는 개, 잠을 잊은 다가구주택의 늙은 여자 하나.

숙은 다시 창가로 간다. 개는 꼿꼿하게 앉아 있고 새끼 고양이한 마리가 멀찌감치 떨어져 개를 엿본다. 개가 앞발을 쭉 펴며 바닥에 배를 간다. 새끼 고양이가 깜짝 놀라 다가구주택 건물 뒤로 내뺀다. 개는 주둥이를 앞발에 얹고는 여전히 담벼락을 향한다.

다가구주택은 언덕 꼭대기에 있고, 숙이 사는 동 바로 뒤는 막혀있다. 막다른 골목은 막다른 정적에 묻혀 신음한다. 개도 막다른 정적에 눌려 신음한다. 아들이 심심풀이로 그린 그림엔 개가 제법 등장한다. 화분에 코를 박고 쿵쿵대는 개, 엉거주춤 앉은 자세로 똥을 누는 개, 앞발과 뒷발을 쭉 편 채 기지개를 켜는 개, 바짓가랑이에 매달려 일자로 서 있는 개, 골목의 저 개처럼 앞발에 얼굴을 얹고 있는 개. 그러나 아들이 그린 그림엔 저 개처럼 밤을 지새우는 개는 없다. 가족이 있는 개는 밤을 지새우지 않는다.

밤의 흐름이 더디다. 티브이는 홀로 밤을 지새우고, 콘크리트 바닥에 엎드린 개도 홀로 밤을 지새운다. 골목을 비추는 외등은 희미하고 달도 구름에 가려 보이지 않는다. 숙은 창가에 붙어서 억지로 하품을 해본다. 졸음이 오고 하품을 하던 때가 그립다. 오는 전화가 귀찮고 출근 시간이 버겁던 때가 그립다. 그것 말고, 진정 그리운 건 따로 있다.

티브이에선 사람의 목소리가 쉴 새 없이 나온다. 리얼 다큐 프로그램. 바람을 피운 남자가 아내 앞에 무릎을 꿇고 애원한다. 아내는 컵의 물을 남자에게 끼얹는다. 남자가 벌떡 일어나더니 아내의 멱살을 잡는다. 이렇게 사정해도 봐주지 않겠다면 네 맘대로 하라며 뛰쳐나간다. 아내는 남자 뒤를 쫓아 헐레벌떡 나간다. 캄캄한 밤, 남자는 차를 몰고 멀어진다. 태초에 사람이 있고부터 지금까지 이어지는, 앞으로도 이어질, 인간의 리얼 다큐 역사.

남편에게도 여자가 있다. 남편은 어느 날 문득, 메모 한 장 남기지 않고 집을 나간다. 이유를 모른 채 당해야만 하는 배신은, 쓰리고 아픈 게 아니라 부정당한 존재를 인정해야만 하는 고문이다. 그때부터 고통이라는 말조차 사치스러운, 생의 근간을 흔드는 지옥이 펼쳐진다.

리얼 다큐는 이어진다. 여자 둘이 머리끄덩이를 잡고 욕을 해댄다. 남자는 여자들을 보며 닥치는 대로 물건을 집어던진다. 내연녀는 본처를 향해 남편을 바람피우게 한 주제에 어디서 행패냐고 소리 지르고, 본처는 내연녀에게 몸을 팔아먹는 년이 아가리 닥치라고 악을 쓴다. 저런 소리는 사람의 소리가 아니다. 짐승의 소리도 아니다. 사람도 짐승도 아닌 소리가 남자에게서 나온다. 이런 개쌍년들! 그만해!

남편은 사람보다 짐승보다 더한 말을 한다. "미안하다, 그 여자를…… 사랑해. 그만 돌아가 줘."

티브이에선 사람의 배설음이 난투극을 벌인다. 홀로 사는 사람들은 저런 악다구니를 하지 못한다. 단전 단수와도 같은 꼴이라는 걸, 홀로 사는 사람들은 안다.

개는 단절된 상태다. 꼬박 하루가 지나도록 주인이 나타나지 않는다. 개의 안부는 다른 개가 묻는다. 털빛이 누런 개가 골목의 개

옆으로 다가온다. 골목의 개는 엎드린 채 있다 발딱 일어난다. 누런 개가 골목의 개 주변을 맴돌며 킁킁 냄새를 맡는다. 골목의 개는 긴장한다. 넌 누구니? 누런 개는 대답한다. 개다. 골목의 개는 다시 묻는다. 어디서 왔는데? 누런 개는 대답한다. 경상도. 골목의 개 눈빛이 싸늘해진다. 꺼져! 여긴 서울이야. 누런 개가 골목의 개 앞에 선다. 웃기고 자빠졌네. 너나 나나 버려진 신세라는 거 몰라? 골목의 개가 으르르 이를 드러낸다. 시골 똥개 주제에 누구한테 씨부리냐? 누런 개도 으르르 이를 드러낸다. 얼띠기 년이 꼴깝하네. 보아하니 환갑도 말아드신 거 같은데 주체 파악이나 해라. 너, 당뇨 있지? 고혈압 있지? 콩팥도 망가졌을 걸? 꼴에 존심은 있어 가지고. 골목의 개가 꼬리를 빳빳이 세운다. 사춘기도 안 된 년이 누구한테 엉겨? 골목의 개가 앞발로 누런 개의 뺨을 후려친다. 누런 개가 꼬리를 말고 언덕 아래로 도망친다.

정적은 다시 찾아오고 밤의 시간은 깊어간다. 숙은 침대로 와 걸터앉는다. 침대 맞은 편 티브이 옆엔 약 상자가 있고, 그 뒤엔 소주 한 병이 있다. 아들은 삼겹살에 소주잔을 기울이며 히쭉 웃는다. "엄마는 술 한 모금도 못하니 술값 좀 모았겠네? 호호호~ 술값이 은근 기둥뿌리 뽑는 거 알아 엄마?" 숙은 물컵에 물을 따른다. "그래서 이렇게 부자로 살잖니." 아들은 숙의 물컵에 술잔을 부딪친다. "술 못 하는 엄마를 위하여! 지속적으루다 못 하길 위하여!" 아들이 잔을 내려놓는다. "엄마는 왜 술을 못 마셔? 맥주 한

잔 정도는 할 수 있지 않아?" 숙은 삼겹살을 뒤집는다. "비밀이야.
한 모금만 마셔도 졸도하는 거. 두 모금 마시면 죽는다는 거. 술 마
시면 곱게, 아주 곱게 간다는 거."

숙은 당뇨약 봉지를 찢어 알약을 손바닥에 쏟는다. 고혈압 약
봉지도 찢어 손바닥에 쏟는다. 신장약과 고지혈약 봉지도 찢어
손바닥에 쏟는다. 숙은 소주병을 집다 영양제로 눈이 간다. 저 영
양제들의 나이도 티브이만큼이나 고령이다. 아들이 취업을 한 후
사다 놓은 것이니 꽤 오래된 것이다. 아들은 월급날이면 삼겹살
과 영양제를 사온다. 아들이 영양제를 손에 쥐어준다. "엄마 혼자
나 키우느라 고생 많았어요. 에휴, 이 손 좀 봐. 이 손으로 보험 팔
고 파출부 하고 건물 청소에 산후도우미에…… 영양제 잘 챙겨
드세요."

숙은 소주병을 놓고 손바닥에 그득한 알약을 유리컵에 쏟는다.
유리컵에 물을 붓고 지그시 바라본다. 알약은 피막을 벗으며 윤곽
을 흐린다. 흐려지며, 퍼지며, 무엇이었는지 알 수 없게 된다. 사람
의 마음도 저러하다. 사람의 마음이 저러하다는 것을 창밖의 개가
안다면, 일찌감치 알았다면, 알았어도 개는 지금의 저 자리를 지킬
것이다.

숙은 다시 창가로 간다. 다가구주택 골목 복판엔 개가 끈질
기게 앉아 있다. 끈질김은 개의 속성이다. 개의 가족은 하루 나
들이를 가며 개 앞에 스팸 한 조각을 놓는다. 개는 스팸 조각에

서 눈을 떼지 못한다. 가족은 개의 표정과 행동을 하나하나 관찰한다. 개는 스팸 조각 앞에서 물러나지 않는다. 스팸에 꽂은 눈은 맹렬하고 귀는 쫑긋 열려있다. 가족은 여행백을 챙기며 슬금슬금 물러난다. 개는 가족이 현관으로 가도록 스팸 조각 앞에서 꼼짝하지 않는다. 가족이 현관문을 열고 집을 나간다. 개는 연신 입맛을 다시며 스팸 조각 앞에 쪼그려 앉는다. 스팸 조각에서 고소한 냄새가 촉촉하게 난다. 개는 조심스레 앞발을 들어 스팸 조각을 톡 건드려 본다. 보드랍고 또 보드라움이, 감미롭고 또 감미로움이 발바닥에 착 붙는다. 한낮이 기운다. 개는 스팸 앞에 앞발을 쭉 펴고 턱을 괸다. 붉은 색의 살덩이에 기름이 번들댄다. 개는 입가며 콧잔등을 혀로 핥는다. 저녁이 지나고 밤이 되자 가족이 들어온다. 주인 내외와 딸아이가 개에게로 달려온다. "와~ 안 먹었다! 여보, 내가 안 먹을 거라고 했지?" "아이, 이뻐라. 안 먹고 기다렸엉?" "이제 먹어도 돼. 먹어!" 개는 먹으라는 말에 초속으로 스팸 조각을 삼킨다.

개의 끈질김은 고문을 견디는 것과 같다는 것을, 개도 사람도 생각해보지 않았다. 고문이란 존재 자체를 서서히, 바닥이 날 때까지 자근자근 짓밟는 과정이라는 걸, 개도 사람도 생각해보지 않았다.

그리움, 그것을 견디는 것도 고문이다. 아들에게선 연락이 없다. 골목에 나타난 개에게도 찾아오는 이가 없다. 가족관계로 길들여진 것들은 분수를 지킬 줄 안다. 상대가 무엇을 원하는지, 원하는 대로 있어야 한다는 걸, 그것이 생존의 방식이라는 걸 알아버린다. 딴은 그렇다. 분수를 지키는 것과 자존심을 지키는 것은 같은 전화번호를 사용하는 것과 다르지 않다. 개는 외등을 받으며 침묵으로 있고, 홀로 집을 지키는 사람은 실내등을 받으며 침묵으로 있다. 침묵은 고독이 아니라 고함이라는 걸, 사람들은 생각해보지 않았다.

필사적으로 앉아 있다, 개.

짙은 먹물 빛 새벽이 점차 밝아온다. 개는 막 동이 트기 시작한 아침을 고스란히 받는다. 털빛은 외등 빛 아래에 있을 때보다 하얗다. 신부가 안고 사진을 찍었더라면 좋았을 털의 빛깔. 개의 콧잔등이며 귀, 목덜미며 꼬리엔 그 어느 날의 어리광과 토라짐, 호기심과 떼씀이 그대로 남아 있다. 저 흔적들, 지우려면 한참이나 시달려야 할 추억들.

숙은 아까부터 창문을 연 채 개를 바라본다. 등교하는 여학생이 흘깃 개를 보며 종종걸음을 친다. 마을버스와 버스와 지하철을 번갈아 타며 출퇴근한다던 이층 주부가 뛰듯이 골목 밖으로 간다. 항상 배낭을 메고 약수를 뜨러 가는 할아버지가 무심히 개 앞을 지나간다. 짧은 스커트에 재킷을 입은 아가씨가 젖은 머리칼을 털며 가다 문득 개 앞에 선다. 아가씨가 핸드폰을 꺼내 개를 찍는다.

개는 정면, 숙이 사는 다가구주택 담벼락만 보고 있다. 아가씨가 몇 장인가를 찍더니 골목 어귀로 짜작짜작 걸어간다. 검은색 백팩을 멘 남자가 개를 지나치다 되돌아선다. 남자는 주머니에서 핸드폰을 꺼내 개를 찍는다. 개의 생존이 짧은 순간 인간의 기계 속으로 들어간다. SNS로 전송된 개 사진에는 잡담과도 같은 댓글이 달린다. 안됐다, 가엾다, 유기견을 분양받자, 개 주인이 누구냐, 찾아내 신상을 털자, 등등.

개에게도 운명이라는 게 있다. 사람이 부모를 택해 태어날 수 없듯, 개도 주인을 골라가며 태어날 수 없다. 운명에는 슬픔과 외로움이 유리조각으로 박혀 있다. 그것과 얽혀 지내는 게 운명을 지닌 것들의 운명이다. 해는 번듯하게 떠오르고 개는 배고픔과 갈증에 지쳐간다.

삼층에 사는 여자가 밥과 물을 개 앞에 놓는다. 개는 고개를 돌린다. 여자는 쯧쯧 혀를 차며 골목을 나간다. 유치원생이 엄마 손을 잡고 가다 개 앞에 선다. 유치원생이 엄마 손을 뿌리치며 개에게 다가간다. 아이의 엄마가 아이의 손목을 잡아 끈다. "만지지 마! 병균 옮아." 아이와 엄마가 다가구주택 언덕 저만치로 내려간다. 젊은 엄마가 장바구니 가득 장을 봐온다. 젊은 엄마는 개 앞을 지나다 장바구니를 내려놓는다. 개 앞에 서서 개의 이모저모를 뜯어보더니 장바구니에서 과자 봉지를 꺼낸다. 봉지를 뜯어 스낵 몇 개를 개 앞에 던진다. 개는 정면만 볼 뿐 반응하지 않는다.

묵묵히 정면만 보는 것은 우직함이다. 고집이며 아집이며 답답함이며 숨통을 조이는 일이기도 하다. 아들은 삼층에 사는 여자처럼 쯧쯧 혀를 차지는 않았지만 수없이 찬 표정이다. "엄마, 생각을 바꿔야 해요. 지금 시대는 엄마가 교육받았던 시대완 달라. 그러니까 보통예금통장에 돈을 박아놓기만 해선 안 된다는 거지. 엄마가 가진 돈 말이야, 그걸로 주식을 해보고 싶은데 나한테 투자하는 셈치고 주면 안 돼?" 숙은 냉수 한 잔을 아들에게 건넨다. "이거 먹고 속 차려라. 넌 장가갈 때 빈손으로 갈 거니? 니가 살 집을 준비해야 할 거 아냐." 아들은 숙의 손을 잡고 흔든다. "에이, 농담도 못 해요. 난 엄마 모시고 살 건데 엄만 아들과 살 맘이 없는 거야?"

개는 여태도 물그릇과 밥그릇을 거들떠보지 않는다. 개의 종말은 굶주림과 각종 질병과 고독이 될 것이다. 개는 한때 얻었던 영광을 "먹어!"라는 명령어를 기다리는 것으로 마감하려 한다. 주인에게서 받았던 교육의 시대가 마감된 줄도 모르고 여전히 고집과 아집을 부린다. 저 개의 고집과 아집은 허상의 연장선이다.

아들은 허상에 사로잡히지 않는다. "엄마, 나 말이야, 사실은 결혼하고 싶은 여자가 있어. 학교도 나보다 좋은 데 나왔고 집안도 괜찮아. 부모님도 사이가 좋고." 숙은 다림질을 하다 문득 멈춘다. "그⋯⋯래? 근데 너랑 너무 차이가 나는 거 아니니? 차이가 나면 결혼 생활이 힘들어질 텐데⋯⋯ 어쨌든 얼굴은 보여줄 거지?" 아들은 잠시 말이 없다 입을 뗀다. "아버지한테 연락했어."

시대가 달라졌다지만 혈연에는 시대가 없다. 개의 혈연은 어미와 새끼가 아니라 주인이다. 자신을 보살펴주고 명예를 보장해주며 생명을 책임져주는 주인. 아들은 식탁 의자에서 일어나 숙 앞에 무릎을 꿇는다. "엄마, 난 개야. 개가 되기로 했어. 날 용서하지 말고 버려줘요." 아들의 목소리가 떨려 나온다. "나도 살고 싶어. 지금과는 다르게 살고 싶어. 우리집처럼 말고 다른 집처럼, 보통의 집처럼 살고 싶어졌어. 아버지가 있고 고상하게 취미 생활도 하는 엄마가 있는 그런 집 말이야. 걔네가 그런 집이야." 아들이 울먹이며 숙의 손을 잡는다. "난 엄마의 이 손을 자랑스럽게 여겼어. 근데 걔네 엄마 손을 보고 아니라는 걸 알았어. 나도 엄마가 다이아반지를 끼고 그 반지에 어울리는 손을 가진 엄마였으면 좋겠어."

숙은 창을 등지고 숨을 몰아쉰다. 현관 앞 슬리퍼가 한눈에 들어온다. 군청색 바탕에 발등에 흰 줄이 세 개 박혀있는 삼선슬리퍼. 아들이 집을 떠나기 전까지 돌아다니던 발.

숙은 현관으로 가 삼선슬리퍼에 가만히 손을 집어넣는다. "너 신은 그 슬리퍼 말이다, 학생들이 실내화로 신는 거 아니니? 마트 온 김에 좋은 거로 바꿔봐. 엄마가 사줄게." 아들은 진열대를 돌며 히쭉 웃는다. "멀쩡한데 뭘 또 사? 엄마 아들이 워낙 잘생겨서 짚신을 신어도 훌륭해."

숙은 마른 수건에 물을 묻혀 삼선슬리퍼를 닦는다. 슬리퍼는 오래 신은 만큼 밑창이며 덮개가 닳아 있다. 숙은 손가락에 수건을 한 바퀴 말아 쥐고 슬리퍼 덮개 안쪽이며 옆구리를 조심스레 닦는다. 슬리퍼가 눈에 들어오기만 하면 뭐에 홀린 듯 잡고야 마는 이 부질없는 행위. 부질없지만은 않다. 슬리퍼를 닦는 그 순간만큼은 세상이 만만해진다. 그럴 수 없이 뿌듯해지고 든든해진다. 숙은 다 닦은 슬리퍼에 두 손을 넣어 쭉 뻗는다. 아들의 발, 잘생기고 튼튼한 발. 고단했던 날을 이해해주던 발, 그런데 멀리 가버린 발.

숙은 슬리퍼를 가지런히 놓고 창으로 간다. 해는 점점 익어가고 골목엔 따스한 기가 몽글몽글 퍼진다. 해는 봄을 턱에 괴고, 개는 앞발에 턱을 괴고 있다.

봄과 개. 개는 봄이 오면 새끼를 만든다. 개 주인은 미국 비자를 받으러 나서며 개를 돌아본다. "쟤 말이야, 몸집도 커지고 어렸을 때보다 귀엽지가 않아." 주인 여자는 식탁에 앉아 미국 갈 때 가져갈 서류를 꼼꼼히 들쳐본다. "그렇긴 해. 저번에 맡길 데가 없어 이웃집에다 몇 번 맡겼더니 임신이 됐나봐. 어쩌지?" 주인 남자가 구두 뒤꿈치에 구두주걱을 넣는다. "어쩌긴. 마음이야 아프지만 미국까지 데려갈 순 없잖아. 다 큰 놈을 키우겠다고 나설 사람도 없을 거고, 검역 절차도 귀찮고, 앞으로 병원비만 축낼 텐데."

개가 고개를 숙이더니 배를 훑는다. 발그레 뽀얗고 동그마한 배에 젖꼭지가 서너 개 달려있다. 어제 쫓겨 갔던 누런 개가 어슬렁 다가온다. 골목의 개는 배를 핥다 발딱 일어난다. 누런 개가 골목의 개 주위를 두어 번 돈다. 골목의 개는 누런 개를 따라 돌며 으르르 이를 드러낸다. 누런 개는 다가구주택 막다른 담벼락에 오줌을 갈기곤 사라진다. 골목은 다시 조용해진다.

실내는 조용하지 않다. 훌쩍이며 목이 메는 음성이 티브이를 타고 나온다. 얼굴을 알까 말까한 연극배우가 자신의 인생 스토리를 풀어놓는다. 어린 나이에 유부남을 사랑했다고, 그래서 아이를 낳았지만 숨어서 기를 수밖에 없었다고 한다. 그 아이는 한때 방황했지만 지금은 뮤지컬 배우로 열심히 산다고 한다. 아들은 개가 되기로 했다는 말끝에 이런 말을 덧붙인다. "엄마와 내 나이 차이를 계산한 적이 있어. 엄마가 고3 때 나를 낳았다는 계산이 나오더라고. 그럼 엄마는 고등학교도 못 나온…… 중졸인 거야? 엄마, 왜 그랬어? 엄마가 부끄러웠던 적은 없었는데 부끄러워졌어. 지금은 부끄러운 게 아니라 불편해졌어. 결혼을 해야 하는데 걔네 집안에서 엄마 아버지 연세를 물으면 뭐라 답을 해." 연극배우는 인생 저편을 흐느끼는 음성으로 이어간다. 애 아빠를 사랑해서, 그저 사랑해서 낳은 것뿐인데 애 아빠는 소식을 끊어버렸다고 한다. 숙은 입술을 깨문다. 질척하고 너절한 이야기들. 사랑이 뭐나 되는 줄 아는 미친 인간들. 아들도 티브이에 나온 연극배우처럼 흐느낀다. "곧 상견례가 있어. 엄마, 미안해. 나, 아버지한테…… 아버지하고 가기로 했어. 그 여자, 아버지랑 사는 그 여자랑 같이 갈 거야. 나도 살고 싶어. 살아야겠어. 나는 개야. 엄마. 나 좀 때려줘."

발딱 일어났던 개는 엉덩이를 내려놓고 다시 배를 핥는다. 동그마한 배에는 새끼가 자란다. 새끼도 저 어미의 충성심과 끈질김을 대물림받을 것이다. 어미를 복제시켜 또 어미를 만들어내는 반복의 운명들. 그 운명엔 삼선슬리퍼를 닦는 것도 들어 있다는 걸, 생각해 보지 않았다. 닥쳐야 알 수 있는 것들은, 겪어야 알 수 있는 것들은, 낯선 곳에 덜컥 떨어진 것만큼이나 당혹스럽다. 아들의 선언은 당혹스러움을 넘어 영혼을 흔든다. "엄마, 나 결혼식 때, 엄마를 초청할 수가 없어."

인간을 제외한 동물들에는, 개들에는, 부모 자식 간이라는 게 제한적이다. 개가 새끼를 낳고, 그 새끼가 또 새끼를 낳는다 해도 개들은 씨족사회를 이루지 못한다. 홀로 된 저 개는 사람과 가족을 이룬 탓에 인간 씨족의 일원이 되었고, 지금은 자신의 이름을 불러줬던 그 음성만을 기억한다.

골목 안으로 오토바이가 온다. 알루미늄 박스를 든 배달원이 다가구주택 층계를 오른다. 발걸음 소리가 사층에서 멈춘다. 문이 열리고 자장면과 탕수육이 건네진다. 배달원이 내려와 오토바이에 오른다. 개는 오뚝 선 채 코를 벌름댄다. 개밥그릇 주변으로 파리가 날아다닌다. 옆 동에서 통장이 나온다. 통장은 지팡이를 짚고 다리를 절룩이며 개 앞으로 간다. 통장이 냅다 지팡이를 치켜든다.

오뚝 서 있던 개가 꼬리를 말며 옆으로 간다. 통장은 지팡이로 개 밥그릇을 팩 엎더니 개를 향해 내리친다. 개는 지팡이를 피해 숙이 사는 동 입구로 온다. 통장이 다리를 끌며 개에게 다가간다. 지팡이가 번쩍 들린다. 개는 지팡이를 피해 개밥그릇이 있던 자리로 간다. 통장과 개는 그 자리를 몇 번인가 돌고 돈다. 삼층에 사는 여자가 골목 어귀에서 온다. 여자는 달려오다시피 와 통장의 지팡이를 잡는다. "할아버지, 그만 하세요. 개가 불쌍하지도 않아요?" 통장은 여자가 움켜쥔 지팡이를 자기 쪽으로 당긴다. "불쌍하면 자네가 키워. 저 밥그릇에 파리 끼고 냄새 나는 거 안 보여?" 삼층 여자가 통장의 지팡이를 놓는다. "알았어요. 제가 동물보호센터에다 연락할 테니 하루 이틀만 참아주세요. 그 안에 개 주인이 나타날 지도 모르잖아요."

숙은 창에서 비껴난다. 몸이 지친다. 손발이 떨린다. 식은땀도 난다. 숙은 요 며칠 당뇨 약을 먹지 않았다는 게 떠오른다. 급히 콜라를 마신 후 침대에 눕는다. 하루를 산다는 건 하루를 늙는 일이다. 하루를 늙는 것은 하루를 알아버리는 일이다. 하루, 그 하루가 자꾸 연이어진다. 전화벨이 없고, 현관을 누르는 벨소리가 없고, 티브이만이 하루 종일 살아간다. 그 하루를 깬 것은 개다. 개의 출현은 같은 하루를 다른 하루로 바꾼다.

티브이에서 유기견에 관한 뉴스가 나온다. 어느 동네는 재개발이 되면서 기르던 개를 버리고 갔다고 한다. 그런 개들이 들개가 되어 떼 지어 다닌다고 한다. 어느 개는 주인이 오길 기다리느라 폐가가 된 집을 떠나지 못한다고 한다. 동네는 떠돌이 개들로 위협을 느끼고 전염병이 돌까 전전긍긍한다고 한다. 때론 개장수가 잡아갔는지 하루아침에 없어진 개들도 있다고 한다.

느닷없는 이별은 하루아침에 겪는 부재다. 아들은 공항에서 전화를 건다. "엄마, 나, 미국 가. 걔네 집안 식구들이 미국에 살아. 걔가 미국에서 살고 싶대. 나도 그렇고. 엄마한테 미국에 오라는 소리는 못 하겠어."

만남이 있으면 헤어짐도 있다. 만남은 배우지 않아도 할 수 있지만, 헤어짐은 배워도 배워도 익숙해지지 않는다. 느닷없는 헤어짐은 느닷없는 실어증이다. 실어증은 시각과 청각, 후각과 촉각, 그 외의 모든 통각을 잃어버리는 것과 다르지 않다. 다가구주택 앞의 개는 밥도 물도 먹지 않는다. 개의 목적은 오직 하나다. 자신의 이름을 불러줄 낯익은 목소리. 아들의 목소리에는 아들이 들어 있다. 그 목소리는 말한다. "엄마, 엄마가 궂은일을 해가며 나를 길러준 거, 고맙게 생각해. 근데 말이야, 그건 엄마랑 나만 아는 거잖아. 걔나 걔네 식구들은 모르는 거잖아. 엄마가 그 점을 이해해주면 좋겠어."

실어증은 언어의 상실이 아니라 마음의 상실이다. 티브이는 실어증을 모른 채 유기견에서 재래시장의 먹거리로 넘어간다. 투박한 사투리가 나오고 새된 목소리가 왕왕 떠든다. 코드만 꽂으면 작동되는 언어들. 그런 언어마저 없다면 홀로 사는 사람들은 퇴화된다. 언어로부터, 감성으로부터, 기억으로부터, 관계로부터, 차츰차츰 제거된다. 뜻과 감정을 같이 할 수는 없어도 사람은 사람의 목소리를 내고 들어야 한다. 아들의 목소리는 공항에서 멈췄다. 하지만 어느 날 갑자기 저 현관 벨을 누를지도 모른다. 어제처럼 들어와 엄마가 만든 장조림이 최고라는 목소리를 들려줄 수도 있다. 골목의 개가 자신을 부르는 목소리에 화들짝 꼬리를 흔들며 싫어증을 떨치는 것과도 같이, 낯익은 목소리는 그동안의 헤어짐을 잊게 해준다. 가상이 현실이 되었듯, 홀로 있는 것들의 가상도 현실이 되지 말란 법도 없다.

자존심을 다해 앉아 있다, 개.

개는 하루가 다르게 초췌해져 간다. 털은 윤기를 잃고 눈 밑은 눈곱과 눈물이 엉켜 거무축축하다. 개가 한창 자랄 무렵 주인 여자는 개를 데리고 애견 미용실에 간다. 미용사가 개를 미용 테이블에 올려놓는다. 미용사는 가위와 바리캉을 번갈아 쓰며 털을 다듬는다. 가위의 사각거림, 바리캉의 윙윙거림에 개는 진저리를 친다. 주인 여자는 개 옆에 붙어서 여기는 이렇게, 저기는 저렇게 깎아달라고 말한다. 개의 눈동자가 흔들리며 어두워진다. 주인 여자는 괜찮다며 개에게 미소 짓는다. 미용이 끝나자 주인 여자는 개를 안고 밖으로 나온다. 해는 미용한 개를 축복하듯 찬란하고 주인 여자는 예뻐진 개에 자부심이 든다. 지나가던 사람들이 개를 보곤 예쁘다며 입에 침이 마른다. 개는 우쭐해지고 주인 여자도 우쭐해지고 하늘의 해마저 우쭐해진다.

어린 아들은 미용실에만 가면 자지러진다. 미용사는 눈물이 그렁하게 차오른 어린 아들을 달랜다. 숙은 아들 옆에서 우리 아들 착하다고 곧 끝날 거라고 말한다. 미용이 끝나자 숙은 어린 아들의 손을 잡고 미용실을 나온다. 어린 아들은 의기양양, 숙의 손을 잡아끌고 가게로 간다. 아들이 하드를 고르자 가게 주인은 씩씩하게 잘생겼다며 아들의 머리를 쓰다듬는다. 아들이 하드를 빨며 뒤뚱뒤뚱 넘어질 듯 넘어지지 않으며 걷는다. 해는 샹들리에만큼이나 화려하고 아들은 해보다 빛난다.

해는 그때만큼이나 빛나지만 개는 우울하다. 이름을 불러주던 목소리 대신 낯설고 팍팍한 혹은 째지거나 풋된 목소리가 넘나든다. "애, 니 이름이 뭐니?" "아이 더러워." "어쩌면 좋냐 쟤를." "주인이 누군지 참 못됐다." "언제부터 여기에 있었대요?" "쫓아도 저 자리로 오는 걸요." "사람이 저 개만큼만 돼도 좋것구먼." "배가 부른 거 보니 곧 새끼를 낳겠는 걸." 연이은 소리들에 개는 기가 죽는다.

개의 저 참을성은 억지가 아니다. 척박한 환경에서 면면을 이어왔을 조상의 피가 지금 저 개를 통제한다. 모욕을 참게 하며 구경거리가 된 처지를 억누르게 한다.

티브이에선 골목에서 떠드는 소리보다 더한 소리가 난다. IS가 자동차로 폭탄 테러를 자행했고, 피가 낭자한 사람들이 우왕좌왕한다. 구급차가 오고 들것에 사람들이 실린다. 숙은 그때처럼 어지럽고 메슥메슥하다.

숨이 턱턱 막히게 덥고 찐득하니 습한 날이다. 숙은 약국에서 약을 탄 후 버스를 기다린다. 버스가 도착하자 버스 발판에 발 한 짝을 올려놓는다. 갑자기 식은땀이 솟고 눈앞이 흐려지며 주변의 음이 멀어진다. 숙은 안간힘을 다해 발 한 짝을 마저 올려놓는다. 어지러움과 메스꺼움이 한꺼번에 몰려온다. 얼마나 시간이 흘렀는지 모를 즈음, 사람들의 소리가 가물가물 들리기 시작한다. 119가 왔다는 소리, 정신 차리라고 말하는 소리, 가족에게 알려야 한다는 소리, 뒤쫓아 오르던 사람이 없었으면 떨어졌을 거라는 소리, 소리들이 점점 뚜렷해진다. 부끄러움이, 모든 이가 보는 앞에서 벌거벗은 듯한 부끄러움이, 견딜 수 없게 든다. 119대원이 들것에 숙을 싣는다. 사람들의 웅성거림이 점점 많아진다. 119대원이 말한다. "정신이 드십니까? 핸드백에서 전화기를 꺼내겠습니다. 압축번호 1번을 누르면 가족과 연결이 되겠습니까?"

개는 막다른 골목에서 구경거리가 되어 있다. 구경거리가 되는 게 어떤 것인지 개는 알고 있다. 가족과 연락이 끊겼고, 연락할 뭣도 없고, 그런데 정신이며 팔다리는 멀쩡하고, 배고픔도 그대로고, 이상하게도 죽을 만큼 부끄럽지만 죽어지지 않는다는 사실 말이다. 개도, 부끄러움이 무엇인지, 충분히 안다.

남편이 메모 한 장 없이 집을 나간 후 숙은 잠을 이루지 못한다.

남편은 사회 초년생이고 숙은 고등학교 1학년이다. 숙이 집으로 가는 버스에 올라타자 비가 내린다. 비는 버스를 탈 때보다 줄기차고 버스는 어느새 집 정류장 앞에 선다. 숙은 버스에서 내린다. 버스 정류장에서 집까지는 이십여 분. 뒤따라 내리던 남자가 우산을 편다. 남자는 숙에게 우산을 건넨 후 비를 맞으며 간다. 숙은 비와 우산에 얽힌, 단골 연애 스토리가 생각난다. 그 주인공이 자신이 되리라는 걸, 숙은 직감한다.

남자와 사랑을 나누는 동안 남자는 사랑에 대해 말한다. 사랑은 같은 질량으로 교환 가능한 것이 아니며, 환불이나 반품할 물건이 아니라고 한다. 숙은 그 말을 믿는다. 그보다 그의 진심을 믿는다. 그의 진심은 다른 여자에게로 갔고, 사랑은 교환 가능한 것이 되었으며, 환불이나 반품도 가능한 물건이 되어버렸다. 남편이 집을 나간 후 숙은 수소문 끝에 남편을 만난다. 남편은 찻잔만 내려다보다 겨우 입을 뗀다. "그 여자를 사랑해. 돌이킬 수가 없어. 애를 낳았어. 미안하다. 너를 싫어하는 건 아닌데…… 나를 잊고…… 단념해주면 좋겠어." 숙은 찻집을 나온다. 사람들의 웃음소리가, 생전 처음 듣는 웃음소리가, 머리채를 잡고 흔든다. 얼굴이 화끈대고 눈물이 솟는다. 다리가 휘청대고 고개가 푹 꺾인다. 세상이, 살던 세상이 부끄러워진다. 사람들은 개를 빙 둘러싸고 웃거나 손가락질하거나 호기심에 찬 시선을 던진다. 개는 숙의 집 정면 담벼락만 볼 뿐 미동조차 하지 않는다. 개의 얼굴이 침통하다. 개의 부름이 절절하다.

티브이에선 오늘이 어버이날이라고 알린다. 효도에 관한 식상한 애기가 나온다. 식상하지만, 사람들은 명절만큼이나 어버이날을 지킨다. 아들이 사는 미국엔 어버이날이 없다. 날짜도 한국보다 하루가 늦다. 아들은 전화기를 잃었거나 없는 곳에 살고 있을지도 모른다.

숙은 현관으로 가 삼선슬리퍼를 든다. 뒤축이 닳고 앞덮개도 느슨해져 있다. 숙은 삶아 빤 수건에 물을 적셔 슬리퍼 발바닥과 발등과 옆구리를 닦는다. 아들은 슬리퍼에 맨발을 꿰며 숙을 돌아본다. "엄마, 지금 보니까 발가락과 손가락이 참 닮았어. 다섯 개인 거도 그렇고 손의 엄지와 검지, 발의 엄지와 검지, 나머지 손가락과 발가락이 딱 그래. 참 묘~하게 닮았어요." 아들이 숙의 어깨에 팔을 두른다. "엄마, 나 오늘 승진했어. 못다 한 효도 열일로 할 테니까 좀만 기다려요." 아들은 중국집 문을 열며 숙에게 먼저 들어가라고 몸을 튼다. "엄마 뭐 드실래요? 팔보채? 전가복? 뭐든 다 말해. 오늘은 아들이 승진 턱 쏜다." 아들은 중국집을 나오며, 모든 날이 오늘만 같았으면 좋겠다고 히쭉 웃는다. 아들의 웃음은 길지 않다. 밤이면 침대에 비스듬히 누워 천장을 보거나, 식탁 의자에 앉아 맥없이 맥주 캔을 기울인다. 골목의 개처럼 침통하거나 절절한 표정은 아니지만 그보다 더한 그늘이 너울댄다. 숙은 모른 체한다. 죽지만 않으면 받아들이지 못 할 게 없다.

그런데 오늘은 오월 팔일 어버이날이다.

전화벨이 울린다. 숙은 가슴이 턱 내려앉는다. 전화기를 잡는 손이 바르르 떨린다. 친구의 목소리가 갓 스무 살의 톤이다. "아들한테서 전화 왔니? 통장에 돈은 부쳐왔고? 난 지금 아들 내외랑 식사하러 호텔에 왔어. 며느리가 명품 백을 사주지 뭐냐. 하이고야, 매일매일이 어버이날이었음 좋겠다."

숙은 아뜩해져 침대에 눕는다. 티브이 옆엔 약 상자와 소주병이 놓여 있다. 아들은 저녁을 먹은 후 약봉지와 물컵을 가져온다. "엄마, 저 약들 꼭 챙겨 드세요. 특히 당뇨약 빼먹지 마요. 당뇨약 안 드시면 인슐린도 맞아야 하고 투석도 들어가야 하고 엄마 죽어요."

숙은 떨리는 몸을 추스르며 침대에서 일어난다. 저 약들은 몸뚱이는 지켜주나 마음은 지켜주지 못한다. 티브이에선 어버이날이라고, 어버이의 은혜를 기려야 한다고 떠든다. 어버이날은 누군가에게는 자부심을 찾는 날이나, 누군가에게는 존엄성과 자존심을 훼손 받는 날이다.

숙은 양푼을 가져다 침대에 놓는다. 상자의 약들을 하나하나 뜯어 양푼에 쏟는다. 약들이 양푼에 그들먹하게 찬다. 숙은 약들에 소주를 붓고 인슐린 주사기를 밟아 깬다.

밖이 떠들썩하다. 숙은 창 앞으로 간다. 개가 다가구주택 건물과 건물 사이, 좁은 통로로 간다. 털빛은 시들하고 걸음걸이는 무겁다. 사람들이 개 뒤를 졸졸 따라간다. 개는 혀를 길게 뽑고 학학 숨을 몰아쉰다. 좁은 통로엔 주민이 가져다 놨음직한 종이 박스가 펼쳐져 있다. 개가 종이 박스 위로 올라간다. 엉거주춤 앉았다 일어나기기도 하고 박스 위를 빙빙 돌기도 한다. 누군가가 새끼를 낳을 모양이라고 한다. 또 누군가는 이불이라도 깔아줘야 하는 거 아니냐고 말한다. 누군가가 급히 헌 이불을 가져다 종이 박스에 깐다. 개는 학학거리며 이불로 올라가 앉았다 일어났다 한다. 개는 누운 것도 아니요 앉은 것도 아닌 자세로 뒷다리를 벌린다. 엉덩이 끝에서 투명한 막에 싸인 물체가 비어져 나온다. 막에 싸인 그것은 아주 작으며 눈을 감고 있다.

개의 학학거림이 잦아든다. 곧이어 개에게서 은은하면서도 영롱한 빛이 어룽져 나온다. 그 빛은 개의 머리 위를 둥글게 띠를 두르다 건물과 건물 사이로 떠오른다.

이윽고, 다가구주택 언덕에 여왕의 화관이 빛으로 깔린다.

숙은 활짝 창을 연다.

# 재건축에 붙임

그는 기다랗게 누운 남자입니다.

직립을 거부한다는 뜻이죠.

그림자예요.

기연은 애써 소파 쪽을 외면하며 대문을 연다. 누가 가정을 스위트홈이라 불렀나, 억지 인간들. 기연은 주차장에서 차를 빼 정문으로 향한다. 아파트 정문엔 '경축, 조합원 분양 신청'이라는 현수막이 걸려 있다. 분양 신청이 끝나면 거주자 이주 신청이라는 현수막이 나붙을 것이다. 이십여 년을 기다려온 소식이다. 수도꼭지에선 녹물이 나오고 보일러는 툭하면 고장이 난다. 집이 아니라 두더지 굴이다. 방은 달랑 두 개에다 욕실은 컴컴하고 거실은 말이 거실이지 손바닥만 하다. 그 거실의 주인공은 소파다. 소파의 주인은 오동춘이다. 오동춘은 그 두더지 굴에서 밤이나 낮이나 소파와 사랑을 나눈다. 삼십여 년 한결같은 사랑. 걸레짝 같은 사랑.

기연은 정문 앞에서 비보호 신호가 떨어지길 기다린다.

그는 폴리스라인입니다.

접근 금지라는 뜻이죠.

들어갈 수가 없어요.

주행 신호가 떨어진다. 기연은 차를 몰아 동부간선도로로 진입한다. 두 차선으로 가던 차들이 공사 중이라는 화살표 전광판 앞에서 한 차선으로 진입하려 서행한다. 경기 북부에서 서초동으로 가는 길, 멀다. 이보다 더 멀다 해도 일자리를 바꾸긴 쉽지 않다. 이런 저런 집을 돌아다녀봐야 거기서 거기다. 어떤 집은 잔소리가 많은 대신 팁을 준다. 팁은 없지만 대충 해도 눈감아 주는 집도 있다. 참을 수 없는 건 남자 혼자 있는 집이다. 아내가 외출한 사이 느닷없이 남편이 들어온다거나, 가사도우미가 오길 기다렸다는 듯 할아버지를 놔두고 나가는 할머니도 있다. 남자들 또한 거기서 거기다. 고소득 전문 직업인이거나 과거에 판검사를 했어도 남자는 남자다. 그들은 가사도우미가 있어도 아내가 없으면 빈 집으로 여긴다. 빈 집에서 그들은 자유롭다. 그들의 자유는 눈이나 손에서 나온다. 눈으로 가사도우미의 아래위를 샅샅이 벗기거나, 우연인 것처럼 젖가슴을 툭 치며 물 컵을 떨어뜨린다. 일하는 바로 등 뒤에서 씩씩거리는 숨소리를 내거나, 보란 듯이 욕실 문을 연 채 오줌을 누기도 한다. 그에 비해 서초동 집은 급여는 적은 편이나 빈 집이다. 안주인은 약사고 바깥주인은 변호사다. 그들이 함께 있는 걸 본 적은 없다. 그들은 잘산다.

차는 동부간선도로를 빠져나와 성수대교를 탄다. 서초동 집과 계약서를 쓴 것은 아니지만 벌써 오 년째다. 매일, 열두 시에 도착해 다섯 시에 퇴근한다. 서초동 집에서 하는 일은 여느 집과 마찬가지다. 싱크대에 담가놓은 식기를 식기세척기에 돌리고, 방과 거실과 욕실을 청소한다. 오늘은 다림질과 이불 빨래가 기다린다. 내일은 커튼을 뜯어 겉감은 세탁소에 맡기고 속감은 세탁기에 돌리는 일이다. 가끔은 김치를 담가달라거나 고기를 재워달라고 한다. 음식까지 해주면 고맙다는 말 정도는 있어야 하건만 그런 말을 들은 적은 없다. 그래도 빈 집이다. 누구도 얼씬대지 않는 텅 빈 집.

기연은 서초동 아파트에 주차한 후 십육 층으로 올라간다. 대문 벨을 누르자 안주인인 약사가 문을 연다. 약사는 이미 핸드백을 들고 서 있다. 으레 그렇듯, 오셨냐는 말 한 마디를 던지고 나간다.

오 년째, 주말을 제외하곤 매일 반복이다. 가사도우미는 버튼 몇 개를 입력시키면 알아서 반복 작동하는 기계와 다르지 않다. 시간과 돈과 노동력이라는 버튼이 치밀하게 자동화된 시스템. 반역은 꿈꾸지 마라. 기계의 미덕은 고장 없이 잘 돌아가는 일이다.

기연은 거실 소파에 앉는다. 텅 빈 고요가 무겁다. 기연은 소파 등받이에 등을 기댄다. 등짝과 엉덩이가 착 감기는 게 아니라 겉돈다. 소파도 쓸 만한 사람이 써야 한다. 느긋하게 책을 읽고 차를 마실 줄 아는 사람 정도. 선글라스를 쓰고 해외 여행을 다니는 사람 정도. 공상과 망상을 현실로 착각하는 사람 정도. 소주와 젤리로 식사를 대신하는 사람 정도.

소파 맞은편엔 액자가 걸려 있다. 액자 속엔 변호사와 약사가 해외 어디에선가 찍은 사진이 들어 있다. 변호사는 짙은 선글라스를 쓰고 조금은 관료적인 분위기다. 글자로 치면 손 글씨라기보다 인쇄된 고딕체다. 묵직함이 액자 유리판에서 튕겨 나온다.

기연은 커피포트에 물을 붓고 콘센트에 플러그를 꽂는다.

그의 혈관엔 플라크가 기생합니다.

때가 끼었다는 뜻이죠.

더러워요.

기연은 커피 잔을 들고 액자 앞으로 간다. 변호사의 얼굴엔 법조문과 판례와 법에 관한 여러 기호가 들어있다. 기연은 커피 잔을 변호사 앞으로 쭉 뻗는다. 뜨거운 김이 액자 유리판으로 퍼진다. 변호사가 뿌옇게 젖는다. 법조문과 판례와 법이 몽환의 습濕에 싸여 꽃을 피운다. 기연은 변호사 입술에 커피잔을 부딪친다. 커피 향이 뇌에 플러그를 꽂은 양 전신에 퍼진다.

그는 모노드라마의 배우입니다.

모든 걸 혼자 한다는 뜻이죠.

우스워요.

기연은 일복으로 갈아입는다. 법조인을 택해 결혼했더라면, 연금이 나오는 직업인을 택해 결혼했더라면, 적어도 지금과는 다르게 살고 있으리라.

기연은 싱크대에 담가놓은 식기를 대충 헹군 후 식기세척기에 넣는다. 빨래 바구니에 든 세탁물을 세탁기에 넣고 돌린다. 약사와 변호사가 쓰는 킹 사이즈 이불을 걷어 세탁실로 가져간다. 청소기를 잡고 안방 침실부터 돌린다. 침대 옆 사이드테이블엔 매해 이맘때면 놓였던 것과 같은 종류의 카드가 놓여 있다. 기연은 카드를 열어본다. 변호사가 약사에게 보낸 생일 축하 카드. 카드 하단엔 변호사의 이름이 적혀 있다. 변호사의 글씨는 생김새와는 달리 좀스럽다. 변호사의 글씨체가…… 기연은 자동인형처럼 연신 고개를 끄덕이며 카드를 제자리에 놓는다. 청소기는 윙윙대며 건넌방과 작은방과 드레스룸과 서재를 돌아다닌다. 매일 다람쥐 쳇바퀴로 도는 청소기. 매일 다람쥐 쳇바퀴로 청소기를 돌리는 여자. 기연은 청소기를 돌리다 문득 변호사 사진 앞에 선다.

그는 다람쥐 쳇바퀴입니다.

같은 것밖엔 모른다는 뜻이죠.

고발해버리고 싶어요.

기연은 소파 틈새를 구석구석 돌린다. 이 소파도 두더지 굴의 소파처럼 천연 소가죽이다. 색깔은 다르지만 천연 가죽의 질감이 보들보들하다. 동물의 표피가 이런 것이라면, 사람의 피부를 벗겨 소파를 만들어도 이런 질감이 나오리라. 그 소파에 가사도우미가 철푸덕 앉아 소주를 마시고 젤리를 씹으며, 아니, 방귀를 끼고 똥을 싸질러 뭉갠다. 그때 소파 주인 오동춘은 기절을 하거나,

소주병을 깨 가슴팍을 찌르거나, 젤리로 입이며 코를 틀어막거나······.

세탁실에서 알람이 울린다. 기연은 청소기를 마저 돌린 후 세탁실로 간다. 세탁기에서 세탁물을 꺼내 세탁바구니에 넣은 후, 킹사이즈 이불을 넣는다. 세제와 섬유유연제를 각각의 칸에 넣고 이불 코스를 누른다. 드럼세탁기가 조용히 돌아간다.

그는 조용히 얼어버린 웅덩이의 물입니다.

그 어떤 변화도 없다는 뜻이죠.

진절머리가 나요.

기연은 세탁물을 탁탁 털어 베란다 건조대에 넌다. 베란다에 놓인 화초 여러 개에 초겨울 햇빛이 내려앉는다. 이파리는 파랗고 반짝이며 음전하기까지 하다. 관료자의 꽃이다. 승진과 그 외에 축하받을 일이 있을 때마다 어느 기관과 관료들이 보내왔을 화초. 변호사는 화초를 받으며 기쁘게 악수를 하고 고맙다는 말을 했으리라. 얼굴엔 넘치지도 부족하지도 않게 미소가 번지고, 음식과 차를 권할 때에는 지나친 예의로 사람을 불편하게 하지도 않았으리라. 이런 확신은 어디서 왔을까. 왜 지금까지 변하지 않는 것일까. 기연은 세탁물을 넌 후 변호사 사진이 든 액자 앞으로 간다.

그는 소파라는 물질입니다.

생명이 없다는 뜻이죠.

밟아버리고 싶어요.

기연은 걸레를 잡고 방바닥과 거실 바닥과 수납장 위를 닦는다. 팔뚝이 욱신거린다. 무릎이 쑤신다. 귓속에서 윙 소음이 인다. 겨드랑이가 축축해온다. 머릿밑으로 뜨끔 열이 오른다.

기연은 걸레를 빨아 넌 후 다림질을 한다. 세탁실에서 알람이 울린다. 기연은 세탁실로 가 이불을 꺼낸다.

그는 백 년도 더 된 솜이불입니다.

무겁고 퀴퀴하다는 뜻이죠.

묻어버리고 싶어요.

기연은 베란다 한쪽에 커다란 건조대를 펴고 이불을 넌다. 어느 듯 늦가을 햇빛이 기운을 죽인다. 쳇바퀴의 하루가 저문다. 같은 쳇바퀴로 또 다음 날을 기약한다. 쳇바퀴에 표백제를 뿌린다면, 고농축 살균제에 담근다면, 활활 불에 태운다면, 그래도 쳇바퀴, 또 쳇바퀴.

기연은 욕실로 가 바닥과 변기에 세제를 뿌린다. 그 위에 물을 뿌리고 솔로 북북 문댄다. 샤워기 물을 제일 뜨거운 쪽으로 놓고 세제로 닦은 곳에 뿌린다. 뜨거운 김이 더러운 꿈을 토해내듯 욕실을 채운다.

기연은 욕실에서 나와 주방으로 간다. 커피포트에 물을 붓고 커피를 탄다. 커피가 든 잔을 들고 욕실 문을 연다. 왈칵, 세제 냄새와 뜨거운 수증기가 역하게 코를 찌른다. 기연은 컥, 숨을 토해내며 욕실로 들어간다. 이곳은 똥을 눠도 되고 자살을 해도 되고 커피를 마셔도 된다. 관료자도 하층 노동자도 차별하지 않는다. 처벌이 두려워 숨는 자도 숨겨준다. 욕실만큼 은밀하고 너그러운 데가 없다.

기연은 욕실에서 나와 식기세척기에서 따끈해진 그릇을 꺼낸다. 매일 목욕하는 그릇들. 매일 살림을 목욕시켜주는 가사도우미. 매일, 같은 관계로 돌아가는 것들은 끈끈하다. 끈끈한 관계는 파기하기 어렵다. 어려워서 쳇바퀴가 된다. 쳇바퀴로 돌고 도는 두더지굴.

다섯 시 퇴근 시간, 기연은 액자 앞에 선다.

그는 후방카메라입니다.

과거만 볼 줄 안다는 뜻이죠.

패주고 싶어요.

기연은 액자에서 돌아서 현관으로 간다. 오 년째, 변호사와 마주친 적은 없다. 변호사는 사진으로만 존재한다. 사진의 변호사는 입체이자 평면이고 움직이나 움직이지 않는다. 과거이자 현재이며 미래이자 미래 너머다. 누구든, 사진에 말을 거는 건, 외롭거나 쓸쓸하거나 답답하거나 대화 상대가 없어서이기도 하지만, 세상 저편에 가담하고 싶어서이기도 하다.

기연은 주차장에서 차를 뺀다. 퇴근 무렵이라 차가 밀린다. 소형 고물차는 언제 가다 멈출지 알 수 없다. 사람도 언제 가다 멈출지 알 수 없다. 결별, 이별, 이혼. 용기에 더해 결단을 요구하는 그

것들. 상상하는 용기는 있되 결단할 용기는 아직 미미하다. 활명수가 결단할 용기를 준다면, 시금치나물이, 새우깡이, 꽁치구이가, 결단할 용기를 준다면.

차는 반포대교를 건너 강변북로로 진입한다. 차량의 흐름이 더디다. 아파트 재건축도 더디다. 이십여 년을 끌다 재건축 인가가 떨어지고 이주를 코앞에 두고 있지만 입주까지는 몇 년을 더 기다려야 한다. 그동안 조합원들끼리 다투고, 건설사와 야합하고, 이런저런 음해가 난무하던 시기도 끝이 났다. 재건축의 사정은 표면적으론 끝이 났지만 조합원이 지불해야 할 분양금은 예상보다 높다. 미분양이 되면 조합원에게 돌아갈 추가 분담금도 많아진다. 조합원들의 원성이 크다. 그보다 일 년 내에 이주를 해야 한다. 건설사에서 얼마간의 이주비를 대준다지만 이자 후불제다. 전세를 가기에도 턱없이 모자라는 액수. 가사도우미가 할 수 있는 건 없다.

기연은 아파트 입구에 있는 상가 마트 앞에 차를 세운다. 근처에 대형 마트가 들어오기 전만 해도 마트 구실을 톡톡히 했지만 지금은 구멍가게나 다름없다. 기연은 진열대에서 소주 두 병과 젤리 두 봉지를 집는다. 얼굴을 익히 아는, 같은 아파트 주민이자 마트 주인이 아는 척한다. 매일 소주 두 병과 젤리 두 봉지를 살 게 아니라 아예 한 박스를 들여놓으면 좋지 않겠냐고 한다.

기연은 차로 와 숄더백에 소주와 젤리를 넣는다. 숄더백 안쪽

주머니에 봉투가 반쯤 삐져나와 있다. 동사무소가 인쇄된 봉투는 나달나달 헤져 있다. 기연은 봉투를 열어 서류를 꺼낸다. 이십 년이 훨씬 넘은 이혼 신청서. 이혼 신청서 역시 접힌 부분이 금세라도 찢어질 듯 풀풀댄다.

기연은 집 앞에 차를 세우고 숄더백을 든다. 하루 종일 집을 지킨 개에게는 먹이를 줘야 한다. 소주와 젤리. 소주와 젤리를 사자면 돈을 벌어야 한다. 그보다 냉탕과 온탕을 왔다 갔다 하는 몽상가에겐 몽상에 열중할 자유를 줘야 한다. 여자는 남자가 혼자 있을 시간을 주고, 남자는 혼자가 되어 몽상의 시간을 즐긴다. 자, 보아라, 얼마나 아름답고 훌륭한 일인지. 여자는 몽상가를 열심히 무시하며 돈 버는 공장으로 출근하고, 남자는 일 나가는 여자를 열심히 무시하며 몽상에 전념한다.

기연은 우편함에서 서류봉투를 꺼낸다. 재건축 조합사무소에서 보낸 이주에 관한 공문서. 기연은 우편물을 들고 계단을 오른다. 오 층짜리 아파트에는 엘리베이터가 없다. 계단 벽은 군데군데 금이 가고 칠이 벗겨진 데다, 계단엔 누군가가 흘렸음직한 음식물 찌꺼기 국물이 들러붙어 있다. 퉁퉁한 바퀴벌레 두어 마리가 음식물찌꺼기 얼룩에서 놀다 자리를 뜬다. 움직임이 굼뜨다. 기연은 바퀴벌레를 꾹 밟으며 계단을 오른다.

허름하니 어두컴컴한 계단은 흑백 영화에나 어울린다. 영화에 나오는 배경은 끔찍이도 허접하고, 화가 나게 진부하며, 살살 미치게 약을 올린다. 스크린에 나오는 여자는 대문을 열고 남자에게 소주 한 병과 젤리 한 봉지를 던진다. 스크린 속의 남자는 굶은 개처럼 허겁지겁 소주와 젤리에 달려든다. 캑캑, 남자는 젤리가 목에 걸려 질식사한다.

기연은 오 층 집 대문 앞에 선다. 숄더백 속에 든 소주와 젤리의 무게가 바위산으로 누른다. 스크린 속의 여자는 제법 씩씩했다. 스크린 속의 남자는 제법 비열했다. 현실은 그렇지 않다. 악다구니를 쓰고, 소주병을 깨고, 이혼장을 찢고, 프라이팬으로 머리를 치고, 목에 부엌칼을 들이대고, 부엌칼을 빼앗아 소파를 북 찢는다. 이렇듯 어엿한 패배자들은 고만고만하게 볼품없는 활극을, 솔직하게, 리얼하게, 마음껏, 팩트 체크 한다. 스크린 속의 여자와 남자는 너무나 거룩해서 눈물이 찔끔 난다.

기연은 대문 손잡이를 잡은 채 누구에게인지 모를 말을 한다.

네게 비애를 느껴.


하나만 물어봅시다. 내가 나쁜 놈입니까? 나야말로 개피를 보며 살고 있습니다. 내 기구하고 기막힌 사연을 들어보실랍니까?

오동춘은 소주 한 모금에 젤리를, 또 소주 한 모금에 젤리를 씹어가며 열을 낸다. 오동춘의 사연은 오래 묵은, 케케묵은 시절로 거슬러 간다.

때는 1987년 4월 10일. 오동춘은 소파 매장에서 운명적인 사랑을 만난다. 오동춘이 손님에게 이 소파, 저 소파를 권하고 있을 때 사장의 딸이 들어온다. 손님은 소파를 구매할 듯, 구매할 듯, 간만 보다 매장을 나간다. 그녀, 즉 사장의 딸은 이 모습을 보며 젤리를 씹다 오동춘을 부른다. 오 대리님, 이거 씹으면 힘이 나요, 힘내세요 오 대리님~. 오동춘은 젤리를 받으며 이것 참, 괜히 눈물이 솟는다. 그럴 수밖에. 살아오면서 이렇게 따뜻하고 어여쁜 격려를 받아본 적이 없다. 그것도 오동통 포슬포슬 사랑스러운 사장의 딸에게서 받은 것이다. 이게 꿈이냐 생시냐, 천사의 말이냐 악마의 말이냐, 혼이 나간다. 이때 오동춘은 자신의 처지가 고장난 블라인드가 주르르 탁 떨어지듯 떠오른다.

고등학교 졸업 성적은 하위권이요 집안은 째지게 가난하다. 아버지는 고등학교 이 학년 때 돌아가시고 어머니는 지병을 앓고 있다. 아버지가 돌아가시자 오동춘은 남동생과 어머니와 산동네 단칸방으로 옮긴다. 장마철이면 벽에 곰팡이가 스는 건 양반이고, 천장에선 빗물이 떨어진다. 세숫대야로는 부족해 양동이를 방 곳곳에다 놓는다. 오동춘은 방구석에서 새우잠을 청한다. 꿈에 소파가 나온다. 오동춘은 번들번들한 소파에 앉아 양주를 마신다. 소파 앞에는 기가 막히게 큰 티브이가 있고, 티브이에서는 홍도화를 닮은 여자가 마이크를 잡고 노래한다. 홍도화가 오동춘에게 마이크를 건넨다. 오동춘은 홍도화가 부르던 노래를 마저 부른다. 오동추야 달이 밝아 오동동이냐— 오동춘은 번뜻 잠에서 깬다. 어우, 씨발!

오동춘은 진짜진짜 현실인 줄 알았던 게 진짜진짜 꿈이었다는 사실에 분노한다. 내 언젠가는 꿈에 본 그 소파를 사고야 말겠어.

그래서였는지 아닌지는 모르나, 오동춘의 첫 직장은 소파 매장이다. 오동춘이 혼을 추스르지 못하고 비몽사몽에 빠져있던 때, 훼방꾼이 등장한다. 그녀의 엄마이자 사장이 딸과 오동춘을 번갈아 본다. 오동춘은 무슨 성추행을 하다 들킨 양 뜨끔해져 지하 저장고로 내뺀다. 오동춘이 허청허청 소파와 소파 사이를 돌아다니다, 비닐 커버를 씌운 소파에 털퍽 앉다, 열심히 돌아가고 있는 환풍기에 눈을 두다, 소파 팔걸이를 손가락으로 톡톡 두드리다, 다시 소파와 소파 사이를 유랑할 즈음 사장이 내려온다.

사장은 오동춘 옆에 딱 붙어 선다.

오 대리, 지금 몇 시지?

오동춘은 아무 대답도 하지 못한다.

사장은 소파들 사이를 또각또각 오가며 말한다.

이 시간까지 우리 애하고 노닥거리기만 한 건 아닐 테고. 우리 애가 앉았던 그 소파 말이야, 그거 좀 팔아봐. 오 대리 월급보다 더 나가는 거 알지?

사장은 소파와 소파 사이를 오가다 오동춘 옆에 딱 붙어 선다.

조만간 파리랑 이태리에서 소파 컬렉션이 있어. 간 김에 회원들과 다른 것도 둘러보고 올 거니까 그동안 매상에 신경 좀 써. 우리 애가 매장을 관리하긴 할 테지만.

오동춘은 푸푸거리며 소주 한 잔을 따라 마신다. 티브이 홈쇼핑에선 오늘따라 그녀를 닮은 쇼호트스가 가죽 소파를 판매한다. 판매자들은 겉은 멀쩡하나 속은 곯아 있다. 매상이 어떠냐에 따라 일자리가 연장되거나 잘린다. 영업은 한마디로 피 말리는 전투다. 회사의 꽃은 영업이라지만 그건 오너의 생각이고, 어쨌든 그 전투에서 살아남는 자는 소수다. 오동춘은 잘린다. 그녀의 엄마인 사장이 해외 컬렉션인지 뭔지를 돌다 온 직후 그간의 매상 실적은 오동춘을 밀어낸다. 에라이, 잘 됐다. 어차피 군 입대를 앞둔 시점, 오동춘은 소파와 빠이빠이를 한다.

입대는 오동춘을 해방시킨다. 매상 실적을 떠나, 그녀를 떠나, 한 인간으로 성장할 기회를 준다.

입대는 오동춘을 구속시킨다. 그녀가 던졌던 말을 되새김질하느라 상관의 지시도 까먹는다. 덕분에 오동춘은 맷집 좋은 병사로 부대 내에 유명인사가 된다.

점호를 끝내고 취침 시간이 왔지만 잠은 오지 않는다. 그 소털색 소파는 안녕하신가? 그녀는 결혼을 했나?

그녀는 사장이 유럽 어디를 가고 없을 때 이런 말을 던졌다.

오 대리님은 키도 크고 싹싹하고 잘생기고 굉장히 멋진 분이세요. 오 대리님과 결혼할 여자는 참 좋겠다. 여자 쪽에서 먼저 프러포즈하는 거에 한 표.

오동춘은 그때가 생각나자 벌컥 술을 들이켠다. 어떻게 해서라도 저 여자와 결혼하겠다던 결심은 쪽박을 차고, 엉뚱한 여자와 결혼해서 이 꼴로 산다. 오동춘은 푸푸 한숨을 쉬며 젤리를 씹는다.

오동춘이 기다리고 기다리던 첫 휴가 날이다. 오동춘은 부대를 나오자마자 목욕탕과 미용실에 간다. 때 빼고 광 내고 정성을 다해 신체를 다듬은 후 소파 매장을 찾는다. 그녀는 보이지 않고 그녀가 좋아라 했던 소털 색 소파가 그리움만 던진다.

사장이 흘깃 오동춘을 돌아본다.

오 대리가 그 소파를 좋아하는 것 같은데 살 맘 없어?

사장은 입대 전보다 살이 더 붙어 후덕해져 있다. 그녀처럼 오동통 포슬포슬한 게 아니라 단순 뚱뚱한 비계다. 비계가 하는 말은 그저 비계다. 비계가 하는 말은 그저 비계가 아니다. 비계 속에는 고소한 지방이 톱톱하게 들어차 있다.

오동춘은 비실비실 웃는다.

전역해서 다시 근무하게 되면 사겠습니다.

오동춘은 매장을 나온다. 쓸쓸함 비슷한, 야속함 비슷한, 그리움 비슷한, 안도감 비슷한 것이 오락가락 한다. 오동춘은 터덜터덜 버스 정류장으로 간다. 그녀가 애정하던 소파가 그대로인 것을 보면 그녀는 결혼하지 않았나? 그렇다면 그녀는 어디에? 오동춘은 오동통한 젤리를 오동통하게 씹던 그녀와 그때가 사무치게 그립다. 그때부터 젤리를 사랑한다, 오동춘. 그때부터 그녀의 젤리가 되고 싶었다, 오동춘.

티브이 쇼호스트는 가죽 소파의 완판이 몇 분 안 남았다고 호들갑을 떤다. 판매의 핵심은 구매자의 마음을 초 단위로, 눈금으로 읽는 것에 있다. 판매자의 실적은 혀를 얼마나 요령 있게 놀리는가에 비례한다. 구매자에게 금전적 능력이 충분하다는 듯이 말하면서, 때로는 필요성을 강조하고, 때로는 감질나게, 때로는 전문성을 곁들이는 것도 잊지 않아야 한다. 전문성이야말로 구매 욕구를 자극하는 최고의 수단이다. 이만저만하게 값비싼 원자재를, 이만저만하게 전문적인 제작 공정을 거쳐, 이만저만한 수준의 소비자들이나 사는 제품이라고, 진심을 다해 말한다. 여기서 안 넘어가는 소비자는 소비자가 아니다.

오동춘은 전역 후 다시 그 매장에 입사한다. 그녀는 보이지 않고 마케팅학과를 나온 기연이라는 여자가 인턴 사원으로 근무 중이다. 기연은 마케팅 중에서도 가구 파트를 전문으로 한다. 기연의 말에 의하면, 가구 디자인은 물론, 가구 시장의 경향, 특히 소파와 관련된 트렌드, 그에 따른 소비 경향을 파악하러 현장에 나왔다고 한다. 오동춘은 어깨 너머로 배운 지식과 들은풍월을 풀다 찔끔한다.

기연은 그런 오동춘의 마음을 헤아린다.

현장 경력이라면 단연 오 대리님이죠. 저야 이론뿐이라 아직 소비자의 마음이 어떻게 움직이는지 잘 몰라요. 오 대리님만의 노하

우가 있을 텐데 많이 가르쳐 주세요.

오동춘이 기연과 근무하도록 그녀는 한 번도 나타나지 않는다. 그녀의 엄마가 종종 그녀와 통화하는 낌새는 있지만 통화 내용은 알 길이 없다. 얼핏 엿들은 바로는, 프랑스로 유학을 간 것 같기도 하고 유학에서 돌아와 전문직에 종사하는 것 같기도 하다. 그러던 어느 날 오동춘은 운 좋게도 사장의 통화 내용을 듣는다. 그녀가 결혼을 한단다. 곧 한단다. 오동춘은 다리가 풀린다. 휘청휘청 지하 저장고로 가 제일 구석진 데에 철푸덕 앉는다. 속이 떨리고 머리가 아뜩해져 시간이 가는지 마는지도 모른다. 얼마나 됐을까. 기연이 내려온다. 기연은 왜, 무엇 때문인지 모르지만, 퇴근 후 저녁을 사겠다고 한다. 때는 오월 중순, 결혼 시즌이다.

티브이 홈쇼핑에선 가죽 소파가 빠지고 갈비탕이 나온다. 쇼호스트는 갈비탕 역시 구매를 안 하면 재해에 가까운 손해라는 투로 말한다. 오동춘은 리모컨을 팽개치고 굼실굼실 소파로 올라가 기다랗게 눕는다.

내 말 좀 들어보십시오. 갈비탕을 먹어서 불행에 빠진 남자를 아십니까? 불행은 불행입니다. 갈비탕으로 신세를 조진 것도 부족해, 통화 내용을 잘못 알아들어 신세를 망쳤습니다. 동정을 바라서 하는 얘기는 아닙니다. 내가 마누라만 부려먹는 나쁜 놈은 아니라 이겁니다. 그러니까 기구하고 기막힌 사연을 말할 것 같으면……

때마침 문 여는 소리가 난다. 오동춘은 소털색 소파에 기다랗게 누워 사연을 풀다 잽싸게 몸을 돌려 자는 척 엎드린다.

누우런, 그러니까 뭐냐, 암소라고나 할까. 암소에 엎어져 물아 일체로 있는…… 진드기 같은 새끼!

기연은 주방에서 숄더백을 연다. 소주 두 병과 젤리 두 봉지, 딱 그만한 무게의 오동춘. 기연은 쟁반에다 소주 한 병과 젤리 한 봉지를 담아 오동춘에게 간다. 오동춘은 잠이 든 양 꼼짝하지 않는다. 기연은 쟁반을 든 채 잠시 소파 앞에 선다. 밤이고 낮이고 오동춘이 차지하고 있는 소파. 앉아본 적도 누워본 적도 없는 괴물 단지. 기연은 쟁반을 소파 밑 거실 바닥에 놓고 돌아선다.

오동춘은 기연의 뒤를 쏘아보며 끌끌 혀를 찬다. 저런, 저런, 차원이 낮아. 저러니 파출부나 하고 있지.

기연은 방으로 들어가 숄더백에서 이혼장을 꺼내본다. 호주 란에 적힌 이름 오동춘. 오동춘과 결혼한 건 개도 물어가지 않을 그놈의 동정심 때문이다.

그날도 오동춘의 매상 실적은 형편이 없다. 사장은 오후 내내 인상을 쓰며 오동춘을 닦달한다. 오동춘은 코가 빠져 사장의 눈치만 살핀다. 기연은 인턴을 마치는 대로 대학원에 진학할 예정이다. 헌데 분위기가 분위기인지라, 사장과 오동춘을 번갈아보기만 한다. 사장으로 말할 것 같으면 포획물을 잡아채는 독수리요 매이고,

오동춘은 맹금류에 금세라도 잡아먹힐 듯 말 듯 사선을 넘나드는 새끼 토끼다. 기연은 오동춘이 안쓰러워 마음이 저릿해온다.

사장이 오동춘에게 잔소리를 퍼부을 때 전화가 온다. 사장은 전화를 받으며 상견례가 어떻고 예식장이 어떻고 한다. 오동춘은 통화 내용을 듣자 얼굴이 굳어지더니 지하 저장고로 간다. 얼마가 지나도록 오동춘은 올라오지 않는다. 기연은 지하 저장고로 간다. 오동춘의 낯빛이 백랍이다. 기연은 오동춘에게 다가가, 저녁을 살 테니 같이 먹자고 말한다.

퇴근 후 기연과 오동춘은 한식집으로 간다. 오동춘이 먼저 구두를 벗고 방으로 올라간다. 기연은 구두를 벗다 말고 멈칫 한다. 오동춘의 구두는 낡고, 한쪽은 똑바로 놓이고 다른 한쪽은 젖혀 있다. 젖혀진 구두 밑창엔 굵은 모래알 몇 개가 박혀 있다. 모래알 몇 개가, 느닷없이 가슴을 후빈다.

기연과 오동춘은 갈비탕을 먹고 나온다. 밤바람이 훈훈하다. 모두가 흠모하는 계절 오월. 밤바람이 살랑살랑 분다. 오동춘의 바지가 슬렁 부풀다 푸르르 꺼진다. 오월에 입기엔 두꺼운 모직 바지. 다림줄도 없는 무거운 바지. 기연은 모직바지와 구두 밑창에 박혔던 모래알이 가슴에 박힌다. 기연은 얼른 몸을 틀며 말한다. 저랑 결혼하실래요?

기연은 이혼장을 숄더백에 넣는다.

그는 피폭된 남자입니다.

불쌍하다는 뜻이죠.

버리기가 힘들어요.

기연은 주방으로 가 저녁을 차린다. 오동춘은 소파에 앉아 주방으로 눈을 돌린다.

저 여자를 아십니까? 저 여잔 너무나 희생적이어서 괴롭습니다. 혼자 알아서 척척, 아주 싫습니다. 어째서 나와 결혼했는지 지금도 알지 못합니다. 아는 게 있다면 잔소리를 하지 않는다는 점, 뭘 해달라고 요구하지 않는다는 점입니다. 그녀가 결혼한다는 소식을 듣지 않았더라면 저 여자와 결혼할 일은 없었을 겁니다.

기연은 김치찌개를 덥히고 나물 두 가지를 접시에 담아 쟁반에 놓는다. 쟁반을 들고 소털색 소파 앞으로 간다. 소털색 가죽 소파는 기연이 결혼 예물로 가져온 것이다. 오동춘은 결혼 말이 나오자 다른 건 필요 없고, 소털색 소파만 있으면 된다고 한다. 단칸방에서 어머니와 동생과 살면서 좋은 소파를 가지는 게 평생 소원이었다는 말도 한다.

신혼 단칸방. 짐작은 했지만 단칸방을 떡하니 차지하고 있는 소파는 그야말로 위압적이다. 기연은 왜 저것을 샀나 후회한다. 기연의 마음을 알 리 없는 오동춘은 벌어진 입을 다물지 못한다. 잠도 소파에서, 먹는 것도 소파에서, 손톱 깎기도 귀 후비기도 소파에서 한다. 기연은 참다못해 소파를 팔자고 말한다. 오동춘은 얼굴 근육까지 실룩이며, 자신은 팔아도 소파는 팔 수 없다고 한다. 기연은 더 말하지 않는다. 소파가 그렇게 중요한 것이라면 소파를 넣을 수 있는 집으로 이사하면 된다. 기연은 빚을 내 경기도 북부에 아주 싼 열일곱 평 아파트를 구한다. 오동춘은 거실에 간신히 들어간 소파에서 티브이를 보고 밥을 먹고 잠을 잔다. 결혼과 동시에 직장을 그만두더니 소파와 한 몸이 되어 깨어날 줄을 모른다.

기연은 오동춘에게 쟁반을 주고 돌아선다.

그는 상담이 필요 없는 사람입니다.

자기 세계에 꽂혀 산다는 뜻이죠.

총이 필요해요.

오동춘은 소파에서 책상다리 자세로 쟁반을 받는다.

세상 사람들께 묻습니다. 기계 인간이 얼마나 편한지 아십니까? 나와 아내는 기계처럼 각각 알아서 삽니다. 대화가 없으니 방해 받을 일도 없고, 요구가 없으니 마찰도 없습니다. 보십시오, 아내는 오늘도 알아서 척척, 소주 한 병과 젤리 한 봉지를 쟁반에 담아 왔습니다. 소주도 한꺼번에 두 병을 주는 게 아니라 출근 할 때 한 병, 퇴근 후에 한 병, 참 알뜰합니다. 성실하긴 또 얼마나 성실한지, 하루도 거르지 않고 일을 나갑니다. 아내는 청소를 해달라는 말도 하지 않습니다. 아내가 청소기를 돌리며 소파 앞으로 오면 나는 소파에 발을 올리곤 티브이를 봅니다. 신혼 초, 아내가 튀김을 한다고 설쳐댄 적이 있습니다. 튀김그릇에 물이 들어갔는지 튀김그릇이 펑 튀어 소파 앞까지 날아왔습니다. 아내는 얼굴이 빨개져 쩔쩔매면서도 도와달라는 말은 하지 않았습니다. 뭐 그래서 나는 계속 티브이만 보았습니다. 아내는 알아서 척척, 척척박사님이십니다. 그런 분께 나는 그저 무능하고 빈궁한 인생쪼가리일 뿐입니다. 지금도 보십시오, 나를 보는 눈이 그 알량한 동정심으로 넘쳐납니다. 동정심이 남아도는 모양이니 남편 하나 평생 먹여 살리는 것도 괜찮지 않겠습니까? 또 있습니다. 같이 먹자는 말 한마디 없이 쟁반만 찍 주고 돌아서는 저 태도는 대체 뭐랍니까? 나는 말입니다, 나쁜 놈이 아니라 이겁니다. 비록 돈벌이는 하지 않지만 남자가 돈을 벌어야 한다는 거야말로 고정관념이 아닙니까? 평생 소원이 돈벌이 하지 않고 빈둥빈둥 노는 것인데, 그게 그렇게 큰 죄입니까?

오동춘은 쟁반에 놓인 수저를 든다. 밥맛이 별로다. 오동춘은 두어 순갈 뜨다 수저를 놓는다. 교도소에서 콩밥 대신 소주와 젤리를 준다면, 당장에라도 집을 뛰쳐나가 교도소에 들어갈 일을 만들 수 있다. 무한 리필을 요구하며 단식 투쟁도 할 수 있다. 헌데 저 깍쟁이 마누라는 소주와 젤리로 사람을 중독시켜 놓고는 오전에 한 병, 오후에 한 병, 찔끔찔끔 약을 올린다. 에라이! 오동춘은 쟁반을 물린다.

기연은 오동춘이 물린 쟁반을 들고 주방으로 간다. 가전제품을 바꾸듯 십 년만 되면 이혼하고 재혼하는 그런 법은 없나. 살면서 세 번은 반드시 결혼해야 한다는 법은 없나. 기연은 남은 반찬과 밥을 음식물쓰레기통에 쏟아버린다.

오동춘은 소파에서 소주병과 젤리를 잡는다.

허참, 저것 좀 보십시오. 아내는 내가 물린 밥이며 반찬을 싹 쏟어버립니다. 내가 오물입니까? 세균 덩어립니까? 행주며 수저까지 팍팍 삶고 있습니다. 나까지 삶지 못해 화가 나는 걸로 보입니다. 왜 아니겠습니까. 소주와 젤리와 소파만 아는 인간과 살자면 볶았다 삶았다, 삶은 걸 또 볶다 태우다 그래야겠지요. 하지만 말입니다, 이 소파는 말입니다, 그녀입니다. 칭찬은커녕 욕만 바가지로 먹던 인간을 구제해 준 은인이자 연인이라는 말입니다.

기연은 설거지를 하고 행주와 수저를 삶는다. 오동춘의 전부를 이루고 있는 정체모를 세균들, 그것들도 때려 넣고 삶아버린다. 세제와 락스 섞인 냄새가 집안을 점령한다. 기연은 끓어오르는 행주를 젓가락으로 꾹꾹 누른다. 하루라도 좋으니 출장을 가봐라. 다른 남자들처럼 일을 하고, 퇴근 시간도 가져보고, 아내에게 혼자만의 시간도 줘봐라. 아내도 사람이라는 걸, 혼자만의 시간도 있어야 한다는 걸, 너같은 개뼈다귀 같은 자식이 알기나 하겠냐. 기연은 끓어 부푼 행주에다 퉤 침을 뱉는다.

그는 구취와도 같은 사람입니다.

역하다는 뜻이죠.

소주 말고 락스가 필요합니다.

기연은 고무장갑을 끼고 행주를 건진다. 세제와 락스가 섞인 김이 후끈 얼굴을 덮친다. 기연은 흡, 숨을 멈추고 찬물을 틀어 행주를 비빈다. 다 빤 행주를 행거에 널며 흘깃 소파를 돌아본다. 저 암소 같은 소파를 행주 삶듯 삶을 수만 있다면. 가정을 헬홈으로 만든 저 처절한 인생과 마주하지 않을 수만 있다면. 소파에 짱박혀 있는 저 두더지를 사막 복판에다 던질 수만 있다면.

오동춘은 취기에 만만하게 홀려 소주에 대한 애정이 훅 부푼다. 소주는 잡것 없이 속내가 맑다. 물보다 깨끗해서 세수를 해도 된다. 애간장 타는 속도 소주 한 모금이면 정제가 된다. 그리움은 더 큰 그리움으로, 보고픔은 더 큰 보고픔으로 속을 달래준다. 한 모금 마실 때마다 전신에 짜르르 흐르는 전류는, 아 그러니까 말이 필요 없다.

오동춘은 젤리를 까 씹는다. 세상천지에 젤리만한 요물이 없다. 딱딱한 그것을 어금니에 얹고 힘을 주면, 침의 분비는 왕성해지고 딱딱했던 그것은 어느 새 쫄깃쫄깃해진다. 연애의 원리는 복잡한 게 아니다. 뭣 좀 안다고 설치는 놈들일수록 욕망이 어떻다느니 돼먹지 않은 이론으로 지껄인다. 자고로 연애는 젤리이고, 젤리는 연애이다.

오동춘은 흘끔 주방 쪽으로 고개를 돌린다. 아내는 싱크대를 닦느라 삐질삐질 땀을 흘린다.

저 여자는 하도 깔끔하고 딱 부러져서 정이 안 갑니다. 뭐 그것도 참으라면 참을 수 있습니다. 참을 수 없는 건 젤리를 모른다는 것입니다.

오동춘은 쯧쯧 혀를 찬다. 젤리도 모르고 싱크대만 닦으면 다냐? 세상 헛 살고 있구나.

오동춘은 속이 시리다. 따지고 보면 세상 헛 산 사람은 누구도 아닌 자신이다. 그때 사장이 통화한 건 그녀가 아니라 그녀의 언니였다나. 그녀가 아니라 그녀의 언니가 결혼한다는 얘기였다나. 오동춘은 생각하면 할수록 억울하고 분하고 원통하다. 이렇게 기구하고 기막힌 팔자도 있으려나. 오동춘은 눈을 끔벅이며 소파만 어루쓴다. 세상의 모든 소파는 파프리카처럼 부티가 나는데, 그 부티 좀 누리면 어때서 이런 시련이 닥친단 말인가.

기연은 고무장갑을 탁탁 털어 넌 후 방으로 들어간다. 고통은 한꺼번에 왔다 가는 게 아니라 삼십여 년을 줄기차게 물고 늘어진다. 오동춘은 부채다. 끝없이 갚아야 하는 부채.

기연은 이부자리를 펴고 불을 끈다. 변호사는 지금쯤 킹 사이즈 침대에 누워 의뢰인에 관한 서류를 읽는 중일지도 모른다.

변호사는 고시에 패스했지만 작은 법률 사무소에서 근근이 일감을 받는 정도다. 똑똑하고 말 잘하고 외모도 훤칠했지만 글씨만은 아니다. 변호사는 기연을 몇 번 만난 후 생일 꽃다발로 프러포즈를 한다. 꽃다발 안에는 생일 축하하고 손잡고 오래 같이 가고 싶다는 내용의 카드가 들어 있다. 글씨는 인쇄체다. 손 글씨라기엔 믿어지지 않는, 책이나 문서에 나오는 인쇄체. 너무나 완벽해서 숨이 막힌다.

기연은 몸을 돌려 옆으로 눕는다. 그놈의 글씨체가 뭐라고!

서초동으로 출근한 지 며칠 째 되던 날, 기연은 변호사가 아내에게 보낸 생일 축하 카드를 본다. 카드 속 글씨는 인쇄체가 아니라 암호 해독기가 있어야 할 정도로 개발세발이다. 카드 하단엔 변호사의 이름이 적혀있다. 인쇄체가 아닌 날림으로 지은 가건물 같은 글씨체.

기연은 몸을 옹크려 둥글게 만다. 그때 프러포즈를 하며 카드에 쓴 글씨는 누군가에게 부탁해서 쓴 글씨가 틀림없다. 기연은 가늘게 한숨을 쉰다. 글씨체 때문에 프러포즈를 거절하고, 동정심 때문에 결혼한 여자. 비웃어도 싼, 교만한 여자.

기연은 몸을 뒤챈다. 재건축에 따른 이주는 열 달이 남아 있다. 그 안에 어디로든 이사해야 한다. 저 암소 같은 소파를, 저 현기증 나는 폐하를, 어디로 이주시켜야 하나. 시멘트 건물이 굴삭기에 부서지고 구름 같은 먼지가 뭉게뭉게 피어도 오동춘은 저 소털색 캠프에서 꺼이꺼이 행복에 젖어 있을 터다. 그 안에, 이주하기 전에, 이별을.

기연은 숄더백을 열고 이혼장을 꺼낸다. 방바닥에다 이혼장을 펴고 그 옆에 재건축 이주 문서를 놓는다. 기연은 이혼장과 재건축 이주 문서를 포개다 따로 떼어 놓다 한다. 두 가지를 동시에, 무난하게 할 방법은 없나.

마침내, 기연은 두 장의 문서를 하나로 겹쳐 놓는다.

그는 꿈의 연금술사입니다.

꿈을 조작할 수 있다는 뜻이죠.

두 장의 문서는 그의 것이 될 겁니다.

# 푸른 방의 몰리

직사각형 컨테이너 안. 바닥엔 얇은 캐시밀론 이불이 구깃 뭉쳐 있고, 한쪽 벽엔 땀과 먼지에 쩐 작업복이 걸려있다. 오래된 형광등이 아까부터 켜지다 꺼지다 반복한다. 빈은 눈을 찌푸리다 형광등 스위치를 끈다. 칠흑 같은 어둠이 덮친다.

어둠이 꿈틀, 꿈틀, 몸집을 불린다. 검은 덩어리가 성인만 해지더니 꿈틀, 벽으로 간다. 어둠의 덩어리는 벽에 걸린 작업복을 떼어 능숙하게 입는다. 빈은 기다시피 문으로 간다. 어둠의 덩이가 작업복을 입고 빈 앞으로 온다. 빈은 컨테이너를 뛰쳐나온다.

컨테이너 주변엔 여러 종류의 자재가 삐죽삐죽 놓여 있다. 빈은 도망치듯 컨테이너 뒤편으로 간다. 맞은편엔 시공 중인 아파트가 반쯤 올라가 있다. 회색의 거대한 시멘트 골조가 하늘을 향해 뻗어간다. 하늘을 두려워하지 않는 갑. 빈은 아파트를 향해 오줌을 갈긴다.

밤하늘이 너풀너풀 자락을 펄럭인다. 목덜미로 서늘한 바람이 닿는다. 오싹, 빈은 몸을 떨며 바지 지퍼를 올린다. 시공 중인 아파트 벽면에서 리프트가 빠른 속도로 내려온다. 작업이 끝난 한밤중. 리프트가 직선으로 내리꽂히다 바닥에서 십여 미터쯤에서 덜컥 멈춘다. 철망으로 된 리프트 안에서 두 개의 불빛이 터진다.

빈은 뒷걸음질한다. 차갑고 딱딱한 컨테이너의 면이 등에 닿는다. 리프트에서 두 개의 알전구 같은 빛이 빈을 쏘아본다. 빈은 그 자리에 주저앉는다.

리프트가 덜컥 움직인다. 쿵, 리프트가 지면에 닿는다. 두 개의 동그란 빛이 쓰윽 리프트 문을 연다. 빈은 컨테이너 앞 쪽으로 뛴다. 식은땀, 축축해진 몸. 밤바람이 슬렁 분다. 온몸이 딱딱해진다. 빈은 컨테이너 숙소 앞에서 쭉 뻗는다.

밤이 으슥하다. 별빛이나 달빛조차 없는 하늘. 밤은 종잡을 수 없는 시간을 풀어놓으며 점점 켜를 더한다. 몇 대의 자동차가 깊고 외진 밤을 달린다. 밤바람이 야적장 주변을 떠돈다. 골재들과 잡풀들이 밤바람과 하나가 되어 밤을 키운다. 낮은 천연히 빛나다 스러지고 밤은 처연히 빛나며 열린다. 깊게 패는 밤의 스텝들.

빈의 옆 컨테이너 문이 삐죽 열린다. 환한 불빛이 역삼각형으로 흙바닥을 비춘다.

박 씨의 음성이 굵고 낮게 깔린다.

"잘 가라고. 틈나는 대로 또 부를 테니께."

여자의 음성이 달치근하게 흘러나온다.

"자기야, 잘 자~ 사랑해, 쪽!"

여자의 음성이 일순 자지러진다.

"어마야! 저게 뭐야! 박 씨, 사람이 쓰러져 있어!"

박 씨는 문고리를 잡은 채 기웃이 빈을 내려다본다.

"어라, 저 더듬이 새끼가 또 지랄났구먼. 야, 김 양아, 암것도 아 닝께 그냥 가더라고."

김 양이 박 씨 품으로 달려든다.

"자기야~ 무서워. 저 사람 혹시 죽은 거 아냐?"

박 씨는 귀찮다는 듯 김 양을 떼어놓는다. "죽은 거 아니라고. 저 시낀 툭하면 나와서 자빠져 자고 지랄 염병이여. 재수 없는 시끼. 칵, 퉤!" 김 양이 박 씨 품을 파고든다.

"아이~ 자기야. 그래도 무서워. 차 있는 데까지 델다 주면 안 돼?"

박 씨가 버럭 소리를 지른다.

"아, 거 씨팔, 사람 구찮게 구네. 야, 이 년아, 빨리 꺼져. 이러문 다시 안 부른다."

하이힐 소리가 짜박짜박 나더니 곧이어 뛴다. 컨테이너 문이 닫 히는 소리, 하이힐 소리가 멀어지는 소리, 시동을 거는 소리, 차바 퀴가 도로와 마찰하는 소리, 마찰음이 서서히 줄어드는 소리, 소리 들이 잦아들며 덮치는 공백.

빈은 눈을 뜬다. 한쪽 빰이 딱딱하니 차갑다. 엎어졌던 몸을 젖 힌다. 땅바닥에서 찬기가 올라온다. 손바닥으로 쓱 빰을 쓴다. 빰에 박혔던 굵은 모래흙 몇 개가 떨어진다. 땅바닥의 찬기가 으쓱 으쓱 뼈를 쑤신다. 냉기가 죽을 수도 없게 몸을 깨운다.

죽을 수도 있게 몸을 깨우는 힘은, 그러니까 아버지는, 으, 그만, 그만.

빈은 부스스 일어난다. 죽는다는 것은 또 다른 출구에 대한 방향 전환. 그러니까 아버지는, 으, 그만, 그만.

밤하늘에서 절망과도 같은 바람이 일렁인다. 아버지가 살아있다 해도 저 밤은 무심할 것이고, 아버지가 살아간다 해도 저 밤은 잔인할 것이다. 엉금엉금, 바닥을 기게 하고, 침을 질질 흘리게 하며, "얻어먹을 힘만 있어도 행복하다"는 경구를 리폼한, "얻어터질 힘만 있어도 행복하다"는 말을 복창시킬 것이다.

밤은 그렇게 성장을 멈추지 않는다. 아파트를 세우고, 맷값을 치르며, 비웃음을 넉넉히 뿌리며 덩치를 불린다. 밤을 장악한 그들에겐 지독히도 평화로운 나날이며, 지독히도 한가한 나날이며, 지독히도 심심한 나날이다. 그러니 특별한 재미라도 있어야 했다. 매 한 대에 백만 원을 지불하겠다는 유난한 발상.

그때의 일은 암거래가 아니다. 아버지는 임금을 받지 못했고, 부당 해고에 일인 시위를 했을 뿐이다. 전용 엘리베이터를 사용하는 저 높은 빌딩의 주인은, 빌딩 앞에서 일인 시위를 하는 아버지가 사규를 어긴 자로 보였을 터이다. 사규를 어긴 자는 퇴출. 퇴출을 인정하지 않는 자에겐 폭력이 답.

그들은 아버지를 부른다. 아버지는 빌지 않는다. 엉금엉금 기며 바닥이라도 핥았더라면. 침을 질질 흘리며 개처럼 짖는 흉내라도 냈더라면.

그들은 저 거대한 빌딩의 주인이며, 하늘에 침을 뱉을 줄 아는 자들이다. 그런 자들에 당당히 맞선다는 건 무모하다. 직원은 가족을 볼모로 회사가 요구하는 매뉴얼을 지켜야 산다. 매뉴얼을 어기는 순간 가족을 잃는다, 명예를 잃는다, 생명을 잃는다, 추억과 미래와 그 외의 모든 것을 잃는다. 연좌제의 부활. 연좌제는 고통이나 절규를 무시한 채 무한 증식한다.

아버지가 끌려간 방은 푸르렀다. 업무를 보고, 보고를 하거나 받는 방이었지만 식물이 많았다. 식물이 들으면 성장에 좋다는 음도 나왔다. 식물만 전담해서 관리하는 직원도 있었다. 식물들의 이파리는 윤이 났다. 뿌리를 내린 흙에도 윤이 났다. 책상이며 명패며 골프채, 소파, 오디오, 티브이, 하다못해 메모판과 펜에조차 윤이 흘렀다.

윤이 없는 건 아버지였다. 윤이 나는 방에 윤이 없는 이방인, 아버지. 아버지는 두리번거린다. 주눅이 들고 겁이 난다. 어깨를 안으로 모으고 엉거주춤 어쩔 줄 모른다. 빌딩 앞에서 팻말로 일인 시위를 하던 아버지는 푸르게 윤이 나는 방에서 쓰레기만도 못하게 있었다.

빈은 지그시 이를 악문다. 허리를 꼿꼿이 펴고 양다리에 힘을 준다.

아버지는 양 겨드랑이를 잡힌 채, 무릎 관절이 반으로 꺾인 채, 무시무시한 말을 듣는다. 믿음직하던 아버지는 한순간에 아무것도 아닌 게 돼 버린다. 그렇게 한 그들을 죽여야 하나. 죽이지 못해 죽어간다.

빈은 불끈 주먹을 쥔다. 직립이 무엇인지를, 그들을 보며 알아 버렸다. 그들에겐 어지러움이 없다. 갈등도 미련도 머뭇거림도 없다. 있다면 체기 없는 폭력뿐.

컨테이너 숙소 뒤, 시공 중인 아파트에는 층층이 주황색 가림막이 쳐져 있다. 후르르 바람이 불면 불룩해지다 바람이 가면 납작하게 꺼진다. 리프트에서 동그랗게 쏘아대던 두 개의 빛은 보이지 않는다.

빈은 아파트 쪽으로 걸음을 뗀다. 컨테이너 숙소에서 아파트까지는 삼백 여 미터. 다시 식은땀, 툭탁이는 가슴, 후들거리는 다리.

백여 미터 앞. 푸르뎅뎅한 색의 철망 펜스가 앞을 가로막는다. 펜스 넘어 반쯤 올라간 아파트 주변엔 호스들이 둘둘 말려있고, 쓰다 남거나 쓰려는 벽돌과 철근, 각종 파이프와 H빔, 시멘트 포대, 작업용 노끈, 목재가 널려있다. 덤프트럭과 지게차와 바퀴 두 개가 달린 손수레도 흙이 묻은 채 있다. 죽은 듯이 자는 사물들. 죽은 듯이 사는 사람들. 그것들을 지휘하는 검은 양복들.

그들은 목청을 높이지 않고도 사람과 사물을 제압할 줄 안다.

그들의 검은 양복은 검은 모피와도 같이 윤이 자르르 흐른다. 그 것이, 그 가공할 윤택들이, 벽 앞에 일렬로 서서 아버지를 지켜본 다. 아버지는 희끗하게 바란 체크무늬 셔츠와 낡은 갈색 작업화 를 신고 휘청, 중심을 잃는다. 푸르게 윤이 나는 방에서, 아버지는 매를 맞으며 무릎이 꺾인다. 매 한 대에 백만 원. 해볼 만한 장사가 아니냐는 소리가, 식물이 들으면 좋다는 음에 섞여 나온다. 야구방 망이에 아버지의 뼈가 하나씩 부러질 때마다, 식물이 들으면 좋다 는 음이, 식물이 들으면 좋게 나온다. 아버지는 식물의 음을 거스 른 죄로 퍽퍽, 한 대에 백만 원씩, 맞는 수대로 돈을 번다. 기어이, 아버지는 죽은 듯이 자는 사물이 된다.

죽은 듯이 있는 철근과 목재 틈에서 검은 물체가 꿈틀, 움직인 다. 검은 물체가 휙, 호스 더미 뒤로 간다. 소리를 내지 않는 발, 검 게 번들거리는 몸통. 빈은 한 걸음 뒤로 물러난다. 검은 물체가 잿 빛 벽돌 더미 뒤로 간다. 벽돌 더미 뒤에서 두 개의 동그란 빛이 직 선으로 나온다.

저 빛은 죽음을 충동질한다. 죽으라고, 죽어 없어지라고 으르렁 거린다. 저 빛은 욕망을 자극한다. 만지라고, 차지하라고 귓가를 간질인다. 레이저 빔과도 같은 두 개의 빛이 팽팽해진다. 과연, 두 개의 빛은 볼 수도 만질 수도 넘볼 수도 없게 뇌를 마비시킨다.

두 개의 빛이 벽돌 더미 뒤에서 펜스를 타 넘는다. 시속 이백 킬 로미터. 시속 이천 킬로미터. 시속 이만 킬로미터. 피웅~ 화살로

꽂히는 몰리. 윽, 빈은 그 자리에 쓰러진다.

식물이 자라는 그 푸른 방 옆방에서 몰리가 나온다. 검은 양복이 몰리의 목줄을 거머쥐고 있다. 몰리가 으르르릉…… 몸통을 앞으로 당긴다. 검은 양복이 몰리의 힘에 끌려 한 발짝 앞으로 나온다. 으르르릉…… 몰리의 입에서 침이 줄줄 흘러내린다.

"아아, 몰리. 괜찮아. 가만히 있어."

명패 앞에 앉았던 검은 양복이 골프채를 만지작거리며 미소 짓는다. 식물이 들으면 좋다는 음이 몰리와 아버지 사이로, 어린 소년을 꽉 잡고 있는 검은 양복 사이로, 사무실 벽 앞에 일렬로 선 검은 양복들 사이로 깔린다.

몰리가 몸통을 앞으로 당긴다. 으르르릉…… 컹컹! 길쭉한 주둥이 양옆에 늘어진 살이 부르르 떤다.

골프채를 만지던 명패 주인이 몰리에게 고개를 돌린다.

"앉아!"

몰리가 앉는다. 씨근대는 숨소리가 식물이 들으면 좋다는 음을 압도한다.

명패 주인이 골프채의 헤드를 수건으로 닦는다.

"그깟 시위를 해봐야 얼마를 받겠어 어? 일인 시위 따위, 누가 봐주기나 하나. 질질 시간을 끌기보다 화끈하게, 한꺼번에, 어때, 어?"

명패 주인은 아버지를 보지 않는다. 아버지는 양 겨드랑이를 잡힌 채 몸을 뒤튼다.

"놔! 이거 놓으라구! 난 일한 대가를 정당하게 받고 싶을 뿐이오. 부당 해고는 받아들일 수 없소."

몰리가 몸을 일으키며 으르르릉 컹컹! 짓는다. 쫑긋 세운 세모꼴의 짧은 귀. 칼로 오려낸 듯 날렵한 선의 몸통. 결대로 윤이 흐르는 검고 짧은 털. 근육으로 탄탄해진 옆구리와 네 개의 다리. 으르르릉 이를 드러낼 때면 실룩이는 콧구멍. 송곳만큼이나 날카로운 이빨들. 목표물을 여지없이 찢어 삼킬 듯한 눈, 눈의 빛.

명패 주인이 옆에 선 검은 양복에게 골프채를 넘긴다.

"정당하게? 부당 해고? 세상 많이 배워야 되겠구만. 자, 이제부터 시작해볼까."

명패 옆에 서있던 검은 양복이 명패 주인에게 야구방망이를 건넨다. 명패 주인이 야구방망이를 들고 소년 앞으로 온다. 명패 주인은 소년의 코앞에서 야구방망이를 획획 날린다. 공기를 베는 날카로운 소리. 소년은 아버지처럼 검은 양복에 잡힌 양팔을 빼려 몸을 튼다. 허공을 치던 명패 주인이 소년을 보지 않은 채 실실 웃는다.

"애야, 너, 야구 좋아하니? 안 좋아하면 지금부터 좋아질 거고, 좋아한다면 지금부터 더 좋아질 거다. 아주 즐거운 시간이 되길 바란다."

아버지가 소리친다.

"애를 내보내!"

아버지를 붙잡고 있는 검은 양복이 아버지의 어깨를 누른다. 아버지는 반쯤 다리가 꺾인다. 야구방망이를 든 명패 주인이 아버지와 소년 사이를 오간다.

"애를 내보내라…… 정당한 거래는 그렇게 하는 게 아니지."

검은 양복이 아버지의 어깨를 힘껏 누른다. 아버지는 안간힘을 다해 다리에 힘을 준다. 야구방망이를 쥔 명패 주인이 문득 소년 앞에 선다.

"애야, 니 아빠가 어떻게 돈을 버나 잘 봐라."

명패 주인이 아버지 앞으로 간다. 소년이 얼굴을 돌린다. 소년을 잡고 있던 검은 양복이 소년의 볼따구니를 움켜잡아 아버지 쪽으로 튼다. 축축하고 뜨뜻하고 우악스러운 악력. 살이 찢어지고 광대뼈가 으스러질 듯한 통증. 거역할 수 없는 두려움과 공포.

"한 대 맞을 때마다 하나! 둘! 수를 세라. 한 대마다 백만 원이니 오늘은 이천만 원만 벌게 해주지."

명패 주인이 아버지의 팔뚝을 친다. 엉덩이와 어깨와 등과 배와 허벅지를 친다. 아버지에게서 비명, 비명이 터져 나온다. 야구방망이가 아버지의 정강이를 친다. 아버지의 다리가 풀썩 꺾인다. 불의 앞에 무릎을 꿇어선 안 된다고 말한 아버지. 아버지는 무릎을 꿇은 그 모습으로 카펫 바닥에 엎어진다. 아버지 입에서, 체크무늬 셔츠에서 피가 나온다.

명패 주인이, 몰리를 잡고 있는 검은 양복에 손가락을 까딱 한다. 검은 양복이 목줄을 놓는다. 몰리가 거침없이 아버지를 덮친다. 시속 이백 킬로미터. 시속 이천 킬로미터. 시속 이만 킬로미터. 직진의 용맹성, 검은 아가리의 일방적인 시간.

으으으…… 빈은 이를 갈며 숨을 몰아쉰다. 벽돌 더미 뒤로 갔던 두 개의 동그란 빛이 지게차 밑으로 간다. 빈은 몸서리를 치며 일어난다. 두 개의 레이저 빔은 사라지고 어둠이 장막을 친다. 빈자리가 없는 어둠, 어둠의 세력.

빈은 펜스 앞으로 가 펜스를 움켜잡는다. 허연 색 작업용 노끈이 손에 잡힌다. 노끈 끝은 올이 풀려 바람에 하늘대다 멈추다 한다. 빈은 펜스에 걸린 노끈을 쭉 잡아 뺀다. 오 밀리미터 두께에 이십여 센티미터의 길이. 몰리의 목 두께보다 짧은 끈. 사람이 목을 매기엔 부실한 끈.

펜스 너머엔 시공 중인 시멘트 건축물이 견고하게 서 있다. 골조 꼭대기에는 철근이 삐죽삐죽 솟아 있고, 밤바람이 철근 사이를 떠다닌다. 밤바람을 타고 철근에 매달린 밧줄 끝에서 무엇인가가 디룽거린다. 디룽거리던 덩어리가 일순 툭, 떨어진다. 때를 기다렸다는 듯 두 개의 알전구 빛이 덩어리에 달려든다.

빈은 목이 조여오고 숨이 가빠온다. 추락 지점마다 보이는 저것. 추락할 수 있는 데면 반드시 나타나는 저것. 사람을 미치게 하는 저것!

아버지가 그 푸르른 방에서 쓰러지던 때, 소년의 눈은 저절로 감긴다. 아무것도 보이지도 들리지도 않는다. 그 무엇도 없는 무無의 세계. 소년은 무無의 시간을 무無로 떠돈다.

소년이 눈을 뜬다. 아버지도, 푸른 방도 보이지 않는다. 소년은 검은색 소파에 누운 채 눈동자를 굴린다. 방엔 작은 싱크대와 가스대가 있고, 싱크대 위 철제 수납 망에는 몇 개의 잔이 엎어져 있다. 가스대 옆엔 스틸의 전기 포트가 받침대에 놓여 있고, 가스대 위엔 중간 크기의 스테인리스 냄비가 놓여 있다. 가스대 건너편 벽 아래엔 붉은색 플라스틱 통이 있고, 통 안엔 누런 대걸레가 세워져 있다.

문이 열리고 한 여자가 들어오자 또 한 여자가 뒤따라 들어온다.

"얘기 들었어?"

"무슨 얘기? 왜 무슨 일 있어?"

"글쎄 말이야, 어떤 남자가 옥상에서 떨어졌대."

"세상에나! 그럼 자살한 거야?"

"쉿! 그건 나도 몰라. 다들 쉬쉬거리니까 입조심 해. 경찰이 오고 난리도 아닌가 봐."

"근데…… 쟨 누구지? 왜 여기 누워있지?"

소년 곁으로 청소복 유니폼을 입은 여자가 다가온다.

"애, 넌 누구니? 왜 여기에 있어? 이름이 뭐야? 어디 아프니? 꼬마가 여길 어떻게 들어왔지?"

소년은 아무 말도 하지 않는다. 유니폼의 여자가 고개를 갸웃한다.

"얘, 너 어디 아프니? 얼굴에 멍도 있네. 이름이 뭐니? 아빠나 엄마가 이 회사에 다니니?"

소년은 일어나 앉는다. 아빠는, 아빠가…… 옥상…… 옥상…… 소년은 우리 아빠가 어디에 있는지 묻는다.

"으으으…… 으르르…… 으르르릉……"

소년 곁에 섰던 여자 둘이 놀라 서로를 돌아본다.

"얘가 말을 못하나. 개가 내는 소리를 하네."

소년은 다시 같은 말을 한다. 우리 아빠는 어디 있어요?

"으으으…… 으르르…… 으르르릉……"

소년의 말은 조합을 거부하며 흩어진다.

펜스 건너엔 두 개의 레이저 빔이 움직인다. 지게차와 벽돌과 둘둘 말아놓은 호스 사이를 오가다 흘깃 고개를 돌린다.

시커먼 덩어리가 펜스 쪽으로 다가온다. 빈은 후르르 다리가 풀린다. 모든 것을 부인하며, 모든 것을 바라게 하며, 모든 것을 소환하는 저것, 몰리. 빈은 비틀비틀 뒷걸음친다.

두 개의 동그란 빛이, 두 개의 알전구 빛이, 똑바로 마주 볼 수 없게 하는 빛이, 펜스 가까이로 온다. 빈은 부들부들 떤다.

두 개의 빛이 펜스 앞에서 멈춘다. 순간 정지 십여 초. 두 개의 빛이 철망에 얼굴을 푹 박는다. 시커먼 몸통, 길쭉한 턱주가리, 벌름대는 콧구멍. 빈은 뒷걸음치다 넘어진다.

두 개의 레이저 빔이 시공 중인 시멘트 구조물 쪽으로 간다. 털은 몰리처럼 새까맣지만 형편없이 지저분하다. 몸통은 야위고 길쭉한 턱은 굶주림에 지쳐있다. 주인이 버린 떠돌이견.

빈은 나뒹구는 술병을 집어 펜스 너머로 던진다. 유리병 깨지는 소리가 기괴하고도 섬뜩하게 정적을 부순다. 죽어라! 그냥 죽어버려라! 으흐흐흑, 죽어! 죽어! 빈은 무릎에 얼굴을 묻는다.

빈은 컨테이너 숙소에 누워 껌벅대는 형광등을 바라본다. 신축 중이던 아파트는 골조가 다 올라간 상태다. 내일이면 내부 공사를 맡은 용역 인부들이 이 컨테이너를 사용한다. 이 컨테이너를 사용하던 인부들은 짐을 챙겨 저 어딘가로, 혹은 이 근처 어딘가로 이동한다. 그들의 음성은 탁하다. 쌍소리와 음담패설과 허풍이 걸걸하다. 노동으로 지친 몸과 채우지 못한 욕망의 열기는 음침하다. 똑같은 것들. 똑같이 허접하고, 똑같이 불길하고, 똑같이 불가능한 것들.

빈은 참지 못하고 술자리에서 일어났다.

옆자리에 앉았던 김 씨가 퉁명스레 쏘아붙였다.

"야 시꺄! 초치지 말고 기냥 있으라 엉? 시끼가 말이야, 말더듬이 시끼가 말이야, 말은 오라지게도 안 들어 처먹는 시끼가 말이야, 술도 못 빼는 시끼가 말이야……"

빈은 일어선 채 있다 바지 지퍼를 내렸다. 쏴아~ 오줌 줄기가 흙바닥에 튕겨 김 씨 엉덩이로 향했다. 김 씨가 저 시끼가! 하며 엉덩이를 들었다. 김 씨 건너편에 앉았던 신 씨가 킥킥댔다.

"빙신인 줄 알았더마 꼰조는 있구만. 야, 니 누구 빽으로 여 들어왔냐? 아무리 잡부라지만 계단이라면 내빼는 놈이 우찌 여길 왔냐고."

빈은 바지 지퍼를 올리고 야외 돗자리에서 멀찍이 떨어졌다. 김 씨인지 신 씨인지 박 씨인지 최 씨인지 모를 인부들의 목소리가 알코올에 섞여 밤하늘에 떠돌았다.

떠도는 것들, 떠도는 잡부들. 호통이 무엇인지도 모른 채 호통을 치는 거짓 나부랭이들.

검은 양복의 몰리들, 그것들은 딱딱하고 거대한 시멘트 덩어리로 호통을 친다. 억센 목소리를 다룰 줄 알며 툭툭 불거진 근육들을 길들일 줄 안다. 펜스 건너엔 고층의 건물이 있고, 고층의 건물은 낙하 지점을 가지고 있다. 노동의 거친 목소리들은 어느 순간 검은 양복의 몰리들에 의해 추락하며 증발한다.

빈은 펜스 철망을 부여잡았다. 구멍이 숭숭 뚫린 막. 추위와 더위를 막아내지 못하는 엉성한 틀. 빈은 펜스를 흔들었다. 출렁. 다시 한 번 흔들었다. 출렁. 걷어내기도 설치하기도 쉬운 구조물. 격돌의 의지마저 무효화시키는 저지선 아닌 저지선.

야외 돗자리에서 술에 비틀대는 목소리가 날아왔다.

"내 은제 저 꼴통 시끼를 손볼 텐께 두구 봐. 재수 읎는 시끼!"

빈은 야외 돗자리로 갔다. 술이 거나하게 취한 김 씨인지 최 씨인지 박 씨인지 신 씨인지 모를 인부들이 빈을 돌아봤다. 빈은 돗자리에 있던 소주병을 집어 바닥에 쳤다. 술병이 깨지고 술이 땅바닥으로 흘렀다. 빈은 깨진 술병을 신 씨인지 박 씨인지 김 씨인지 최 씨인지 모를 사람의 손에 쥐어주었다.

"어? 이 시끼가 근데! 찌르라면 못 찌를까봐?"

박 씨인지 최 씨인지 신 씨인지 김 씨인지 모를 사람이 깨진 술병을 들고 자리에서 일어났다. 빈은 가슴팍을 그 자 앞에 들이밀었다. 그 자가 깨진 술병을 치켜들었다. 빈은 푸른 방의 몰리처럼, 명패 주인의 그 자처럼, 그것들이 아버지와 소년을 살해하던 그 눈빛으로, 깨진 술병을 치켜든 자를 봤다. 옆에 있던 인부들이 깨진 술병을 쥔 자와 빈 사이를 가로막았다.

"어이, 빈 씨, 왜 이래. 자자, 그만 하고 숙소로 가."

빈은 등 떠밀려 숙소로 가다 우뚝 멈췄다. 내 성은 빈 씨가 아닙니다. 본래 성은 김 씨이며 김성준의 아들입니다. 김춘추의 아들로 태어났더라면 성을 갈 필요는 없었겠지요.

컨테이너 숙소를 두드리는 소리가 난다.

"어이, 빈 씨, 자남?"

빈은 자리에서 일어난다. 신 씨인지 박 씨인지 최 씨인지 김 씨인지 모를 인부가 술병을 든 채 서 있다.

"다들 떠나구 빈 씨허구 나허구만 남었어. 거참 속이 헛헛해서 원. 이별주나 한잔 허자고 왔구먼."

빈이 몸을 틀기도 전에 김 씨인지 박 씨인지 신 씨인지 최 씨인지 모를 인부가 빈을 밀치고 들어온다.

"나가 말이여, 빈 씨를 무쟈하게 싫어혔는디 그랴도 이대로 헤지면 섭허지 않것남."

일 년 가까이 같은 함바 식당을 이용하고, 같은 출퇴근 시간을 보내고, 같은 건설 현장에서 같이 노동한 사람이건만 빈은 술병을 든 인부가 누구인지 알지 못한다. 누구인지 안다 해도 노동 현장에선 의미가 없다. 필요에 의해 잠시 들렀다 떠나는 사람들은 서로에게 타인이다.

타인이 종이컵에 술을 따른다.

"빈 씨는 워서 왔남? 내는 충남 서천에서 왔구먼."

빈은 타인에게서 술병을 받아 종이컵에 따른다. 나는 어디서 왔나. 어디서 살긴 살았지만 살았다는 기억은 없다. 누군가를 만나고, 누군가와 말하고, 누군가와 밥을 먹는, 그 일상의 일들마저 가지고 있지 않다. 떠돌이, 떠돌이견.

"먹구 살기가 심들어. 빈 씨가 여까지 온 걸 보문 내나 빈 씨나 신세가 비슷허지 않겠남."

타인이 빈의 술잔에 자신의 술잔을 부딪친다. 빈은 술잔을 단숨에 넘긴다. 타인의 눈이 둥그레진다.

"빈 씨 술 못 마시는 걸루 알었는디…… 내가 오길 잘했구먼."

타인은 술을 핑계로 자신의 방문을 합리화한다. 대인기피증이나 고소공포증, 말더듬이처럼 자신을 위장하는, 혹은 보호하려는 것에 비하면 순진하다. 빈은 느닷없이 연민이 치민다.

타인이 연거푸 술을 따라 마신다.

"빈 씨, 살기가 심들어. 먹고살기가 심들어. 애새끼는 두 마리지, 마누라는 아프지, 나가 말이여, 어느 땐 꼭대기서 팍 떨어지고 싶다니께. 우리 새끼 한 마리는 자폐증이라나 뭐라나 그러지, 또 한 마리는 빈 씨맨치루다 말을 더듬지. 살 재미가 통 없다니께."

타인의 잔은 길어지고 지저분해진다. 푸른 방의 몰리는 칼로 도려낸 듯한 몸통의 선과 서리서리 독을 물고 있는 이빨로 눈이 부시다. 타인의 잔이 끈적끈적 이어진다.

"빈 씨는 은제부터 말을 더듬는 겨?"

그 푸른 방을 순식간에 휘어잡던 몰리. 몰리는 검은 양복들마저 겁에 질리게 한다. 공포가 무엇인지를 단번에 알려주고, 언어를 무화시키며 질식시킨다. 몰리 외에는 그 무엇도 없는, 없어지고야 마는, 승리의 극점 몰리. 승리를 거머쥐려면 한 치의 망설임도 없어야 하며, 여럿 중 누가 적인지 간파할 줄 알아야 하며, 적에게 적의를 드러내는 동시에 찢고 물어뜯을 줄 알아야 한다. 그때의 몰리는 어디서 무엇을.

타인이 종이컵에 반쯤 술을 따라 건넨다.

"말을 안 허니께 내 혼자 떠드는구먼. 듣자 허니 빈 씨는 툭하문 밖에 나와 잔다는디 여가 깝깝혀서 그런감?"

어두워지기만을 기다렸다 나타나는 것들. 보이며 보이지 않는 것들은 아버지로 몰리로 출몰한다. 직사각형 컨테이너를 에워싸거나 두드리거나 스며들거나 다시 에워싸거나 두드리거나 스며드는 것으로, 몸체를 드러내지 않으며 드러낸다. 직사각형 안은 검은 덩어리로 꽉꽉 들어찬다. 검은 덩어리가 꿈틀, 또 꿈틀, 몸체를 늘린다. 검은 덩어리가, 꿈틀거림이, 견딜 수 없다. 컨테이너를 뛰쳐나온다.

컨테이너 밖엔 또 다른 어둠이 도사리고 있다. 빈은 어둠 속을 어둡게 돌아다닌다. 펜스 앞. 건너편 고층 꼭대기에 검은 덩어리가 우뚝 서 있다. 놀랍도록 닮아있는 그것, 몰리. 무섭도록 닮아있는 그것, 아버지. 아버지는 검은 자루에 담겨 추락한다. 몰리는 검은 빛으로 날렵하게 낙하한다. 아버지와 몰리는, 아버지였다 몰리였다, 몰리였다 아버지로, 그날을 끌고 온다.

그날, 그 푸른 방에서 몰리는 컹컹 짖고 아버지는 퍽퍽 맞는다. 타격의 소리 다발이 마침내 귀를 찢고 심장을 우그린다. 이제 막 초등학교에 입학한 사내아이는 오줌을 지린다. 뜨겁게 허벅지를 타고 흘러내리는 오줌. 운동화를 적시고 카펫을 적신다. 이토록 훌륭한 카펫을 적시고 있으니 아버지처럼 퍽퍽 맞는 것은 아닌지, 무서움과 죄의식이 격렬하게 든다. 도망치고 싶다는 생각 같은 것이 불쑥 솟는다. 도망칠 수 없다는 생각 같은 것이 찐득 들러붙는다. 스르르 다리가 풀린다. 눈이 감기고 전신이 무너진다.

빈은 타인이 준 술을 꿀꺽 넘긴다. 타인의 목소리가 컨테이너를 왕왕 울린다.

"빈 씨는 나 맨치루 인력시장에서 왔남? 그런디 워째 이 층도 못 오르는 겨?"

새벽, 승합차가 인력시장 앞에 선다. 승합차에서 내린 인력알선 업체의 소장이 과수원에서 일할 사람을 구한다. 서성대던 사내들이 소장 앞으로 간다. 인원 초과.

조금 지나자 다른 승합차가 온다. 인력알선업체의 소장이 건설 현장에서 일할 용접공을 구한다. 한 명.

아버지가 건설 현장의 용접공이었는지 배관공이었는지 미장 공이었는지 아니면 잡부였는지는 알지 못한다. 건설사는 시공사를 통해 건축을 하고, 시공사는 하청업체를 통해 인력을 구한다. 아버지가 소속된 회사가 시공사인지 하청업체인지는 알지 못한다. 정규직이었는지 비정규직이었는지도 모른다. 아버지가 건설 현장의 노동자였던 것만은 사실이다. 아버지의 노동은 높고 높은 빌딩 꼭대기에서 마침표를 찍는다. 그렇다 해도 아버지를 알아주는 사람은 없다.

인력시장을 맴돈 지 여러 날째. 인력시장으로 승합차가 들어온다. 고속도로 포장 공사에 투입될 잡부 다섯 명. 삼림 벌채와 운반에 투입될 잡부 네 명.

컴컴했던 새벽이 희부윰해진다. 빈은 버스 정류장으로 간다. 새벽이 아침으로 들어가는 때. 출근하려는 사람들이 버스 정류장으로 온다. 그들은 블라우스나 와이셔츠, 넥타이나 스카프를 매고 있다.

근처 공원에서 개와 견주가 나온다. 한바탕 운동을 했는지 개와 견주의 숨소리가 거칠다. 견주가 목줄을 쥐고 가볍게 뛰어 온다. 개가, 예리하게 자른 듯한 삼각형 귀를 가진 개가, 검은빛으로 반드르르 윤이 나는 털의 개가, 가슴 양쪽과 주둥이, 다리 끝에 짙은 갈색을 띤 개가, 그때처럼 귀를 뾰족이 세우고, 탄탄한 몸통으로, 늘씬한 걸음걸이로 뛴다. 윽, 몰리!

몰리는 지금 어디서 무엇을 하고 있나. 그때처럼 그 푸른 방을 습격해 모두를 찬탄하게 하고, 비루한 몸뚱이를 처단하고 있나. 검은 양복의 자식으로, 검은 양복의 아버지를 자랑스럽게 하고 있나.

빈은 수없이 망설였던 그 자리로 간다. 아버지가 떨어진 자리엔 핏자국이나 핏자국 비슷한 것도 없다. 빌딩은 아침 해를 튕겨내고 양복을 입은 남자들, 투피스나 원피스를 입은 여자들이 빌딩 안으로 들어간다. 저들은 어떤 투쟁은 알고 어떤 투쟁은 모른다. 먼지가 피부가 된 자들의, 욕지거리와 땀내가 일상이 된 자들의 투쟁 따위는 알고 싶어 하지 않는다. 같지만 다른 노동자들. 검은 양복을 입고 검은 양복이 되길 바라는 화이트컬러의 노동자들. 빈은 몸을 돌린다. 잊을 수만 있다면 양잿물이라도 마시길 바랐던 그 시간들이 열등하게 다가온다.

빈은 도로를 건너 빌딩 맞은편으로 간다. 빌딩의 일층, 이층, 삼층, 사층…… 층층을 세어보다 휙 건너 꼭대기로 간다. 꼭대기에는 아버지를 삼켰던 허공이 무심하게 있다. 그 무엇도 기록하지 않으나 그 무엇을 간직하고 있는 허공.

다시 일층, 이층, 삼층, 사층…… 층층을 세어본다. 두 다리를 가지고, 척추를 세우며 일층 계단에 발을 딛는다, 현기증이 너울거리고 다리가 후들거린다, 숨을 고르고 다시 일층 계단에 발을 딛는다, 현기증이 너울거리고 다리가 후들거린다, 일층 계단에 발을 한 번, 두 번, 세 번…… 속이 메슥거린다, 머리가 어질해온다, 몸이 굳는다.

침을 삼키고 다시 빌딩 꼭대기를 올려다본다. 아침 해가 눈을 쏜다. 순간 꼭대기에서 뭔가가 쑥 떨어진다. 곧이어 픽. 지면이 붉게 물든다.

빌딩 아래, 뭔가가 쑥 떨어진 자리에는 그 무엇도 없다. 행인들은 무엇인가가 떨어진 자리를 밟고 지나간다. 밟고 밟히며, 밟히며 밟는 그 자리엔 삶이라는 핏빛의 꽃이 만발한다. 그 꽃은 어둠이 오면 꿈틀, 꿈틀, 검은 덩어리로 찾아온다. 검은 자루로 디룽디룽 매달리다 떨어지기도 한다. 아버지의 혈족은 별것 아닌, 때 이른 죽음.

빈은 다시 인력시장을 찾는다. 건설 경기가 죽어서인지 청과물 시장에서 물건을 운반하는 일이나 식당일, 농장일, 물류일이 주를 이룬다.

인력시장에 나간 지 몇 달째. 건설 현장에서 일할 단순 잡부를 찾는다. 일거리를 찾은 사람과 찾지 못한 사람이 떠난 후 운 좋게 자리 하나를 얻는다. 빈은 소장이 운전하는 차를 타고 건설 현장 으로 간다. 때 없이 속이 울렁울렁한다.

타인이 연거푸 술잔을 비우더니 툴툴댄다.

"낼이문 여를 떠나야 혀서 술이나 나눌까 허구 왔더먼 빈 씨는 말 한마디도 안 허누먼. 어이, 따분혀. 빈 씨, 낼은 얼루 가? 갈 데나 있남? 손바닥만 헌 땅뙈기라두 있음 천지 사방 돌아댕기지 않어 두 되것구먼."

내일, 당장 내일, 어디로 가야 하나. 어디로 가든 밤은 온다. 낯 설지만 낯익은 밤. 익숙하지 않지만 익숙한 어둠. 아버지 또는 몰 리는 어둠이 오면 꿈틀거리는 죽음으로 들이닥친다. 꾸준한 집착 의 침입자들.

타인이 술병 바닥에 남은 술을 두 개의 종이컵에 따른다.

"쓰벌, 술두 안 취허구 빈 씨두 말이 없구 이것이 마지막 잔이 구먼."

타인이 빈의 잔에 잔을 부딪친다. 타인과 빈은 동시에 술을 넘긴다.

타인이 빈 종이컵을 와락 구긴다.

"빈 씨, 헤지기 전에 한 마디만 허것는디, 말을 더듬어서 말을 안 허것다, 이것이 것지믄! 그랴도 말을 혀. 어느 공사판서 또 마주칠지 모르것는디 그땐 목소리 좀 듣자고."

타인이 부스스 일어난다. 퍼런 색 트레이닝 바지가 무릎이며 통이 늘어나 흐들흐들하다. 타인이 컨테이너 문을 연다. 밤바람이 들이친다. 추위가 완연히 들어있는 바람.

타인이 빈의 어깨를 툭툭 친다.

"우리 겉은 사람헌티 성공허라는 말은 사기 치라는 말이것고, 어데를 가던 몸 성히 지내소. 우리 겉은 사람은 몸뚱이가 재산 아닌감."

타인이 가자 컨테이너 숙소가 갑자기 텅 빈다. 아버지가 갑자기 떠났을 때 모든 것은 정지되고 어린 아들은 탕비실 소파에 누워 있다 나온다. 건물의 복도며 층계엔 검은 양복들이 들락거린다. 검은 양복들을 피해 화장실로 숨는다. 화장실로 검은 양복들이 들어왔다 나가고, 들어왔다 나간다. 화장실 변기 옆에 쪼그리고 앉아 덜덜 떤다. 속이 메슥거린다. 눈물이 맺힌다. 아버지가 매를 맞는 것을 볼 때도 나오지 않던 눈물이 자꾸만 흐른다.

화장실이 조용하다. 살그머니 문을 열고 화장실을 나온다. 지금 있는 데가 몇 층인지도 모른 채 복도를 뛴다. 비상구 앞에 다다른다. 비상구 문을 열자 계단이 계단으로 이어진다. 정신없이 계단을 꺾고 꺾어가며 아래층으로 간다. 야외 주차장이 나온다. 주차장을 빠져나와 빌딩 뒷골목으로 간다.

뒷골목 음식점에서 고기 굽는 냄새가 창자를 찌른다. 고깃집으로 검은 양복들이 들어간다. 술집에서 검은 양복들이 나온다. 검은 양복들이 음식점이 즐비한 골목을 휘젓고 다닌다.

골목을 뛰고 또 뛰어 어딘지도 모를 곳으로 간다. 분식집 앞. 유리문 안에서 사람들이 뜨거운 찌개를 떠먹기도 하고 김밥이며 돈가스를 먹기도 한다. 음식이 목구멍으로 들어갈 때마다 꿀꺽 삼키는 소리가 천둥소리로 난다. 뜨거운 김을 후후 불어 목으로 넘길 때마다 침 넘어가는 소리가 땅이 갈라지는 소리로 난다. 숟갈에 듬뿍 올라앉은 하얀 밥, 젓가락에 잡힌 고깃점, 숟갈과 젓가락과 음식이 닿는 붉은 입술. 눈과 혀와 뱃속이 요동을 친다.

아줌마가 유리문을 열고 나온다.

"애, 너 거기 서있지 말고 엄마랑 같이 와."

슬금슬금 분식집을 비껴난다. 어스름 저녁, 골목을 이리저리 돌다 대로변으로 나온다. 하나 둘 네온 간판이 켜진다.

치킨집 앞. 앞치마를 두른 남자가 펄펄 끓는 기름통에서 닭을 건진다. 노르께해진 닭에서 기름이 뚝뚝 떨어진다. 남자가 치킨 집 로고가 새겨진 상자에 쿠킹호일을 깐다. 남자는 기름통에서 건진 닭을 기름통 가장자리에 탁탁 털어 쿠킹호일에 쏟는다. 쿠킹호일로 튀김 닭을 착착 덮더니 상자 뚜껑을 닫는다. 남자는 비닐봉지에 닭 상자와 무가 든 작은 플라스틱 통을 넣는다. 남자가 앞치마를 벗고 오토바이 뒤에 얹은 보온 박스에 닭 상자를 넣는다. 남자는 헬멧을 쓰고 오토바이를 탄다.

남자가 배달을 마치고 치킨집 앞에 오토바이를 세운다. 남자는 다시 닭을 튀기고 포장을 한다. 남자가 몇 번인가 배달을 오가도록 그 자리를 떠나지 못한다. 남자는 닭을 튀기면서도, 오토바이를 타면서도 돌아보지 않는다.

치킨집을 뒤로 하고 무작정 걷는다. 다리가 꺾인다. 부동산 옆 주차장으로 간다. 차 몇 대가 주차되어 있다. 차 뒤로 가 풀썩 주저앉는다. 밤바람이 으슬으슬 분다. 눈이 저절로 감긴다. 누군가가 흔든다.

"꼬마야, 너 집이 어디냐? 여기서 자는 거 아니다."

검은 양복을 입은 남자가 자동차 키를 들고 내려다본다. 꼬마는 벌떡 일어나, 잘못했다고, 용서해달라고 말하는데 으으으⋯⋯ 으르르르⋯⋯ 으르르릉⋯⋯ 소리로 나온다. 검은 양복의 남자가 고개를 갸웃하더니 차로 간다. 시동을 거는 소리가 나자 꼬마는 후다닥 뛰어 골목인지 대로인지 모를 데를 달린다. 약국이 있는 건물. 꼬마는 건물 모퉁이를 잡고 스스르 쓰러진다.

여자 목소리가 난다.

"셔터를 내리는데 애가 쓰러져 있었어요. 모르는 애라니까요."

남자의 손이 어깨를 살살 흔든다.

"애, 꼬마야, 눈 좀 떠봐. 너 어디 사니?"

경찰복을 입은 남자와 보드라운 티셔츠를 입은 여자가 내려다 본다. 꼬마는 잘못했다고, 용서해달라고 말한다. 으으으…… 으르르……  으르르릉…….

경찰관이 뜨악한 표정으로 여자를 돌아본다.

"애가 말을 못하나본데요."

여자가 나선다.

"애, 너, 말 못 하니? 집이 어디야? 이름이 뭐야?"

꼬마는 같은 말을 하며 양손을 비빈다. 잘못했다고, 용서해달라고, 으으으…… 으르르르…… 으르르릉…….

경찰관과 여자의 얼굴에 난처함이 어른댄다.

"애가 모자라 보이진 않는데…… 너 글은 쓸 줄 아니?"

경찰관이 수첩을 꺼내 꼬마 앞에 펼친다.

"여기다 니 이름하고 주소, 전화번호, 아빠 엄마 이름을 써봐."

꼬마는 고개를 저으며 잘못했다고, 용서해달라고, 으으으…… 으르르르…… 으르르릉…… 말한다.

경찰관이 난색을 표하자 여자가 말한다.

"여기서 이럴 게 아니라 파출소로 데려가 차근차근 물어보시는 게 어때요? 애가 많이 놀라고 지쳐 보여요."

경찰관이 꼬마를 잡아 일으킨다. 꼬마는 몸을 뒤로 빼며, 잘못했

다고, 용서해달라고, 으으으…… 으르르르…… 으르르룽…… 양
손을 싹싹 비빈다. 경찰관이 꼬마를 번쩍 안아 경찰차에 태운다.

빈은 술병과 종이컵을 치운다. 그때 그 아이는 무엇이 무서웠던
가. 무엇이 무서운지도 모른 채 무엇이나 무서웠다. 아버지의 이름
을 물었을 때, 글을 쓸 줄 아냐고 물었을 때, 글을 모른다고 고개를
저을 때, 알면서도 부인해야 했던 모든 것과 그때가 지금도 무섭
기만 하다.

같은 피를 가졌지만 성이 다른 두 남자는 지금도 같은 철로를
달린다. 한 남자는 자신을 당당히 외친다고 외쳤지만 구질하게 밀
쳐졌고, 다른 한 남자는 죽은 자와 개 사이를 갈팡질팡 오간다. 아
버지, 그리고 그의 어린 아들은 이미 지정석이 되어버린 자리에서
숨소리마저 죽인다.

파출소에서 경찰관은 종이를 주며 꼬마의 이름과 아버지의 이
름을 쓰라고 한다. 꼬마는 아버지의 이름을, 자신의 이름을 쓸 수
없다. 이름을 쓰는 순간 세상은 아버지와 꼬마를 용서하지 않을
것이다. 꼬마는 양손을 싹싹 비비며, 아버지를 용서해달라고, 우리
는 돈을 훔치지 않았다고, 무조건 잘못했다고, 으으으…… 으르르
르…… 으르르룽…… 말한다.

경찰관들이 말을 나눈다.

"거참, 자기 이름도 쓸 줄 모르고, 어디 사는지도 모르고, 어디
서 보호자를 찾지?"

"일단 보육원에다 맡겨보자고."

꼬마는 보육원으로 가 보육원장이 정해준 성을 쓴다. 김성준의 아들이지만, 빈이라는 성으로, 대대로 내려온 핏줄을 지운다. 아버지는 그때부터 김 씨가 아닌 죄인으로, 범죄자로 어둠을 탄다. 어둠의 아버지는 여태도 비참하고, 성인이 된 그의 아들은 말을 더 듣는다.

이러기 전, 그 어느 때일지 모를 전부터, 김성준의 아들은 그 푸른 방의 몰리가 되고 싶었는지도 모른다. 용맹한 전사로, 한 번 물면 끝장을 보고야 마는 투지의 용사로, 세상을 너끈하게 살아내고 싶었을 수도 있다.

빈은 컨테이너 숙소를 나온다. 새벽을 여는 바람이 어깨를 잡는다. 펜스 앞으로 간다. 펜스 건너엔 시멘트 구조물이 우람하게 서서 세상을 지배한다. 층층이 쳐진 주황색 가림막은 바람에 부풀다 꺼지기를 반복하고, 건물 꼭대기는 말끔하게 마감되어 있다.

때마침 바람을 타고 검은 덩어리가 건물 꼭대기에 매달려 디룽댄다. 툭, 떨어지고 또 다시 떨어지는 검은 부르짖음.

빈은 손바닥이 갈라지도록 펜스를 움켜잡는다. 몰리를, 그 푸른 방의 몰리를, 으으으…… 으르르르…… 으르르릉…… 부른다.

눈을 떠, 몰리.

내게로 와, 몰리.

# 광자랍니다

누가 그러는데, 누구라고 말할 수 없는데, 라고 콩쥐가 말문을
연다. 라라는 콩쥐를 보다 말고 출입구 쪽으로 눈을 돌린다. 또 시
작이네. 저 기집애는 저 말밖에 모르나? 콩쥐는 라라의 시선을 잡
으려 라라 쪽으로 몸을 당긴다. 저기 있지, 그게 말이야, 의심을 하
면 안 되지만 말이야, 누가 그러더라고. 라라는 입을 비쭉 내민다.
그래서 뭐? 뭐가 어쨌다는 건데? 라라는 팩 고개를 돌린다. 콩쥐
도 아닌 것이 콩쥐인 척. 콩쥐는 라라 쪽으로 기울였던 상체를 똑
바로 한다. 넌 톡톡거리는 그놈의 승질머리 좀 고쳐라. 말도 하기
전에 고춧가루부터 뿌려요.

마침 클리프가 풍채도 당당히 들어온다. 클리프는 플레어스커
트 자락을 풀럭 날리며 라라 옆자리에 앉는다. 야들아, 오랜만. 잘
지냈지? 클리프가 명품 스카프를, 라벨이 보이게 기술적으로 벗
어 옆 의자에 놓는다. 희고 두툼한 목엔 굵은 주름 두 줄과 이에 맞
추려는 양 두 줄짜리 흑진주 목걸이가 걸려 있다.

라라는 클리프의 아래위를 싹싹 훑는다. 잘 지냈으니 나왔겠

지? 넌 만날 때마다 어째 영양 상태가 업그레이드 되냐. 오해하지 마. 부티가 팍팍 난다는 말이니까. 클리프는 물잔을 들어 벌컥벌컥 들이켠다. 부티라고 말해주니 때려주고 싶어도 때려줄 수가 없네. 퉁퉁 부으면 요렇게 부티 왕국이 된단다. 라라가 픽픽 웃는다. 곧 죽어도 부었대요. 클리프가 퉁퉁한 니 목을 보면 탐이 나서 납치극 벌이겠다 얘.

클리프가 뭐라 대꾸하기도 전에 콩쥐가 나선다. 오늘도 남편이 픽업? 클리프는 양어깨를 으쓱한다. 당근이지. 며늘이 반찬 만들어 바쳐, 아들이 해외 가라고 통장에 돈 꽂아줘, 더 바랄 게 없다. 콩쥐는 입을 앙다문다. 예의상 한마디 해줬더니 아주 신화를 쓰네. 저나 나나 이 자리에 온 걸 보면 속이 뻔한데, 흥.

여기는 호텔 스카이라운지입니다. 스카이라운지는 아시다시피 삼면이 바다가 아니라 통유리로 되어 있습니다. 통유리로 저 아래가 한눈에 내려다보이지 않는다면 스카이라운지라고 할 수 없습니다. 해서, 음식값이 비싼 건 당연하고, 그 당연함을 당연하게 즐기는 것 또한 당연합니다. 자, 보십시오, 한눈에 내려다보이는 저 강남은 글쎄 오늘따라 미세먼지로 뿌옇습니다. 미세먼지 때문에 뷰값이 떨어지긴 하나, 받아들이기에 따라 다릅니다. 혹자는 오머나 몽환적이어라, 감탄을 따발총으로 쏠 수도 있고, 또 다른 혹자는 어머머 세기말적 현상이야, 훌쩍일 수도 있다는 말입니다.

지금은 오전에서 오후로 넘어가는 딱 열두 시입니다. 다른 테이블에선 주문을 하고 주방에선 음식을 준비합니다. 헌데 통유리 삼면 정중앙에 위치한 테이블에선 주문을 하지 않습니다. 사람이 다 모이지 않았기 때문입니다. 여자 셋은 손목시계나 휴대폰 시계를 흘끔대며 연신 출입구로 눈을 돌립니다.

클리프, 우리 약속 시간이 열두 시였니 열두 시 삼십 분이었니? 라라, 열두 시 삼십 분. 콩쥐, 열두 시. 클리프가 쯧쯧댄다. 열두 시면 지금 와야 하고 열두 시 삼십 분이면 좀 기다려야 하네? 라라, 열두 시나 열두 시 삼십 분이나. 콩쥐, 하여간 애들이 조~옴 늘보대냐. 시간 좀 지키면 대머리라도 된다냐? 라라, 늘보대라고 하니 늘보가 생각난다. 늘보 걔, 학교 때도 맨날 지각해서 출석부로 맞고 운동장 뺑뺑이로 돌았잖어. 지금은 늦는다고 출석부가 때리겠니 운동장이 기다리겠니. 클리프, 그래서 늘보는 늘보니라. 호랑이도 제 말하면 온다더니 저기 늘보 온다.

늘보는 느적느적 세 여자가 있는 테이블로 다가온다. 왜 그런 표정들이셔? 나 기다린 거야? 내가 아니라 다른 사람 아냐? 늘보는 의자 쿠션에 펑크가 나도록 털퍽 앉는다. 클리프는 팔짱을 끼며 의자 등받이에 등을 기댄다. 왜 아니겠니. 너를 기다리느니 로또 터지기를 기다리는 게 빠르지. 늘보가 숨소리를 쌕쌕댄다. 알았으니 명줄 늘겠고, 넌 아직도 클리프 리처드? 그이 연세가 팔십은 넘었을 텐데 이젠 아이돌로 바꾸시지 그래? 난 이래 봬도 쪼글쪼글 할배들하곤 안 논다.

클리프가 세 여자를 하나하나 찍어 본다. 왜들 이러셔? 나으 클리프 오빠를 모욕하는 발언은 자제해주라. 클리프 오빠 죽을 때까지 나으 생명이다, 알긋냐? 콩쥐가 말을 끊는다. 럭키는 왜 안 오지? 늘보보다 늦게 오다니 무슨 일 있나? 늘보가 태평하게 대꾸한다. 아쉬우면 오겠지. 솔직히 럭키를 기다리는 건 아니잖아. 늘보의 말에 콩쥐와 라라, 클리프는 입을 다문다.

고요하다곤 할 수 없으나, 고요하다고 할 수 있는 분위기가 네 사람 주위에 깔린다.

콩쥐가 분위기를 바꾸겠다는 듯 입을 연다. 누가 그러는데, 누구라고 말할 수 없는데, 진짜인지 아닌지 암튼 리얼한 얘기가 있어. 라라와 클리프와 늘보의 시선이 콩쥐에게로 향한다. 콩쥐가 목소리를 낮춘다. 그게 글쎄…… 말하기가 좀 그런데, 이런 말을 해야 하나 말아야 하나. 라라가 짜증 섞인 목소리로 대꾸한다. 넌 아까부터 같은 말만 하니? 들어서 곤란한 얘기라면 하지 마. 클리프가 픽 웃는다. 들어서 곤란한 얘기가 더 재미있지 않니? 뭔데? 무슨 얘긴데? 클리프의 말에 콩쥐가 힘을 얻는다. 그게 그렇더라고. 진짜 그랬는지 아닌지 믿어지지 않는 거 있지 응? 콩쥐의 말에 늘보가 입가를 비튼다. 콩쥐야, 넌 이제 팥쥐 다 됐구나? 남의 말이나 전하고 말을 가지고 놀 줄도 아네? 콩쥐의 표정이 쌩 차가워진다. 고맙다 늘보야. 내가 존경하는 게 팥쥐라는 걸 어떻게 알았니?

분위기는 갑자기 썰렁해집니다. 여자들은 스마트폰을 열거나, 통유리를 통해 강남 빌딩숲을 보거나, 테이블 사이를 오가는 종업원들을 보거나, 출입구에 눈을 꽂거나 합니다. 지루하진 않지만 지루합니다. 초조하진 않지만 초조합니다. 불안? 불안하기도 합니다. 시간은 자꾸 흐르는데 약속이 지켜질지 아닐지 내심 좌불안석입니다. 여자 중 몇몇은, 오늘의 미팅이 왠지 어긋날 것 같은 예감도 듭니다. 예감 혹은 촉이라는 것은 부인하면 할수록, 이상하게도 예감한 대로, 촉대로 될 때가 많습니다. 그러나 우리는 불안하다, 초조하다, 지루하다, 같은 몹쓸 감정 내지 부정의 언어를 입에 올리면 안 되는 걸로 배웠습니다. 입에 올리는 순간 우리는 부정적인 인간으로 낙인찍히고, 인간성이 의심스러운 인간으로 평가 받습니다. 자자, 그러니 우리는 긍정과를 수석으로 졸업한 사람답게 처신해야 합니다. 문명인은 그러라고 문명인이 된 것입니다.

문명인 한 사람이 들어옵니다. 럭키라고, 행운을 좌우명으로 삼으며 길고 긴 세월을 굽이굽이 넘어온 사람입니다. 럭키의 등장은 네 여자를 구원? 구원까지는 아니지만 적어도 지금의 분위기를 바꾸기에는 적당합니다.

럭키는 문제가 되었던 브로치와 거의 흡사한 브로치를, 어깨와 젖가슴 사이에 견장처럼 달고 있다. 럭키가 늘보부터 보며 자리에 앉는다. 늘보가 어쩐 일로 나보다 먼저 왔네? 아직 주인공은 안 나타나셨으니 내가 늦은 건 아니야, 그치?

럭키의 말을 빌미로 여자 넷은 간신히 얼굴을 푼다. 늘보, 벌써 오긴 왔지. 주인공의 말씀을 놓치면 회비가 아깝잖아. 럭키, 그깟 회비가 몇 푼이나 된다고. 회비의 따따블, 아니 백 배 천 배가 될지도 모를 정보를 얻을 텐데 안 그래 얘들아? 라라, 마지못해 고개를 끄덕인다. 그렇지, 그렇긴 해. 라라의 말에 콩쥐가 주석을 단다. 그렇긴 한데 누구 말에 의하면, 누가 그러는데 말이야, 믿어도 될지 아닐지 모르겠지만, 아이, 그래, 럭키 말이 맞아. 콩쥐의 말에 라라가 신경질적으로 대꾸한다. 넌 그 카더라 통신 좀 끌 수 없니? 속 터지게 입만 열면 카더라 통신, 그럴 거면 여긴 왜 왔니?

입맛이 씁니다. 그렇게 저렇게 말을 해도 입 안이 쓴 건 사실입니다. 아직은 그 정보라는 정보를 들었다는 누구도 없고, 그 고급 정보로 재산을 불렸다는 누구 소식도 없습니다. 말하자면 그 고급 정보를 들을 수 있는 회원의 자격을 얻은 사람은 여기 이 호텔 스카이라운지에 모인 여자 다섯이 처음입니다. 다섯의 여자, 본인들이 첫 회원인지 아닌지 모릅니다. 물론 여고 동창들 중에는 처음일 거라는 자부심은 갖고 있습니다. 그래서 뿌듯하고, 그래서 불안하고, 그래서 안달이 납니다. 어서 어서 카더라 통신의 주인공이 나타나야 이런 복잡 미묘한 감정을 정리할 수 있을 텐데, 오늘의 주인공은 아직도 나타나지 않고 있습니다. 여자들의 신경은 점차 예민해지고, 예민해지는 신경은 어디랄 데도 없이, 누구에게랄 것도 없이, 자제력의 한계를 넘나듭니다.

럭키는 뾰족 송곳이 된 라라를 돌아본다. 넌 닥터 지바고를 몇 번이나 봤니? 책은 안 봤을 거고, 영화 말이야. 라라는 어이없다는 표정을 짓는다. 미쳤다고 책을 보니? 책엔 라라가 안 나와. 라라가 나오는 건 영화야. 눈벌판 속에서 지바고와 사랑을 나누는 라라, 여자들의 로망 아니니? 나, 그 영화 백 번도 더 봤을 거야. 니들도 봐서 알잖니. 늘씬한 기럭지에 금발, 사랑과 애수를 담고 있는 눈동자. 애달픈 사랑의 주인공 라라. 난 그때도 그랬지만 지금도 라라야.

럭키의 눈에 빈정거림이 어린다. 넌 니가 라라인 걸로 아나봐? 하여간 착각엔 국경도 나이도 없다니까. 라라, 발끈한다. 내가 언제 라라라고 했니? 라라를 좋아한다고 했지. 좋아하는 것도 못하니? 그렇게 말하는 넌 왜 그 브로치를 달고 왔니? 그런 일을 겪고도 부끄러운 줄을 몰라요, 그 브로치 달면 개랑 같아질 줄 알았니? 개처럼 럭키가 올 줄 알았어? 예전에 우리집에서 키우던 개 이름이 생각난다. 럭키였거든. 럭키의 눈에 불꽃이 튄다. 뭐가 어째? 개 이름? 별 개똥 같은 소리를 다 듣겠네. 그리고! 이 브로치가 뭐가 어때서? 훔치기라도 했단 말이니?

늘보가 나선다. 아아, 그런 얘긴 관두고, 가만, 지금이 몇 시냐? 아 거참, 이 기집애는 뭐 하느라 여태. 콩쥐는 대단한 비밀을 말하듯 소곤거린다. 누가 그러는데, 걘 일분일초도 쪼개 쓴다네?

강연도 많고 책도 써야 하고 하여간 시간이 돈이래. 일단 기다려 보자.

종업원이 메뉴판을 들고 다가옵니다. 여자 다섯은 그렇지 않아도 날카로워진 신경이 더욱 날카로워집니다. 흔히 문명인이 그러하듯, 종업원에게 정중히, 아직 한 사람이 오지 않았으니 조금 기다려달라고 말합니다. 종업원은 메뉴판을 중요한 파일인 양 옆구리에 끼고 갑니다.

여자 다섯은 하릴없이 유리잔의 물을 조용히 마시거나, 조용히 마음을 달래거나, 조용히 물어볼 말을 떠올리거나, 조용히 이 궁리 저 궁리를 하거나, 조용히 회비의 가치를 따지거나, 그러고 있습니다.

회비란 이렇습니다. 오늘의 주인공과 점심을 같이 하는, 일종의 자리값입니다. 비싸다면 비싸고 싸다면 싸겠지만, 역시 비싸다는 쪽에 손을 들 액수입니다. 팔십만 원이거든요. 아파트에 붙는 프리미엄이 팔십만 원이면 싸도 한참이나 싸겠지만, 이건 점심 한 끼의 값이니 비싸도 많이 비쌉니다. 그런데 동창이라 이십만 원을 지원해준다고 합니다. 지원이란 쉽게 말해 깎아준다는 말입니다. 그러니까 점심 한 끼를 같이 하는 값이 백만 원인데, 동창이라 이십만 원을 할인해준다는 겁니다. 결국, 지원이란 이십 퍼센트를 세일해주는 거고, 그 이십 퍼센트는 주인공이 떠맡겠다는, 즉 지원하겠다는 뜻입니다.

여자 다섯은 그 점을 신선하게 받아들여 오케이를 했는데, 시간이 지날수록 팔십만 원이 자꾸 떠오릅니다. 그러면 그럴수록 주인공의 출현이 기다려지고, 그러면 그럴수록 주인공의 출현이 더디게 여겨지고, 그러면 그럴수록 주인공에게 건 팔십만 원이 의심스러워집니다.

이때 여자 다섯은 이런 생각을 합니다. 워렌 버핏과 식사 한 끼를 하려면 캬악~ 삼백사십오만 육천칠백팔십구 달러, 우리나라 돈으로 치면 사십억이 있어야 한다매? 그에 비하면 팔십만 원은 돈도 아니지 뭐야. 청담동 이 아무개라는 주식 부자하고 한 끼를 하려도 백만 원을 내야 한다매? 그에 비하면 이십 퍼센트나 싸니 특혜라면 특혜지 뭐야. 팔십의 몇 배, 몇백 배를 생각하면 절대 밑지는 장사가 아니라는 거지. 소문이 나서 너도 나도 개량 식사를 하겠다고 덤비면, 이십 퍼센트를 깎아주는 게 아니라 이백 퍼센트를 올릴지도 모르잖아? 그러기 전에, 소문이 나기 전에, 어서 그 고급 정보를 얻어야 할 텐데 앤 왜 안 오지? 차가 막히나? 강연이 길어지나? 약속을 잊었나? 우리 말고 다른 사람들과 식사를 하고 있나?

클리프가 시계를 본다. 땡, 열두 시 삼십 분이다. 늘보가 느적느적 끼어든다. 조금 늦을 수도 있지 뭐. 강남은 밤이고 낮이고 차가 막히잖아. 럭키가 늘보의 말에 보탠다. 문 앞에서 기다리다 들어오지 않는 다음에야 땡에 맞추긴 어렵지. 콩쥐가 이번에도 목소리를 낮춘다. 누가 그러는데 말이야, 누구라고 말하긴 좀 그런데 말이야, 걔는 뻑하면 인터뷰다 강연이다 스케줄이 빡빡해서 잠 잘 새도 없다네? 근데 말이야, 누가 그러는데 말이야, 걔 말은 딱 팔 초만 반해버림 된다네? 그 말이 무슨 뜻인지 모르겠더라구. 라라가 코웃음을 친다. 무슨 뜻은 무슨 뜻. 핵심이 될 말은 팔 초 안에 들어있다는 거지.

갑자기 여자 다섯은 팔 초에 마음이 쏠립니다. 무슨 수로 팔 초에 든 핵심을 잡아낼 수 있을지, 한 시간 식사 시간 중 팔 초면 워렌 버핏이나 청담동의 이 아무개보다 비싼 건 아닌지, 육십 나누기 팔이면, 그러니까 일 초에 얼마가 되지? 아니, 아니 그렇게 계산하는 게 아니지, 어쨌거나 이렇게 비싼 식사도 있는지, 아직 주인공과 식사를 한 게 아니니 팔십만 원을 도로 달라고 해야 하는 건 아닌지, 마음이 뒤숭숭해집니다. 뒤숭숭하다 못해 어지럽고, 어지럽다 못해 똥줄이 타고, 똥줄이 타다 못해 우울증이 도집니다. 그런 사실을 아는지 모르는지, 오늘의 주인공은 아직 등장하지 않습니다. 기다림이란 본래 그렇습니다. 몸을 들들 볶아대며 마음을 들까붑니다. 불안을 증폭시켜 화딱지를 부채질하기도 합니다. 그래도 기다리게 합니다. 그래도 기다립니다. 목적이 분명한 기다림은 인내심의 또 다른 얼굴입니다. 인내심이란 눈곱만큼도 없는 여자들이지만 기다립니다. 시계는 벌써 한 시를 넘어섭니다.

럭키가 말문을 뗀다. 이럴 게 아니라 전화를 해보는 게 어때? 무슨 사고가 난 건 아니겠지? 클리프가 럭키에게 눈을 흘긴다. 사고라니 뭔 재수 없는 소리니? 늘보가 손사래를 친다. 다들 기다리는데 사고라니 말도 안 돼. 콩쥐가 고개를 끄덕인다. 나도 늘보 말에한 표. 럭키가 늘보와 콩쥐를 번갈아 본다. 그럼 콩쥐나 늘보가 전화해 봐.

늘보가 전화를 건다. 지금은 강연 중이라 전화를 받을 수 없습니다, 라는 메시지가 나온다. 여자 다섯은 그제야 안도한다.

클리프가 종업원을 손짓으로 부른다. 일단 알았으니 점심부터시키자. 배고파 돌아가시겠다. 콩쥐가 종이 냅킨을 조물거리며 우물쭈물한다. 저기 말이지…… 걔가 안 왔는데 말이지…… 우리끼리만 먹는다는 게…… 라라가 콩쥐의 말을 받아친다. 너는 걔올 때까지 기다렸다 같이 먹어라. 콩쥐는 여자 넷을 돌다보며 머뭇머뭇 한다. 그게 아니라…… 걔랑 식사하면서 얘기 듣기로 되어 있잖아. 우리 먼저 먹음 걔가 삐쳐서 해 줄 말을 안 해 줄지도모르잖아. 클리프가 심하다 싶게 콧소리를 내며 웃는다. 그럼 회비토해내야지.

여자 다섯은 지금껏 참아왔던 기다림을 화끈하게 메뉴판으로돌진합니다. 나는 이것을 먹겠다, 저것을 시키겠다, 많이 부산스럽습니다.

애피타이저가 나오고 스테이크가 나옵니다. 음식에서 풍기는향이 그동안 고달프게 기다렸던 창자와 정신을 무척이나 자극합니다. 여자 다섯은 허겁지겁 음식을 먹으면서도 연신 출입구를 돌아봅니다. 테이블에 놓은 휴대폰도 흘끔댑니다. 진동으로 놓은 휴대폰을 확인, 재확인하는 것도 잊지 않습니다.

식사가 끝났습니다. 휴대폰에선 진동벨도, 문자 울림도 없습니다. 디저트가 나옵니다. 여자 다섯은 커피나 녹차, 아이스크림을 먹으며 서서히 짙어가는 먹구름을 달래봅니다.

늘보가 커피잔을 들며 말한다. 강연이 길어지나 본데 그렇다고 마냥 여기서 죽칠 수는 없지 않니? 럭키가 대꾸한다. 그렇지. 내가 전화해 볼까? 럭키가 전화를 건다. 지금은 강연 중이라 전화를 받을 수 없습니다, 라는 메시지가 나온다.

여자 다섯은 살짝쿵 안심이 되기도 하고 은근 짜증이 나기도 합니다. 그렇게 디저트 시간은 끝났습니다. 스카이라운지의 그 뷰를 즐길 틈도 없이, 수다로 스트레스를 사살시킬 틈도 없이, 비용 지불로 들어야 할 고급 정보도 없이, 시간은 속절없이 녹아납니다. 그렇습니다. 여자 다섯은 자꾸만 화가 납니다. 모름지기, 화란 더 큰 화를 불러오게 마련입니다.

이제 화는 중증 처방을 받아야할 만큼 증상이 도집니다. 여자 다섯은 화를 다스리기 위해, 아니면 쫓아내기 위해 뭔가를 해야 할 판입니다. 그중 한 여자가 뭔가를 시작합니다. 핸드백을 열고 부스럭부스럭 약봉지를 꺼냅니다. 이를 본 또 한 여자는 아차, 나도 있었지, 하고 핸드백에서 약봉지를 꺼냅니다. 그렇게 여자 다섯은 아차, 나도 있었지, 하고 약봉지를 꺼내 약을 삼킵니다. 약을 삼키려 물잔을 들며, 혹은 약을 손바닥에 덜며, 또는 약을 삼킨 후, 너는 무슨 약이니? 으응 고혈압. 넌? 당뇨. 그렇구나, 나는 고지혈. 그래? 난 심장인데 넌? 난 위장이야, 라고 말을 나눕니다.

약 기운이 퍼져서인지 다 같이 약을 먹고 있다는 동지애 때문인지, 여자 다섯은 신통방통하게도 의기투합이 됩니다. 누가 뭐라 한 것도 아닌데 약을 먹을 때처럼 각각의 전화기로 전화번호를 누릅니다. 각각의 전화기에선, 지금은 강연 중이라 전화를 받을 수 없습니다, 라는 메시지가 나옵니다. 여자 다섯은 약을 먹었음에도 혈압이 오르고, 혈당이 오르고, 심장박동이 빨라지고, 속이 쓰리고, 숨소리가 씩씩 거칠어집니다.

라라가 엉덩이를 든다. 자리 옮기자. 콩쥐, 그래 그렇게 하는 게 낫겠다. 클리프, 자리 옮기면 어디로 옮겼다고 문자 치면 돼. 늘보, 문자 받으면 그리로 오겠지 뭐. 럭키, 회비 받은 게 있으니 오긴 올 거야.

여자 다섯은 고층 스카이라운지를 내려와 강남의 뒷골목으로 들어갑니다. 강남의 뒷골목은 말이 뒷골목이지 은근짜로 번화합니다. 이런저런 술집과 음식점, 노래방과 마사지숍, 모텔 등이 모둠 요리인 양 알차게 준비되어 있습니다. 여자 다섯은 뒷골목을 이리저리 순회하다 가성비가 좋아 보이는 어떤 횟집을 발견합니다.

빌딩과 빌딩이 이어진 골목, 뒷골목엔 계절이 없습니다. 사람과 사람이 잔을 나누는 자리에도 시간은 중요하지 않습니다. 술은 목청을 키우고 꼭꼭 감추었던 사연도 드러냅니다. 누가 그러라고 그러는 것도 아닌데, 누가 그러라고 그래서 그러는 것인 양,

어디가 가고 싶고 응,

무엇이 먹고 싶고 응,

무엇이 입고 싶고 응,

무엇이 가지고 싶고 응,

응, 응, 응, 그렇게 응으로 살고 싶고 응, 이 흥을 돋웁니다. 흥이 돋은 김에 누가 그러더라 응, 아무개가 그랬는데 응, 하며 응이 계속 이어집니다.

술잔이 오가는 사이 콩쥐의 얼굴은 홍시를 발라놓은 듯 빨개진다. 있잖아, 누가 그러는데 응, 걔가 그렇게 돈을 벌게 된 건 응, 누구라고 말할 순 없지만 응, 생선 장사를 해서라네. 라라가 회무침을 듬뿍 집는다. 내가 듣기엔 다단계 뭐 그런 거에도 손을 댔다매? 늘보는 매운탕 국물을 뜬다. 떳다방에서 삐끼했다는 소리도 들었어. 클리프는 그 큰 몸을 좌우로 흔든다. 뭘 어떻게 했건 걔가 지금은 우리보다 돈이 많다는 거지. 럭키는 맥주잔에 소주를 따른다. 그래서 우리가 회비까지 내고 만나려는데 그 기집애가 안 나타난다는 거지. 늘보는 반쯤 눈을 감고는, 전화해 볼 테니 들어보라며 스피커 통화로 바꾼다. 메시지는 여전히, 지금은 강연 중이라 받을

수 없다고 나온다.

라라의 목청이 커진다. 아아니, 이년이 미쳤나 언제까지 강연이야 응? 클리프가 눈동자를 치뜬다. 애들아, 우리 사기 당한 거 아니니? 늘보가 팔을 홰홰 젓는다. 오 팔이 사십, 꼴 나게 사백만 원으로 사기 치겠냐? 럭키의 음성이 갈라진다. 순진하긴. 우리만이 아니라 다른 사람한테도 그랬으면 큰돈이 아니겠어? 콩쥐의 이마에 내 천 자가 잡힌다. 설마 사기일라고? 걔, 얼마 전에 캐딜락으로 바꿨대. 그 차만 있는 게 아니라 그 급의 다른 차도 몇 대 더 있대. 라라, 누가 그래? 니가 봤어? 콩쥐, 누가 그랬어. 늘보, 렌트카인지 누가 알겠냐. 사기꾼들의 공통점이 뭔지 아니? 좋은 차를 끈다는 거지. 럭키, 그렇게 잘 나가는 년이 그깟 브로치 가지고 난리를 피워? 가짜인지도 모를 브로치로? 늘보, 그러게 넌 왜 그런 짓을 해서 코드러운 소리나 듣고 그랬니?

여자 다섯은 설왕설래로 해가 떨어지고 술잔이 바닥나는 것도 잊습니다. 잊을 건 잊어야 좋겠지만 잊으려 해도 잊지 못하는 게 있습니다. 럭키의 브로치 사건이 그렇습니다.

여고 총동창회가 끝난 후, 열댓 명이 카페로 자리를 옮겼다. 누군가는 매듭으로 열쇠고리를 만들어 동창들에게 나눠주었고, 누군가는 액세서리 공장을 한다며 브로치 여러 개를 가져와 테이블에다 풀었다. 동창들은 이 브로치가 어울린다, 저 브로치가 좋다, 해가며 이것저것을 달아보고 떼어보고 바꿔 달아보고 떼어보고 했다.

지금까지 개라고 불리던 광자는 자신이 단 브로치를 떼고 동창이 가져온 브로치를 달았다. 한눈에 보기에도 싸구려였지만 분위기 상, 다는 척이라도 해야 했다. 모임 자리는 네 브로치 내 브로치할 것 없이 달아보고 떼느라 도떼기시장이 따로 없었다. 그렇게 열댓 명의 동창은 액세서리 브로치를 달거나 핸드백에 넣고 카페를 나왔다.

광자는 집에 온 이틀 후에야 브로치가 생각났다. 핸드백을 뒤졌다. 그날 입었던 옷의 주머니도 뒤졌다. 그날의 카페도 떠올렸다. 광자는 카페에다 전화를 걸었다. 이만저만한 사정이 생겨서 그러니 CCTV를 볼 수 없냐고 물었다. 카페에선 경찰관과 동행해야 볼 수 있다고 했다. 광자는 경찰관과 동행해 카페로 갔다. 카페 CCTV는 흐렸다. 브로치를 달고 떼는 장면은 알아볼 수 있었지만, 브로치의 모양까지 알아보긴 어려웠다. 동창들이 자리에서 일어났다. 마지막으로 럭키가 보였다. 럭키는 동창들이 다 빠져나가자 테이블 밑에서 뭔가를 주워 핸드백에 넣었다.

광자는 럭키에게 전화를 걸었다. 내 브로치를 주운 거 같은데 돌려달라고 했다. 럭키는 팔짝 뛰었다. 액세서리 공장하는 애가 준 것을 떨어뜨렸고 그것을 주운 것뿐이라고 했다.

늘보의 말에 클리프가 참견한다. 오해받을 만하지 뭐. 걔가 그렇게 전화했음 얼른 주지, 습득물 횡령죄로 신고하겠다는 소리까

지 듣고서야 주나? 나 같음 드러워서라도 당장 준다. 라라는 비틀
비틀 취한 어투로 한술 더 뜬다. 난 오해하시겠다. 럭키가 거짓말
한 걸로. 왜냐? 럭키는 지금 걔가 잃어버렸다는 그 악명 높은 브로
치와 똑같은 걸 달았거든. 걔와 똑같은 브로치를 달면 걔처럼 부
자가 될 줄 알았니? 럭키의 얼굴이 불끈 일그러진다. 저 년이 아까
도 그러더니 이젠 막보기로 나가네. 럭키가 술이 든 잔을 라라에
게 휙 끼얹는다.

　나머지 여자 셋은 둘이 다투거나 말거나 술잔을 부딪친다. 클리
프, 애들아, 이렇게 생각해 볼 수도 있지 않니? 걔가 단 브로치도
싸구려 악쎄사리였다고. 아니면 럭키를 엿 먹이려 일부러 럭키 발
밑에다 흘렸거나. 콩쥐, 만약 그렇다면 럭키에게 뭔가 감정이 있었
다는 거네? 늘보, 감정이야 많겠지. 그 꼬락서니로 살았으니 누구
에겐들 감정이 없겠냐. 우리야 동창 모임에 어쩌다 나가서 잘 모
르지만, 동창 모임에 갔다 온 애들 말로는, 걔가 돈푼깨나 만지는
지 명품으로 온몸을 디리디리 싸 바르고 왔더란다. 명품도 분위기
가 받쳐줘야지. 천티 싼티가 줄줄 흐르는데 명품만 걸치면 다냐?
아이, 지랄스러워라.

　욕하면서 닮는다는 말이 있습니다. 그런데 왜 하겠습니까. 욕에
는 배설의 욕구가 들어있습니다. 모든 배설에는 시원함, 즉 카타르
시스라는 인자가 작동합니다. 거기다 욕에는 공격성과 자극성이
라는 놈이 똬리를 틀고 있습니다. 그것들이 배설의 욕구와 상피를

붙는 순간 참았던 욕구가 쫙쫙 쏟아집니다. 해서, 살아있는 것 중 배설하지 않는 것은 없을진대, 그리하여 욕을 모를 것 같은 스님도 목사님도 욕을 합니다. 벌레도 욕을 하는지 어떤지는 모르겠지만, 벌레의 언어를 몰라서 그렇지, 벌레도 욕을, 쌍욕을 하리라 생각합니다.

럭키는 분을 못 참겠는지 삿대질을 한다. 야 이 년아! 라라 너 말이다, 내가 모르는 척해서 그렇지, 난 니가 걔한테 한 거 다 알고 있어. 한참이나 고결한 척해봐야 너도 별수 없더라. 하여간 사기꾼이 널렸어요. 느닷없이 럭키에게 소맥 마사지를 당한 라라 역시 삿대질을 한다. 그래, 말해봐라. 내가 무슨 짓을 했는지. 씨발 년.

일명 쌍팔 년 시절, 광자는 먹고 사는 게 힘들었다. 하루 세 끼가 왜 있는지, 하루 한 끼만 먹어도 되는 창자라면 얼마나 좋을까 그런 생각까지 했다. 그럴 즈음 광자는 라라에게 말했다. 저기…… 내가 밑천은 없는데, 밑천 없이도 할 수 있는 장사 같은 거 없을까? 라라는 딱하다는 표정으로 대답했다. 그렇구나…… 그래, 밑천이…… 그럼 이런 거 해보면 어때? 광자는 라라에게 바짝 다가앉았다. 뭔데? 밑천 없이도 할 수 있는 장사. 라라는 제법 자신 있게 말했다. 냉동고를 사는 거야. 그거 몇 푼 안 돼. 거기에다 물만두를 받아다 넣고 니가 사는 동네에다 파는 거야. 물만두는 중국인 거리에 가면 도매로 파는 데가 많아. 그거 떼어다 찌라시에다 물만두 판다고 써서 동네에다 붙이는 거지. 아직은 마트에서도 물만

두 파는 거 없잖아. 사람들이 물만두를 먹으려면 중국집 가야 하잖아. 그 틈새를 파고드는 거지. 광자는 눈을 반짝였다. 그거 좋은 생각이다. 그런데 만약 안 팔리면 냉동고는 어떻게 하니? 라라는 물만두를 팔라고 할 때보다 더 자신 있게 말했다. 별 걸 다 걱정한다. 내가 처분해줄게. 그 정도는 내가 책임질 수 있어. 아휴, 난 너를 위해 니 이름으로 통장 하나를 만들고 싶다.

광자는 라라의 얘기를 들은 후 냉동고 가격을 알아봤다. 큰돈은 아니지만 한 끼를 걱정하는 처지에선 구입하기가 어려웠다. 그러던 중 라라가 한 말이 떠올랐다. 난 너를 위해 니 이름으로 통장 하나를 만들고 싶다…… 광자는 라라의 말이 떠오르자 왈칵 눈물이 솟았다. 광자는 다시 라라에게 연락했다. 냉동고를 사야 하는데 돈 좀 빌려줄 수 있니? 라라는 단번에 대답했다. 너는 믿을 수 있지만 돈은 믿을 수가 없네. 무슨 말인지 알겠니? 너는 믿어. 믿는다고. 근데 돈이라는 게 말이야, 내 맘 같지 않아서 갚고 싶어도 갚을 수 없게 될 때가 있거든.

광자는 냉동고 살 돈을 마련하려 전단지를 돌렸다. 하루 종일 돌려봐야 오만 원 벌이도 쉽지 않았다. 겨우겨우 모은 돈으로 냉동고를 샀다. 중국인 거리로 가 물만두를 사 냉동고에 쟁여 넣고, 동네 담벼락이나 남의 집 대문에다 물만두를 판다는 쪽지를 붙였다. 물만두는 생각만큼 팔리지 않았다. 동네가 워낙 가난하다 보니 물만두를 사먹을 형편이 못 되었다. 결국 냉동고는 애물단지가 되고 광자는 냉동고를 처분하지 못해 쩔쩔맸다.

광자는 한숨을 들이쉬고 내쉬다 라라가 떠올랐다. 걱정하지 말라고, 내가 처분해 준다고, 그 정도는 책임져준다고 한 말이었다. 광자는 다시 라라에게 연락했다. 라라는 냉동고를 사라고 말했을 때처럼 자신 있게 대답했다. 그거, 중고로 팔아버려. 음식점하다 망한 물건만 전문적으로 사는 데가 있어.

라라와 럭키가 주거니 받거니 삿대질과 쌍소리를 하자, 늘보가 턱을 치켜들고 클리프를 돌아본다. 쟤들 얘기 들으니 꼭 누구 얘기 하는 거 같다. 클리프가 언성을 높인다. 너, 지금 나 보고 하는 소리니? 내가 뭐? 뭐가 어쨌다고? 늘보는 소맥을 단숨에 들이켜 더니 클리프를 향해 집게손가락 흔든다. 너만 모르고 있지 동창들은 다 안다네요. 니가 그때 한 일 말이야.

광자가 지하도 입구에서 전단지를 돌리고 있을 때였다. 날씨는 흐릿했고 칼바람이 불었고 눈발이 날렸다. 사람들은 피신하듯 종종걸음으로 지하도로 들어갔다. 날은 기웃해지는데 전단지는 좀체 줄지 않았다.

한 여자가 전단지를 피해 지하도로 가다 되돌아왔다. 너…… 광자 아니니? 어머, 광자 맞네. 세상에나 이렇게 추운 날 이게 웬일이라니? 클리프였다. 클리프는 기름이 자르르 흐르는 밍크코트를 입고 있었다. 클리프는 금방이라도 밍크코트를 벗어줄 듯이 말했다. 아이, 춥겠다 애. 이 밍크코트 줄 테니 이거 입고 돌릴래?

광자는 학창시절의 클리프가 생각났다. 클리프는 클리프 리처드의 사진을 반 아이들에게 돌려 보이며 사랑한다고 했다. 그 말을 할 때면 클리프의 목소리는 떨렸고 눈물이 글썽였다. 클리프 리처드가 내한한다고 했을 땐 엉엉 울어가며 반드시 마중을 나갈 것이라 했고, 실제로 수업을 빼먹고 김포공항으로 가기도 했다. 당시, 광자는 클리프를 미쳤다고 생각했지만, 지금은 그때의 정 깊은 심성이 밍크코트에까지 간 거라고 여겼다.

그런 일이 있고 한 계절이 지난 후, 그때도 광자는 을지로 입구에서 전단지를 돌리고 있었다. 클리프가 다가왔다. 어머, 애, 너 아직도 찌라시 돌리는구나? 혹시 해외 여행 계획이 있어 용돈벌이로 돌리는 거 아니니? 나 아는 누구도 잘살면서 파출부를 하더라고. 해외 여행 갈 때 용돈 쓴다고.

광자는 뭐라 대꾸할 말이 떠오르지 않았다. 클리프가 말을 이었다. 내가 너한테 밍크코트 준다고 했었잖니. 그거, 취소할게. 밍크 입고 찌라시 돌리면 누가 니 찌라시를 받겠니. 내가 이렇게 생각이 모자라요. 미안.

사는 게 모욕이라고 말하는 사람이 있습니다. 사는 게 아름답다고 말하는 사람도 있습니다. 어느 게 맞는지 모르겠으나 사는 것에는 돌연변이가 있는 게 분명합니다. 돌연변이가 없다면 생의 그 쳇바퀴를 견딜 사람이 얼마나 되겠습니까. 우두두두 떨어져 박히는 치욕감도, 파하하하 날아와 박히는 행복도, 생의 돌연변이가 벌이는 일종의 업무일지도 모릅니다.

늘보는 여전히 집게손가락을 흔든다. 우리가 해외 여행 갔을 때 개가 동창 모임에 나왔다매. 지금도 찌질하게 산다면 동창 모임에 나왔겠니? 그때 너는 그렇게 말하는 게 아니었어. 너, 개한테 밍크코트 받았다매. 왜 하필 너였고 밍크코트였겠니. 그것도 인조 밍크코트. 아이 쪽팔려 호호. 클리프가 술잔을 탁 소리 나게 테이블에 놓는다. 그래, 받았다. 그게 뭐 어때서? 인조 아니라 플라스틱이라도 성의인데 그럼 안 받니? 그리고 난 진심, 개가 해외 여행 가려고 알바 하는 걸로 알았다고. 그것도 죄니? 그렇게 말하는 넌 어땠는데? 너네 개업식 때 개만 **빼고** 다 초청했잖아. 개는 해외에 가 본 적도, 앞으로 갈 형편도 못 된다고, 그런데 무슨 명품 백이냐며. 근데 어떻게 됐니?

늘보 남편이 모 호텔에서 명품 백 면세점을 오픈했다. 광자를 **뺀** 여자들은 옷이며 백이며 구두를 명품으로 치장하고 늘보네 매장을 찾았다. 여자들은 마침 해외나 제주도 비행기 표를 끊은 상태가 아니어서 사고 싶어도 살 수가 없었다. 아쉬워, 아쉬워, 아쉬움의 눈도장만 찍고 명품 백 매장을 나왔다.

그렇게 몇 년이 흐른 후, 광자는 번쩍번쩍 광을 내며 동창 모임에 나타났다. 참석한 동창들 말로는, 여자들이 눈도장을 찍었던 것보다 훨씬 값나가는 명품 백을 들었다고 한다. 참석한 동창들은 저 백이 짝퉁이다 아니다 말이 많았단다. 그 의문을 광자는 일시에, 아주 충격적으로 종지부를 찍었다고 한다.

어땠느냐 하면, 광자는 동창 모임이 끝나자 짝퉁이네 마네 뒷말을 했던 동창 넷을 카페로 불렀다. 동창 넷에게 소위 명품이라 불리는, 지금은 촌 할머니들도 들고 다니는, 무슨 똥이라는 백을 하나씩 나눠주며 광자가 한 말은 이랬다고 한다. 싼 거긴 한데, 최하 이 정도는 들어줘야 나하고 어울릴 수 있지 않겠니?

늘보가 거품을 문다. 나만 그렇게 생각했니? 내가 그런 말을 해서 니들도 좋다구나 했었잖아. 그리고 무슨 똥인지 뭔지 받은 애들은 그날 운이 좋았다고, 우리가 그날 참석했음 우리가 받았을 거라고 니들이 말했잖아. 뭐 이런 개뼉다구 같은 소리를 하고 있어.

분위기는 급격하게 상승곡선을 탑니다. 우리였던 우리는, 너와 나로 분리되고, 너와 나는 각개전투를 하느라 매운탕이 끓다 못해 졸아도, 졸다 못해 조선간장급으로 짜져도, 전투 의욕은 식을 줄 모릅니다. 전투 의욕이란 강해지면 강해질수록 약한 전투 의욕을 용납하지 못하는 법입니다. 불똥은 말없이 술잔과 회 접시를 오가는 콩쥐에게로 튑니다.

늘보의 눈과 입술과 혀가 파닥파닥 튄다. 콩쥐야, 넌 아까부터 엄청 고상한 척 말을 안 하는데, 입만 열었다 하면 누가 그러는데, 누구라고 말할 수 없는데, 그따위로 말하지만, 너도 똑같애. 나만 개를 초대하지 않은 건 아니지. 너도 그랬잖아. 니 딸 첼로 연주회 때 걔만 빼고 다 부른 거, 니들도 알지?

늘보가 친구들을 돌아보며 동의를 구한다. 여자 넷은 어느 외국 어인가 외계어인가 못 들은 척한다. 콩쥐는 어이없다는 듯 헛웃음을 웃는다. 아니, 조용히 있으니까 내가 지금도 콩쥐로 보이니? 왜 나야? 니들이 그랬지 내가 그랬니? 걔가 왔음 완전 개쪽 났을 거라고, 니들이 그랬잖아. 이제 와서 뭔 딴소리야?

사실은 이랬다. 콩쥐는 딸의 귀국 연주회 때 광자를 뺀 네 명에게만 초청장을 돌렸다. 저기 말이야, 그게 말이야, 광자에겐 초청장을 주기가 좀 그래. 연주회 분위기도 있고, 음악을 이해하는 수준도 그렇고, 광자가 오면 위화감을 느끼지 않겠니? 친구로서 그런 일로 상처를 주면 안 될 거 같아.

콩쥐는 그때의 일을 말하며 흥분한다. 니들 참 웃긴다. 똥 묻은 놈이 겨 묻은 놈을 나무란다더니 참 별꼴이네.

클리프의 목에 가시가 선다. 그래, 별꼴 났다. 별꼴은 누가 더 하는지 까발려봐? 걔가 라라한테 돈 빌려달라고 했을 때 너 오리발 내밀었잖아.

광자가 라라한테 냉동고 살 돈을 빌려달라고 했을 때, 라라는 콩쥐에게 전화를 걸었다. 광자가 돈을 꿔달라는데 네가 보증을 서면 꿔줄 수 있다고 했다. 콩쥐는 그렇게는 못 하겠다고, 그러지 말고 라라 네가 빌려주면 되지 않느냐고 했다.

콩쥐는 밑반찬으로 나온 나물을 집다말고 젓가락을 내동댕이

친다. 애가 지금 언제 적 애길 하고 있어? 너라면 그 가난뱅이를 믿고 보증을 서겠니? 저는 못하면서 의리깨나 있는 것처럼 말하네?

클리프가 입가를 비틀어 올린다. 의리? 니가 지금 의리를 말할 자격이 있니? 너, 니 딸 연주회 때 걔를 초청하지 않겠다면서 뭐라고 했어. 누가 그러는데, 누구라고 말할 수 없는데, 걔가 아파트를 돌며 장 서는 날 생선 파는 거 봤다고 했잖아. 배에 전대를 차고 통나무 도마에다 생선을 놓고 탁탁 치는 거 봤다고, 그거, 누가가 아니라 너 아니니? 그 말끝에 누가 그러는데, 누구라고 말할 수 없는데, 생선 냄새가 진동한다고, 그런 애를 연주회 때 초청하면 다 같이 망하는 거라고 그랬잖아. 그 말도 누가가 아니라 니가 한 거 아냐.

콩쥐도 지지 않는다. 얘가 생사람 잡네. 증거 있어? 내가 봤다는 증거. 내가 그렇게 말했다는 증거. 증거도 없이 그렇게 말하면 명예 훼손죄로 고소할 수도 있어. 그리고 하나 짚고 넘어가자. 누가 그러는데 라고 말하는 건 내게 말을 해 준 사람을 보호하기 위해서야. 나도 누구라고 이름 댈 수 있어. 대봐? 대봐? 여기 있는 너들 중에 찔리는 사람 있을 걸?

클리프가 종이 냅킨을 구겨 음식 테이블에다 던진다. 위선 떠네. 참 대단한 인격자셔요. 클리프의 말이 끝나기 무섭게 럭키가 콩쥐를 쏘아본다. 콩쥐야, 너 여기 있는 친구들 겁주자는 거냐?

생물만이 아니라 말에도 자생력이라는 게 있습니다. 예를 들면,

한마디의 말이 멱살을 잡습니다. 멱살을 잡힌 말은 그 다음에 나오는 말의 머리꼬덩이를 잡습니다. 머리꼬덩이를 잡힌 말은 그 다음에 나오는 말에 어퍼컷을 먹입니다. 어퍼컷을 먹은 말은 그 다음에 나오는 말의 조인트를 깝니다. 한마디의 말은 어마어마한 자생력으로 와글와글 농탕질을 칩니다. 말의 무성생식입니다. 자, 보십시오. 말의 무성생식이 무한 이어집니다.

콩쥐가 허리에 두 손을 얹고는 입술을 바르르 떤다. 럭키, 너 말 잘했다. 내가 누구라고, 누가 그러더라고 얘기한 것 중에 너도 있는 거 알지? 너, 광자한테 뭐라고 했어. 일수놀이하면 돈 많이 번다고 꼬셨잖아. 광자가 일수놀이 할 밑천이 없다고 하니까 니가 꿔준다면서, 니 남편이 다니는 은행에서 싼 이자로 돈 빌려 광자한테 줬잖아. 공짜로 빌려준 것도 아니고 걔네 월세집 담보 잡고, 은행 이자보다 비싸게 쳐서 이자 받았잖아. 광자는 니가 빌려준 돈으로 일수놀이해서 니 이자 갚고, 너야말로 광자를 이용해 이자놀이 한 거잖아. 지들 생각해서 누가 그러더라고 하니까 지들이 잘나서 그런 줄 아나. 가증스럽기도 하다.

술자리는 거나하게 폭로의 진창으로 바뀝니다. 진창 속의 여자 다섯은 먹고 먹히는 생존의 투쟁에서 어떻게든 밀려나지 않으려, 어떻게든 우위를 점하려 애를 씁니다. 이러한 것을 열심히 산다, 최선을 다해 산다, 그렇게 말해도 될지 안 될지는 모르겠습니다. 생이라는 거대한 렌즈를 통해 볼 때 우리는 피사체입니다. 피사체들은, 피사체라서 겸손해하거나 주눅이 들 필요가 없음을, 절대 없음을 아주 잘 알고 있습니다. 해서, 피사체들은 렌즈가 있거나 말거나, 아니, 피사체이기 때문에 고어텍스 기능을 선호합니다. 방수도 되고 방풍도 되고 방충도 되는 그런 보호막 말입니다. 여자들의 말과 행동이 고어텍스 기능을 넘볼지 얕볼지 모르게 나옵니다.

라라, 전화번호를 누르더니 스피커 통화로 놓는다. 전화기에선, 지금은 강연 중이라 전화를 받을 수 없다는 메시지가 나온다. 진창 중에 있던 여자들이 일제히 귀를 쫑긋한다. 라라가 전화를 끊는다. 우리의 위대한 강연자님께선 지금도 강연을 하신다는구나. 새벽에도 강연을 하시나 안 하시나 누가 새벽에 전화해 봐라.

여자 다섯은 전화기에서 울리던 메시지가 환청으로 떠돈다. 럭키, 그 년이 감히 우리를? 그 년의 말을 믿는 게 아니었어. 늘보, 수십억이 찍힌 통장이 수십 개라는데 설마 우리 돈을 쓱싹? 클리프, 지가 아무리 잘나봐야 광자지 별 수 있나. 콩쥐, 회비 팔십으로는 안 된다는 걸 보려주려는 수작이 아닐까? 라라, 우리를 깔봐서 안 나타나는 거면 과거를 까발려서 망신을 줘야 해.

생각과 감정은 비슷비슷했으나 여자 다섯이 공통으로 생각하는 결론은 딱 하나입니다. 아니야, 아닐 거야. 아니라는 부정어가 긍정의 뜻으로 전환될 것은, 순전히 피사체들이 눈물겹게 고어텍스의 기능을 사랑한 때문입니다. 지금은 저성장, 저금리 시대라고 합니다. 투자 수익을 내기가 쉽지 않다는 뜻입니다. 하여, 공격적인 투자보다 안정적인 투자로 고수익을 냈으면 하는 바람입니다. 투자나 수익이라는 말로 지껄여서 그렇지, 한마디로 돈입니다. 돈이 사람의 애간장을 녹입니다. 여기 모인 여자들의 애간장도 보기 좋게 녹습니다.

럭키, 새벽까지 안 자고 있을 사람이 어디 있음? 늘보, 고민 많은 사람들은 아침까지 잠을 못 자네요. 클리프, 그러니까 우리 중 누가 새벽에 전화할 거냐고. 콩쥐, 오지랖 넓은 사람이 해보는 게 어때? 라라, 오지랖이라면 콩쥐가 젤이지. 럭키, 이럴 게 아니라 찾아가보는 게 어때?

일명 찍찍이라고, 벨크로를 아십니까? 인터넷에다 벨크로라는 단어를 치면 벨크로에 관한 정보가 나옵니다. 갈고리와 걸림고리로 되어 있어 양면을 쉽게 붙였다 떼었다 쓸 수 있습니다. 찍찍이를 사용할 때 고민하는 사람은 없습니다. 고민 없이 찍찍, 붙였다 뗐다, 찍찍, 찍찍, 찍찍이의 탁월한 장점입니다.

고민은 이것입니다. 여자 다섯과 찍찍이가 왜 갑자기 한통속으로 보이는가 이겁니다. 고민이 물결을 치고 펄펄 나부끼는데, 엉뚱하게도 비가 오려나 눈이 오려나 하늘을 보며 마음이 어수선해집니다.

어수선하게 횟집을 나온 여자 다섯은 횟집 앞에 둥그렇게 모인다. 럭키, 걔네 집 아는 사람이 길 잡아라. 여자 넷은 서로를

돌아보기만 한다. 럭키, 아무도 없어? 클리프, 없어. 럭키, 콩쥐
는 개랑 친했는데도 몰라? 콩쥐, 친한 건 너지 내가 아니거든?
넌 돈 거래까지 했잖아. 럭키, 여기서 개랑 돈 거래 안 한 사람
있음? 회비 팔십은 돈이 아님? 라라, 아이 쌍. 그 년은 왜 전화
를 안 받고 지랄이야.

　여자 다섯은 행인들의 진로를 방해하는 줄도 모른 채 횟집 앞
을 차지하고 있습니다. 건너편 술집 앞에선 삐끼가 지나가는 커플
의 앞을 가로막습니다. 횟집 옆 고깃집에선 주차 아르바이트 아저
씨가 대리 주차를 합니다. 횟집으로 한 무리의 직장인들이 들어갑
니다. 네온의 간판은 흘러 떠다니는 생의 한 조각이라도 잡겠다고
빛을 토해냅니다. 골목은 점차 뜨끈해지고 골목 복판을 떡하니 차
지한 여자 다섯은 오갈 데가 없는 양 그저 그러고만 있습니다.

　럭키가 도로 쪽으로 발길을 뗀다. 이럴 게 아니라 삼차 가자. 라
라가 고개를 끄덕인다. 그래 삼차 가서 대책을 세우자. 클리프가
앞장선다. 이 근처에 내가 잘 아는 단란주점이 있어. 늘보는 라라
의 팔을 끼며 말한다. 일이 여기까지 왔으니 결론은 내고 가야지.
콩쥐는 클리프의 스카프를 고쳐 매주며 말한다. 난 니들이 하는
대로 따라할게.

　여자 다섯은 앞서거니 뒤서거니 해가며 말을 나눈다. 넌 어
디서 피부 관리를 받기에 반짝반짝 도자기 피부니? 청담동에
있는 숍인데 나중에 같이 갈래? 그래, 그러자. 넌 어디서 체중

관리를 받기에 탤런트급이니? 으응, 좀 하는 데가 있어. 너같이 날씬한 사람은 얼씬거릴 데가 아니야. 넌 날씬해서 얼마나 좋니. 학교 다닐 때도 바비인형이더니 지금도 바비인형이다 얘. 지금도 십 년 연하남이 꼬이지? 부럽다 얘. 넌 무슨 말을 그렇게 하니? 세련되고 우아하기로 치면 너 따라올 사람이 없다는 건 세상이 다 아는 사실이잖니. 넌 음식 솜씨가 궁중요리사급이라 남편이 좋아하겠다 얘. 음식 솜씨만 좋으면 뭐하니? 너처럼 센스 있고 매력적이질 못한데.

격려와 칭찬이 붙였다 뗐다 찍찍이로 이어집니다. 헌데 유감스럽게도 격려와 칭찬만큼 수명이 짧은 것도 없습니다. 남의 흉을 보는 것은 끝말잇기처럼 하고 또 해도 새록새록 재미가 있는 반면, 칭찬이나 격려는 이상하게도 빤한 말을 자꾸 하게 됩니다. 그래서 식상해지고, 그래서 따분해지고, 그래서 오래 끌 수가 없습니다.

드디어 격려와 칭찬이 바닥을 드러냅니다. 영혼 없는 멘트는 수명을 다하고, 원래의 마음이 어서 제자리로 오라고 손을 까붑니다.

클리프는 아까부터 혀끝에서 뱅뱅 돌던 말을 갑자기 생각났다는 듯 꺼낸다. 얘들아, 혹시 걔가 복수하려고 이렇게 나오는 거 아닐까? 럭키가 눈을 화등잔만 하게 뜬다. 우리가 뭘 잘못했다고 복수니? 콩쥐는 길 건너에 있는 대형교회를 손가락질한다. 걔 저 교회 다녀. 누가 그러는데, 저 교회 권사라고 그랬어. 교회 다니는 사람이, 권사라는 사람이 복수를 하겠니? 늘보가 끼어든다. 권사는 사람 아니니? 목사가 아니라 다행이네. 라라가 흥흥거린다. 전단지나 돌리던 찌질이가 언감생심 우리를 상대로 무슨 복수극이야. 늘보가 라라의 말을 거든다. 지금도 일수놀이를 하고 있을지 알게 뭐야. 콩쥐가 확고한 어조로 대꾸한다. 일수놀이 졸업한 지가 언젠데. 누가 그러는데, 누구라고 말할 수 없는데, 빌딩 여러 채 가지고 있댔어. 대학 내 매점이며 식당, 커피전문점, 다 걔가 접수했다네? 강남에 대기업 수준의 룸살롱도 몇 개 가지고 있대. 조폭 끼고 한다는 소리도 들었어.

조폭 소리에 여자들의 머릿속은 화들짝 흥분한다. 라라, 조폭? 아휴 부러워라. 나두 조폭한테 깍두기 절 좀 받아봤으면. 늘보, 머시 조폭? 고년이 누구 허락 받고 조폭까지 접수해? 럭키, 별 그지 같은 년도 조폭을 거느리는데 나는 뭐지? 진심, 배 아퍼 죽것네. 클리프, 옌장, 나두 조폭이나 길러봤으면.

여자 다섯 중 누군가가 전화기를 귀에 대더니 벌컥 성질을 낸다. 또 강연 중이라고 나온다! 그 말에 럭키, 솥단지 깨지는 소리를 유감없이 퍼붓는다. 그 년 미친 거 아니니? 우리를 뭐로 보고 요따구로 싸가지를 부려. 콩쥐가 일행을 돌아보며 생뚱맞은 말을 던진다. 니들 혹시 광자의 광 자가 어떤 광 자인지 아니? 난 빛 광光으로 알았는데 지금 보니 미칠 광狂이었나봐. 클리프가 돌연 뒤를 돌아보더니 움찔 놀란다. 애들아, 저 남자 말이야, 스카이라운지에서 우리 옆 테이블에 앉았던 남자 아니니? 늘보가 맞장구를 친다. 그래, 그런 거 같아. 그러고 보니 횟집에서도 봤던 거 같은데. 라라, 맞아, 횟집에서도 있었어. 콩쥐가 움츠러든 목소리로 더듬댄다. 혹시 광자가 보낸 조, 조, 조……폭? 누구랄 것도 없이 여자 다섯이 동시에 외친다. 튀자!

여자 다섯이 단거리 마라톤 선수 뺨치게 인도를 달립니다. 여자들 등판에서 설명하기 힘든 빛이 터져 나옵니다. 그 빛은, 사람이 만든 빛 중 최고로 밝다는 자유전자레이저 빛보다 강하지만 그런 종류의 빛은 아닙니다. 뭐에 홀렸을 때나 나올 광채 같기도 하고, 콩쥐가 말한 빛 광에 미칠 광을 오 대 오로 섞으면 나올 빛 같기도 합니다.

이렇듯, 빛 하나도 설명하기 어려운데, 더 설명하기 어려운 일이 벌어지고 맙니다. 여자 다섯이 죽어라 뛰자 몇몇 사람도 여자들 뒤를 따라 뜁니다. 그들이 뛰자 다른 사람들도 뒤쫓아 뛰기 시작합니다. 도대체 이게 무슨 영문이랍니까.

# 원더풀 데이

그는 돌아오지 않는다.

오전의 햇빛이 유리창을 뚫고 거실에 깔린다. 빛이 거실 맞은편 주방으로 길게 뻗는다. 하이그로시로 시공된 흰색의 싱크대가 빛을 튕겨낸다. 빛이 거실 벽, 모네의 복사판 풍경화로 내려앉는다. 풍경화가 몽환의 색을 어른어른 내쏟다. 빛이 벽지에 퍼져 옅은 회색이 된다. 벽지에 찍힌 아주 작은 도트가 빛을 반사한다. 빛이 풍경화 건너 소파로 간다. 소파는 흑갈색 인조가죽으로 새것 냄새를 풍긴다.

성혜는 눈으로 빛을 따라가다 소파에 비스듬히 눕는다. 지금의 상태는 최적이다. 티브이는 꺼져 있고, 빛은 적당하고, 아침 공기는 맑다. 배가 고픈 듯 아닌 듯한 느낌도 좋다.

성혜는 몸을 반듯하게 펴 똑바로 눕는다. 기다림은 길어질지도 모른다. 그는 찬찬한 사람이라 대충 사 오진 않을 것이다. 마블이 좋은 고기를 찾아 읍내 여러 정육점을 돌아다닐 테고, 유기농 상추와 깻잎, 오이를 사러 밭 주인을 찾아다닐 수도 있다.

지금까지 이렇게 살아왔다. 행복한 가정이라는 성을 쌓으려 그와 호흡을 맞추며 차근차근 벽돌을 올렸다. 헌데 허전하긴 왜 이렇게 허전한가. 꺼져 있는 티브이도, 적당했던 빛도, 산뜻했던 공기도 무료해진다. 고픈 듯 아닌 듯했던 배도 고파온다.

성혜는 거실 창에 쳐진 망사 커튼을 살짝 들춘다.

펜션 앞마당은 온통 물 오른 잔디다. 펜션 여주인이 옆구리에 세탁바구니를 끼고 잔디 끝으로 간다. 고불고불 파마한 듯한 짙은 갈색 털의 강아지가 여주인을 따라 간다. 여주인이 장대에 매어둔 빨랫줄 앞에다 세탁바구니를 놓는다. 여주인은 세탁바구니에서 젖은 세탁물을 꺼내 탁탁 털어 넌다. 갈색 털의 강아지가 여주인의 주위를 맴돌다 잔디에 코를 박다 한다. 여주인이 잿빛 개량 한복 주머니에서 빨래집게를 꺼내 세탁물에 물린다. 기다렸다는 듯 초여름의 햇살이 세탁물에 걸터앉는다.

성혜는 휴대폰과 지갑을 들고 룸을 나간다. 칼날에서 튕기는 빛과도 같은 빛이 눈을 찌른다. 잠시 눈을 감았다 뜬다. 펜션 잔디 끝에 울타리로 서 있는 작은 나무들이 다투어 물을 올린다.

펜션 여주인이 빈 세탁바구니를 들고 몸을 돌린다. 성혜는 데크로 된 계단을 내려간다.

여주인이 성혜 앞으로 와 활짝 웃는다.

"편히 주무셨어요? 날씨가 참 좋죠?"

성혜는 데크 마지막 계단에 서서 예, 하고 짧게 대답한다. 펜션

여주인은 무슨 말인가를 하려다 성혜의 얼굴을 보곤 입을 다문다.

성혜는 펜션을 나온다. 다들 저 펜션 여주인처럼 예, 이 한마디면 물러난다. 예와 아니오, 이 간결한 의사 표현은 늘어질지도 모를 수다를 차단한다. 쓸데없는 호기심과 추측과 오해를 미연에 방지하기도 한다. 예와 아니오, 이보다 훌륭한 언어 도구는 없다.

성혜는 펜션 앞 공터 주차장으로 간다. 그의 차는 없다. 성혜는 펜션에서 쭉 뻗은 오솔길로 접어든다. 소로 양 옆으론 계수나무가 일렬로 서 있고 계수나무 뒤론 잘 정돈된 밭이 있다. 감자밭과 깻잎밭 고랑엔 분수 호스에서 물이 뿜어져 나오고, 밭 뒤론 제법 폭이 너른 강이 있다. 밭에서 강으로 내려가는 소로엔 트랙터 한 대가 흙을 뒤집어쓴 채 놓여 있다.

성혜는 계수나무 길을 차분차분 걷는다. 햇살이 나뭇잎 사이를 뚫고 면사포인 양 성혜의 머리에 내려앉는다. 어디선가 상긋한 냄새가 안개처럼 퍼진다. 성혜는 깊이 숨을 들이쉬며 내쉰다. 이 좋은 냄새도 조금 지나면 그게 그것이 된다. 사람 사는 것도 마찬가지.

계수나무 길이 끝나는 지점엔 양쪽으로 갈린 길이 있다. 오른쪽은 차도로 나가는 길, 왼쪽은 강으로 가는 길. 강으로 향한 쪽 밭에는 밀짚모자를 쓴 농부가 농약 살포기를 등에 메고 있다. 그는 농약을 치려는 게 아니라 아침 장을 보러 갔다. 그의 행선지는 차도 쪽이다.

성혜는 오른쪽 길로 꺾는다. 길 중간쯤에 이르자 이름 모를 활엽수가 있고 활엽수 몸통엔 펜션 이름이 적힌 화살표 모양의 나무 팻말이 걸려 있다. 그는 저 화살표를 거꾸로 지나 읍내로 나갔을 것이다. 성혜는 갑자기 배가 고파온다. 왠지 모르게 속도 아리고 가슴도 툭탁인다.

휴대폰이 울린다.

"엄마야, 뭐해? 펜션은 좋아?"

성혜는 펜션은 괜찮고 산책을 나왔다고 말한다.

딸의 목소리는 풍선만큼이나 가볍지만 조급함이 묻어나온다.

"혼자? 아니면 아빠랑?"

성혜는 짐짓 딸의 속내를 짚어본다.

"아빠랑. 하고 싶은 말이 뭔데?"

딸은 킥킥 웃는가 싶더니 들뜬 목소리를 쏟아낸다.

"눈치 한번 빠르네. 하고 싶은 말은 내가 프러포즈를 받았다는 거. 나, 여기서 결혼하면 안 될까? 이라크 남자랑."

성혜는 알아서 하라고 짧게 말한다. 딸도 그런 답이 나올 줄 예상하고 있었을 테다. 딸은 지금 미국 명문대에 유학 중이다. 남편은 탄탄한 직장을 가지고 있으며 더없이 자상하다. 예와 아니오 사이에서 헤맬 일은 없다. 약점이 무엇이냐는 말을 들을 정도로 문제는 없다. 헌데 이 허기인지 초조감인지 모를 것은 무엇인가.

성혜는 차도가 있는 쪽으로 올라간다. 차도에서 북쪽 방향의 길은 가보지 않았다. 남쪽 방향은 펜션을 오며 보았던 길로 읍내가 있다. 성혜는 남쪽으로 뻗은 인도를 걷는다. 차들이 빈번하다. 마주 오는 차들이 신경에 거슬린다.

성혜는 길을 건너려 신호기 앞에 선다. 관광버스가 좌우로 흔들리며 다가온다. 버스 안에는 등산복을 입은 여자들이 통로로 나와 춤을 춘다. 여자들 속엔 남자 몇도 섞여 있다. 관광버스가 신호기를 지나 멀어진다.

성혜는 길을 건넌다. 생각지도 않게, 춤추는 여자들 틈에 그가 있지 않을까 하는 생각이 스친다. 성혜는 풋, 웃는다. 그는 노래나 노래방을 끔찍이 싫어한다. 더구나 아침 장을 보러 간 그가 관광버스에서 춤이라니, 배가 고프긴 고픈 모양이다.

차도 옆엔 밭뙈기들이 있고 밭작물들은 벌써 달궈지는 기온에 이파리를 늘어뜨린다. 차들의 소음도 달아오르는 열기와 경쟁이라도 하듯 맹렬하다. 성혜는 귀를 틀어막는다. 바깥 소음과는 다른 소음이 귓속에서 와글댄다.

버스 정류장 앞이다. 거리는 먼지로 풀썩이고, 정류장 앞 구멍가게는 다 쓰러져간다. 영락없이 6·25전쟁통을 재현한 영화 세트장이다. 그 세트장 앞엔 휴대폰과 지갑을 든 여자가 우두커니 서 있다.

성혜는 문득 정신을 차리고 구멍가게로 간다. 구멍가게 유리문은 비와 먼지와 바람과 햇빛에 시달린 흔적을 고스란히 드러낸다.

성혜는 유리문 안을 기웃대다 안으로 들어간다.

굴속 같은 남자가 티브이를 보다 말고 성혜의 아래위를 훑는다. 성혜는 주춤하다 냉장고가 있는 데로 간다. 냉장고 역시 가게 유리문과 다르지 않다.

성혜는 냉장고에서 사이다 캔을 꺼낸 후 남자에게 다가간다.

"저기…… 혹시 두세 시간 전에 어떤 남자가 생수나 커피 사러 오지 않았나요?"

남자는 거스름돈을 주며 성혜의 아래위를 훑기만 한다.

성혜는 남자의 시선을 무시하며 차도로 고개를 돌린다.

"은회색 승용차를 탔는데. 이 앞에다 차를 세웠을 거예요."

남자는 꾀죄죄한 얼굴로 성혜를 빤히 보기만 한다.

성혜는 가게를 나온다. 지열이 구물거리며 올라온다. 성혜는 캔을 따 목을 한껏 젖혀 넘긴다. 톡 쏘는 감이 시원하다기보다 미적지근하다.

성혜는 가게 앞에 버리다시피 놓인 소파에 엉덩이를 걸친다. 거리의 차들은 먼지와 소음과 배기가스를 내뿜으며 달린다. 차들의 목적지는 앞이다. 앞을 향해 달리고 달려도 앞이란 끝없이 이어진다. 그의 앞은 어디인가. 마블이 좋은 생고기와 유기농 야채가 있는 데가 아닌가. 그는 그것들을 찾아 이 근처 어딘가를 뒤지고 있으리라. 그래도 그렇지, 너무 오래 걸린다.

버스가 가게 앞에 선다. 버스 문이 열리자 뚱뚱한 할머니가 몸을 옆으로 틀며 조심조심 발판을 딛는다. 버스 안에선 머리를 틀어 올린 중년 여자가 성혜를 보고 있다. 어디 예식장에라도 가려는지 화장이며 머리가 미용실에서 방금 나온 모양새다. 여자 뒷자리에는 중년 남자가 고개를 반대편으로 돌린 채 밖을 내다보고 있다.

버스가 슬금슬금 출발한다. 성혜는 소파에서 튕기듯 일어난다. 두세 걸음 쯤 앞선 버스로 뛰어가 주먹으로 버스를 친다. 버스가 선다. 성혜는 허겁지겁 버스에 오른다.

중년 여자 뒤에 앉았던 남자는 여전히 반대편을 보고 있다. 성혜는 버스 통로를 걸어 남자가 앉은 자리를 지난다. 밖에서 보았던 남자의 옆모습은 그였는데 지금은 아니다. 그럼 그렇지, 생고기와 야채와 승용차를 두고 이런 버스를 탔다는 건 말이 안 된다.

성혜는 남자 뒤로 가 앉는다. 남자의 뒤통수는 비어 있다. 그의 뒤통수는 무엇인가로 꽉 차 있다. 빈 뒤통수가 태연히 창밖을 내다볼 줄 안다면, 뭔가로 꽉 찬 뒤통수는 무겁게 앞만 볼 줄 안다. 성혜는 입가를 비틀며 피식 웃는다.

버스가 선다. 읍내다. 정육점이 있고 마트가 있고 어쩌면 예식장이 있을지도 모를 읍내 중앙통. 성혜는 급히 차에 올랐던 것처럼 허둥허둥 내린다.

버스에서 내린 사람들이 어딘가로 흩어진다. 대도시에 비해 읍내는 단조롭지만 한눈에 들어오지 않는다. 성혜는 낯선 거리를 두리번거린다. 마트가 눈에 띈다.

읍내 마트는 대도시 마트와는 다르다. 꼭 필요한 공산품 몇 가지가 있을 뿐 야채나 과일, 고기 등속은 보이지 않는다.

성혜는 냉장고에서 작은 생수를 꺼내 계산대로 간다.

"저기…… 혹시 두세 시간 전에 커피와 생수를 사러 온 남자 없었나요? 은회색 승용차를 탔는데."

계산을 하던 청년이 시원시원 대답한다.

"아, 그 외지 분요? 이 리터짜리 생수 두 병하고 커피 한 병 샀습니다. 제가 좋아하는 차를 타셨기에 또렷이 생각납니다."

성혜는 청년의 대답에 성마르게 묻는다.

"어디로 갔는지 아세요? 아니, 어느 방향으로 가는지 보셨나요?"

청년은 뜨악해 하더니 뭐 이런 여자가 다 있냐는 투다.

"그걸 제가 어찌 알겠습니까. 저는 이 자리에서 바코드만 찍는데."

성혜는 마트를 나온다. 허탈한 웃음 같은 것이 속 어디에선가 느물거린다. 햇빛이 바늘을 뾰족이 세운다. 눈이 아프고 살갗이 따끔하다. 성혜는 셔츠 깃을 올려 드러난 목을 가린다.

평일이어선지 상점들은 문을 연 채 한가하다. 성혜는 생수를 따한 모금 마신 후 걸음을 뗀다.

정육점 앞이다. 그와 연배로 보이는 남자가 잘 바른 고기를 쇼케이스에 진열하는 중이다.

성혜는 정육점으로 들어가 남자에게 묻는다.

"저기…… 혹시 두세 시간 전에 여기서 고기 사간 남자 없었나요? 은회색 승용차를 탔는데. 댁과 비슷한 나이예요."

정육점 남자는 쇼케이스 문을 닫으며 시큰둥하게 대답한다.

"아, 그 외지 분? 꽃등심 두 근 사가지고 갔습니다. 왜요?"

성혜는 마트에서 물었던 것과 같은 질문을 한다.

정육점 남자는 들쭉날쭉한 이를 드러내며 빈들빈들 웃는다.

"어디로 갔는지 어찌 알겠습니까. 이 앞에다 차를 두곤 야채 같은 걸 한 보따리 싣고 갔습니다. 저쪽으로."

정육점 남자가 가리키는 쪽은 펜션이 있는 곳과는 반대 방향이다. 성혜는 푸성귀며 생선, 과일을 좌판에 늘어놓고 파는 데를 지난다. 그는 이곳 어디쯤에서 상추며 깻잎, 오이를 샀으리라. 그런 것들을 백 번쯤 사고도 남았을 시간까지 그에게선 연락이 없다. 느닷없이 지루함인지 피곤함인지 모를 게 엄습한다.

성혜는 국밥집 앞에 선다. 남자 둘이 밖을 등지고 국밥을 먹는다. 그와 비슷한 체격의 남자들. 성혜는 안으로 들어간다.

남자 둘이 휴지로 입을 닦으며 자리에서 일어난다. 한 남자는 얼굴이 거무튀튀하고, 다른 한 남자의 팔뚝엔 길게 수술 자국이 나 있다. 남자 둘이 성혜를 흘긋대며 셈을 치르고 나간다.

성혜는 국밥을 시킨다. 국밥에서 더운 김과 누린내가 물큰 올라온다. 성혜는 한 숟갈 뜨다 청양고추와 고춧가루를 넣는다. 뜨거운 김이 척척 얼굴을 덮는다. 성혜는 국밥 그릇에서 멀찍이 얼굴을 물린다. 갑자기 스테이크와 피자와 파스타가 떠오른다. 그것을 먹던 때, 그의 시선은 창 건너에 있는 국밥집에서 멈췄다. 그는 나이프와 포크를 놓더니 말없이 레스토랑을 나갔다. 성혜는 그가 국밥집엘 들어갔다 나오는 것을 보며 천천히 고기를 씹었다.

성혜는 국밥 한 숟갈을 떠 후후 김을 분다. 뜨겁고도 매운 감이 목구멍을 와락 찌른다. 국밥집을 나와 버스 정류장으로 간다. 그는 이미 펜션에 도착해 있을지도 모른다. 휴대폰을 꺼내 본다. 전화나 문자 온 것은 없다. 성혜는 남은 생수를 길바닥에다 질질 쏟아버린다.


그는 돌아오지 않았다.

펜션엔 기가 꺾인 햇빛이 잔디에 내려앉는다. 빨랫줄은 비어 있고 작은 새 두어 마리가 잔디에 앉았다 날았다 한다. 고적한 평화가 주인이 된 풍경. 성혜는 갑자기 권태로워진다. 자극 없는 저 풍경, 너무나 평화로워 하품조차 할 수 없는 저 경건함. 찢을 수만 있다면 좍악 찢고 싶은 욕구가 치민다.

성혜는 룸으로 들어간다. 벽에 걸린 모네의 복사판 풍경화, 옅은 회색 바탕의 벽지에 찍힌 작은 도트 무늬, 흑갈색 소파, 주방 유리창을 통해 가스대로 내려앉는 햇빛, 부재중인 그. 오전을 그대로 복사해 붙인 오후. 피곤함이 견딜 수 없게 몰려온다.

성혜는 소파에 누워 눈을 감는다. 관광버스, 마트, 정육점, 생고기, 푸성귀, 좌판, 은회색 차, 국밥집…… 지난 영상들이 눈앞을 오간다. 관광버스에서 춤을 추며, 처음 보는 사람의 가슴팍에 안겨 땀 냄새와 하나가 되는 것은 좋은 것인가 나쁜 것인가. 연락 없이 돌아오지 않는 것은 자유인가 무책임인가. 그는 시계라고 불릴 만큼 정확한 사람이다. 시계도 배터리가 다 되면 멈춘다. 그의 시계는 멈췄다. 왜.

어둠이 깔린다. 까닭 모를 열기가 송곳으로 찌른다. 이박삼일의 여행 중 하루만 이곳에서 보낸 셈이다. 오늘 중 그가 돌아온다 해도 남은 하루를 여기서 보낸다는 건 의미가 없다. 여행은 일박이 일로 충분했다. 꼭 그만큼의 시간이 적당했다.

이박삼일의 여행을 주선한 건 딸이다. 딸은 아빠 생일이라며 펜션을 검색하고 예약해 주었다. 성혜는 그때의 기분을 뭐라 표현하기 힘들다. 그와는 골프도 치러 갔고 가끔은 하루 거리로 맛집도 갔다. 골프를 치러 갔을 땐 네 명이었고, 맛집을 갈 땐 딸이나 친정쪽 사람이 끼었다. 다른 사람이 끼지 않은 둘만의 이박삼일, 긴 시간임엔 분명하다.

성혜는 짐을 싼 후 콜택시를 부른다. 택시가 불빛 속으로 들어간다. 어둠이 없다면 맥을 못 출 불빛들. 어둠이 없다면 별 효과를 주지 못할 네온의 간판들. 비극이 있어야 희극이 드러나고, 희극이 있어야 비극이 드러나는 이 상대적인 원칙들. 그의 부재는 상대적인 원칙과는 무관하다. 아직은 그렇다.

낯익은 간판들과 건물들이 눈에 들어온다. 눈에 익고 마음에 익은 것들은 아무리 화려해도 자극을 주지 못한다. 자극 없이 예와 아니오로 받아들일 수 있는 것들은 안전을 보장한다. 그런데 참 신선하지가 않다.

성혜는 집 앞에 도착하자 캐리어를 끌고 집으로 들어간다. 하루 만에 보는 거실의 것들, 익숙해서 편안한 것들. 그런데 참 별 볼 일이 없다.

성혜는 캐리어를 거실에 놓고 소파에 앉는다. 저 짐엔 그가 들어있다. 그는 왜 연락하지 않는가. 성혜는 휴대폰을 꺼내본다. 전화나 문자는 들어있지 않다. 그는 어떤 무장을 했기에 이렇게 나온단 말인가. 배터리가 다 되어 간다면 눈치라도 줬어야 하지 않나. 그는 이기적이며 무언의 폭력으로 결혼이라는 계약을 위반한다.

성혜는 샤워를 마치고 욕실을 나온다. 텅 빈 집엔 펜션에서의 고즈넉함과는 다른 적막함이 떠돈다. 신문을 펼친다. 유가가 오르락내리락 불안하다고 한다. 유가가 요동을 친다 해도 영향을 받은 적도 받을 무엇도 없다. 다른 제목을 훑는다. 대출 이자가 오른다고 한다. 대출 이자와는 아무 상관이 없다. 다음 장으로 넘긴다. 주식 시세가 자잘한 글자와 도표로 전면을 채운다. 그가 주식을 하는지 안 하는지는 모른다. 다시 몇 장을 넘긴다. 교통사고와 실종 사건에 대한 기사가 나온다. 그는 교통사고를 당했나. 아니면 납치? 성혜는 신문을 한쪽에 치우고 두 손을 포갠다.

밤 열두 시가 가깝다. 집 근처에서 나는 소리는 없다. 소리가 없다는 게 공연히 신경이 쓰인다. 성혜는 발딱 일어나 새로 산 스타킹의 포장을 벗긴다. 빠작빠작 비닐 포장 벗기는 소리가 칼로 찌르듯 날카롭다. 성혜는 비닐 포장지를 와작 구기다, 비닐 포장지에 손을 쭉 넣고 움켜쥐기도 한다. 가슴이 쿵쾅대고 몸의 기운이 쭉 빠진다.

성혜는 거실을 왔다 갔다 하다 문득 스타킹을 신는다. 살갗을 매끄럽게 감싸는 제2의 피부. 모두가 흠모하고 차지하고 싶어 하는 육감적인 실물. 성혜는 스타킹 신은 종아리를 천천히 문댄다. 매끌매끌한 감촉이 고혹적이다. 그런데 참 식상하다.

성혜는 휴대폰을 열어 얼마 전에 통화한 번호를 누른다.

늘 살갑게 대하던 목소리와는 달리 목이 꽉 잠긴 음성이 흘러나온다.

"형님, 무슨 일 있어요?"

아랫동서는 한밤중 전화에 놀란 눈치다.

성혜는 평소와 다를 바 없는 톤으로 대꾸한다.

"으응, 그냥. 별일 없지?"

아랫동서는 미심쩍어 하면서도 애써 아닌 척한다.

"이 시간에 전화를 하시다니 무슨 일이라도 났나 했어요. 잉꼬 부부 형님한테 무슨 일이야 없겠지만 조카가 미국에 있으니……

그런데 어쩐 일로 이 시간에 전화를 하셨어요?"

성혜는 언뜻 떠오르는 대로 말한다.

"지난번 어머님 제사 때 고생 많았어. 그 말을 한다는 걸 깜빡했지 뭐야. 참, 동서, 된장 없다고 했지? 다음에 만나면 조금 나눠줄게. 간장도 있어. 이번에 담근 된장하고 간장이 아주 잘 됐거든. 도우미 아줌마가 요리사 출신이라 손맛이 좋아. 그전부터 준다 준다 해놓고 내가 이래요."

성혜는 전화를 끊고 소파에 몸을 웅크린다. 적막감이 살인적이다. 위태로우며 조마조마하며 안절부절 못하게 한다.

성혜는 전화번호를 뒤져 남편과 성혜를 잘 아는 친구 귀연에게 전화를 건다.

"별일없어서 별일 없나 전화했어."

늦은 시간이건만 귀연은 예의 그 살이 통통하게 오른 목소리로 전화를 받는다.

"별일없어서 전화했다는 말이 별일 있어서 전화했다고 들려 이 것아. 이 시간에 전화한 것부터가 별일 아니니? 뱉어 봐. 들어줄게."

무슨 말을 뱉어야 하나. 그와 여행 중인데 그는 자고 있다고 해야 하나. 아니면 그가 연기처럼 사라졌다고 해야 하나.

귀연은 성혜가 뭐라 대꾸하기도 전에 말을 잇는다.

"자랑질이 하고 싶어 전화했어도 들어줄 수 있어. 너야 샘낼 수도 없게 완벽하잖아. 남편 연봉 올랐니? 아님 미국 유학생이 왕자라도 만났어?"

성혜는 스타킹 신은 종아리를 연신 문지르며 둘 다 아니라고 대답한다.

귀연은 장난기가 들어있던 음성을 확 낮춘다.

"그럼 진짜 별 일 없는 거네. 근데 니 목소리엔 별 일이 잔뜩 들어있어. 뭐야?"

성혜는 양 손톱을 세워 스타킹을 잡아 늘이다 톡 놓다 해가며 대꾸한다.

"너가 잘 자고 있나 납치당한 건 아닌가, 갑자기 걱정이 돼서 전화했다 이것아."

키득거리는 소리가 전화선을 타고 가볍게 건너온다.

"잘났어요, 그럼 그만 끊으세요 잘 자게요. 혹시 너 시간 남니? 그러면 내가 자는 동안 멋진 놈한테 납치당하길 기도해주라. 내 소원이 그거거든."

성혜는 전화를 끊고 귀연이 한 말을 곱씹는다. 그도 멋진 여자에게 납치당하는, 그런 류의 소원을 품고 있던 건 아닐까. 성혜는 느닷없이 머리 어디쯤이 뜨끈해온다.

한여름이 맨드라미 빛으로 타오르던 날이다. 성혜와 남편과 지희는 야외 카페 파라솔 아래에 앉아 있었다. 파라솔 옆엔 어린 맨드라미가 핏빛을 토해냈고, 샌들을 신은 지희의 발톱엔 맨드라미 빛 페디큐어가 칠해져 있었다. 남편의 눈길이 지희의 발톱에 머물렀다. 성혜는 입술을 자근자근 깨물었다. 발톱에 끼를 부렸네.

남편이 지희에게 프러포즈를 한 건 발톱에 칠한 핏빛 때문이다. 지희가 남편의 프러포즈를 거절한 건 선배의 남자여서다. 남편이 내게 프러포즈를 한 건 지희에게 거절을 당해서다.

성혜는 지희의 번호를 누른다.

잠이 잔뜩 든 목소리가 전화선을 타고 나온다.

"언니, 이 시간에 웬일이에요? 무슨 일 있어요?"

성혜는 짐짓 목소리를 누그린다.

"이 시간에 전화해서 놀랐나 보네. 자다 받은 거야?"

지희는 그렇다고, 그렇지만 괜찮다고 말한다.

성혜는 뜬금없이 든 생각을 그대로 뱉는다.

"요즘도 그 빨강 페디큐어 발라? 그 색 예쁘던데 어디 제품 몇 호야?"

지희는 한동안 말이 없다 입을 뗀다.

"언니, 그러니까 지금 페디큐어 색이 궁금해서 건 거예요? 그건 아닌 듯하고 무슨 일이에요? 이 밤중에 전화한 걸 보면 급한 일 같은데."

성혜는 스타킹을 쓱쓱 문대다 잡아 뜯다 해가며 말한다.

"어, 그런가? 미안. 갑자기 페디큐어를 칠하고 싶다는 생각이 나서. 너가 바른 그 컬러 정말 섹시했거든."

지희는 말이 없다. 전화선에서의 삼십 초는 삼십 년이다.

이윽고 지희의 음성이 차분하면서도 싸늘하게 깔린다.

"지금 한 말, 언니답지 않아요. 전화 건 용건이 뭐예요?"

성혜는 스타킹 위쪽부터 손바닥으로 도르르 말아 내리며 말한다.

"으응 그렇구나. 그럼 뭣 좀 물어봐도 돼? 우리 그이를 마지막으로 만난 게 언제야?"

지희는 페디큐어 색을 물었을 때처럼 말이 없다. 말없이 사라진 그나 의문부호로 있기만 하는 지희. 침묵의 소리가 참을 수 없게 무겁다.

지희가 침묵을 깬다.

"무슨 일이 생겨서 전화했는지 모르지만 듣기가 참 거북하네요."

성혜는 소파에서 일어나 거실을 서성댄다.

"아니, 기분 나쁘라고 한 소리는 아니고, 그냥 갑자기 생각나서 물어본 거야."

지희의 음성이 단호하다.

"언니, 나, 애들하고 남편하고 잘 지내요. 이런 전화라면 다시 안 해주었으면 좋겠어요."

성혜는 전화를 끊고 그 자리에 언제까지고 있다. 생고기와 유기농 야채, 생수와 커피를 샀으면서도 돌아오지 않는 그. 관심을 받고 싶었다면 신문에 난 것처럼 납치라도 당해라. 스포트라이트를 받고 싶었다면 후배와 연애질이라도 해라.

성혜는 스타킹을 벗어 휙 던진다. 저 허물은 두 다리를 감싸던 인공의 피부다. 남편의 실종과는 전혀, 관계가 없는 단순한 물질.

성혜는 소파에 벌렁 눕는다. 둘이 살기엔 지나치게 넓은 집. 둘이 누워도 넉넉한 소파. 둘이 보기엔 커다란 티브이. 둘이 누리기엔 남아도는 시간과 돈. 그런데 참 허접하다.

성혜는 휴대폰 전원을 끈다. 사라져 연락이 없는 그도 전원이 꺼진 휴대폰이다. 경치 좋은 호수처럼 살아온 부부에게는 날벼락으로 들이닥친 재해다. 어쩌면 그는 언젠가부터 날벼락을 꿈꾸어 왔을지도 모른다. 그렇다는 근거도 없이, 근거 모를 불안이 두방망이질 한다. 그는 돌아올 때가 되면 돌아오리라. 마블이 좋은 싱싱한 고기와 유기농 채소를 들고, 펜션으로 돌아오듯 그렇게 오리라. 남편은 집을 놔두고 어딘가를 쏘다니는 타입이 아니다. 남편에겐 그럴 능력이 없다. 날벼락이라니, 익숙한 것에 길들여진 생물은 익숙한 것을 거역하지 못한다.

성혜는 외출복으로 갈아입고 집을 나선다.

새벽 두 시가 넘은 시간. 길거리엔 잠 못 이루는 사람들로 북적인다. 저 어정쩡한 유령들. 저들을 받아들이기엔 이 시간 이 거리는 너무 늦었다. 그래도 사람들은 밖으로, 그저 밖으로 향한다.

사람들이 비틀비틀 배회한다. 먹은 술을 토하는 여자, 그 여자의 등을 두르려주는 남자, 횡설수설대며 욕을 퍼더버리는 남자, 그 남자의 겨드랑이를 끼고 높은 굽의 힐로 아슬아슬하게 걸어가는 여자. 밤거리의 사람들은 낮을 게워내느라 부산하다. 그에게선 한 번도 보지 못한, 어렵다면 어려운 광경이 들치근하게 즐비하다.

술집에서 한 떼의 남녀가 우르르 나온다. 그들은 기분 좋게 맨홀에 빨려들 듯 노래방으로 들어간다. 거리는 순간 조용해진다. 그것도 잠시, 또 한 떼의 사람이 무엇엔가 홀린 듯 노래방으로 들어간다.

저들은 관광버스의 사람들이다. 흔들리고 싶고, 토하고 싶고, 타인의 체취에 자신의 체취를 문대고 싶어 하는 욕망의 덩어리들. 그는 저 안에 있는가 없는가. 그가 관광버스와 닮은 술집과 노래방, 그 틈 있다면 돌아올 것인가 돌아오지 않을 것인가.

성혜는 그가 다니는 직장 건물 앞으로 간다. 건물 일층 쇼윈도에는 수영복을 입은 마네킹이 서 있다. 마네킹은 살도 없으면서 살을 가진 양, 피도 없으면서 피가 도는 양, 제법 진지하다. 그런데 너 참 웃긴다. 성혜는 입가를 틀며 픽, 김빠지는 소리로 웃는다.


그는 돌아오지 않을 것이다.

열흘째, 그는 연락 두절, 깜깜절벽으로 묵비권이다. 뜨뜻미지근한 열기가 몸 안을 휘돈다. 그가 납치를 당했다는 뉴스는 나오지 않는다. 피살 소식도 없다. 지인 중 누가 봤다는 말도 없다. 회사에서도 출근하지 않았다는 연락이 없다. 그는 어디로 간 것인가. 혹시 강가 어느 그늘막 아래서 마블 좋은 생고기와 생수, 커피를 먹고 있나. 왜? 무엇 때문에? 다툼 한 번 없이 살아왔는데 뭐가 부족해서? 성혜는 속이 따끔따끔해온다.

거실엔 열흘 전에 놓았던 캐리어가 그대로다. 성혜는 캐리어 앞에 우뚝 선다. 저 압축된 케이스에는 뭐라 칭할 수 없는 것들이 들어있다. 열흘 전의 그와 그의 아내가 작은 관속에 틀어박혀 신음한다. 아니, 그는 실종이라는 이름으로 관을 탈출했다. 실종이라면 자의적 실종인가 타의적 실종인가. 내밀한 욕망인가 억지 연출 쇼인가. 만에 하나 자작극이라면 산들바람이 아니라 토네이도가 돼라.

모르는 번호의 전화가 온다. 처음 듣는 목소리가 머리를 꽝꽝친다.

"배 선배님 댁이죠? 저는 선배님 대학 후배입니다. 전화 받으신 분은 형수님이시죠? 형수님이라고 부르겠습니다. 다름이 아니라 선배님을 취재하고 싶어 전화했습니다."

이건 또 무슨 소리. 그의 실종과 취재와 무슨 관계라도 있나.

성혜의 목소리에 잔뜩 경계심이 묻어나온다.

"취재라니요? 어느 신문사인지 모르겠지만 남편에겐 아무 일도 없습니다. 취재할 뭐가 없다는 말입니다."

후배는 아차 싶었는지 말을 고친다.

"아, 죄송합니다. 선배님이라기보다 선배님 댁을 취재하려는 겁니다. 신문사는 아니고 여성 잡지삽니다."

후배 기자의 말은 그가 아닌, 그가 사는 가정을 취재하겠다는 얘기다.

성혜는 후끈 열이 오른다.

"우리집을 취재하겠다니요. 그런 말 들은 적 없는데요."

후배의 어투가 조심스러워진다.

"선배님이 말씀 안 하시던가요? 벌써 석 달 전에 말씀드렸는데요. 선배님도 좋다고 하셨고요. 선배님이 바쁘셔서 잊으셨나 봅니다."

석 달 전이라면 열흘 전과 같다. 일이 이렇게 꼬이지만 않았다면 십 년 전이나 열흘 전이나 다르지 않다. 석 달 전, 그는 오늘의 실종을 예상하지 못했다는 말인가. 열흘 전, 읍내로 나가 생고기와 야채를 살 때도 오늘을 염두에 두지 않았다는 말인가. 그렇다면 그의 실종은 충동적인 것인가.

성혜는 곤혹스러움을 추스르며 말한다.

"글쎄요…… 남편은 장기 해외 출장 중이라 곤란하겠는데요. 몇 달 뒤로 물리시든가 없던 걸로 해주시면 좋겠습니다."

후배는 쉽게 물러나지 않는다.

"아, 그래서 선배님과 전화 연결이 안 되었던 거군요. 뭐 그래도 좋습니다. 석 달 전에 선배님과 통화할 때 형수님이 알아서 하실 거라고 했습니다. 형수님만 오케이 하신다면 오늘 당장에라도 찾아뵙겠습니다. 취재에 응해주시는 것도 별로 어렵지 않습니다. 평

소대로 행복하게 사시는 모습을 보여주면 됩니다. 편집은 저희가 알아서 할 거니까 큰 부담 갖지 마시고요."

그는 석 달 전부터 사라질 준비를 하고 있었나. 그의 부재가 더 없이 신물로 올라온다.

후배의 말이 이어진다.

"선배님이 계시면 좋겠지만 안 계셔도 무방합니다. 어차피 포커스는 형수님께 있으니까요."

행복한 가정의 책임은 아직도 여자들 몫이다. 전근대적인 사고 네 뭐네 해도 막상 속내를 들여다보면 여자 하기 나름이라는 인식이 짙게 깔려 있다. 잡지사는 멈춘 시대를 취재할 작정인가.

성혜는 후배 기자에게 잘라 말한다.

"그런 거라면 우리집 말고 다른 집이 낫겠는 걸요. 좀 부담스럽습니다."

후배는 성혜의 거절을 의례적인 사양으로 돌린다.

"학교 선후배 사이에선 선배님 가정만큼만 되라는 말이 전설로 나 있습니다. 선배님은 성공한 인생의 롤 모델입니다. 그러지 마시고 사진 한 장만 준비해 주십시오. 최근에 찍은 가족 사진이면 더 좋겠습니다."

성혜는 다시 한번 같은 말로 거절의 뜻을 비친다.

"말씀은 고맙습니다만 지금은 남편도 안 계시고 나중에 하는 게 어떨까요? 없었던 걸로 해주시면 더 좋고요."

후배의 목소리에 애원이 묻어나온다.

"형수님, 그러지 마시고 꼭 부탁드립니다. 저, 이번 취재 못 따면 회사에서 잘립니다."

성혜가 첫 직장을 다니던 때 과장은 성혜를 불렀다.

"내가 말이야, 오늘 당직인데 사정이 좀 생겼어. 나 대신 당직 좀 서지 그래."

성혜는 말문이 막혔다.

"미리 말씀을 해주셨으면 좋았을 텐데 오늘 약속이 있어서요."

과장의 낯빛이 차가워졌다.

"어, 그래? 내가 잘못했습니다."

그날 이후 성혜는 자발적 당직을 서야 할 만큼 일에 치였다. 올린 기안은 퇴짜, 새로 짜서 올린 기안도 퇴짜.

성혜를 보던 회사 선배가 말했다.

"너, 괘씸죄 걸린 거 아직도 모르겠니? 괘씸죄, 그거 은근 무섭다. 과장이 당직 얘기를 꺼냈을 때 넌 무조건 넷넷넷넷 했어야 해. 여기 있는 직원들, 처음 들어오면 다 거쳤던 코스야. '노'를 한 건 니가 첨이고. 앞으로 너의 직장 생활이 동영상으로 보인다."

얼마 지나지 않아 성혜는 결국 사표를 냈다. 고등학교를 졸업할 때까지만 해도 학교에선 이럴 때 이렇게 하라고 가르쳐주지 않았다. 교육은 현실을 제대로 읽어내지 못한 게 아니라 읽어내지 않았다. 대학이나 대학원도 마찬가지였지만 대학생들은 나름 처세

술을 터득하고 있었다.

번역본으로 동아리 세미나를 하던 때였다. 성혜는 원본과 번역본을 비교하며, 이 대목의 문장은 전체 글로 볼 때 다르게 썼으면 좋았을 거라고 말했다. 성혜의 말에 이의를 제기하거나 동의하는 학생은 없었다. 성혜는 자신이 한 말이 왠지 모르게 거부당하는 느낌을 받았다.

세미나가 끝나자 번역이 원본의 글을 잘 살렸다고 말한 선배가 다가왔다.

"너, 졸업하려면 몇 년 남았니? 텍스트 번역자가 누구라는 거 몰랐어? 니 지적질은 번역자를, 다시 말해 우리 지도교수를 엿 먹이는 짓이었어. 누군 몰라서 그렇게 말한 줄 아니? 순탄하게 학점 따고 싶음 그냥 넷넷넷넷 그러면 돼. 잘난 척 똥알거려봐야 인생 쪽 난다. 명심해라 이 초짜야."

그의 후배라는 기자는 일찌감치 넷넷넷넷의 위력을 알았던 듯하다. 무책임하게 실종이나 터뜨리는 그보다 낫다면 낫다. 그는 행복한 가정의 롤 모델로 있길 바랐나. 넷넷넷넷 하면서 지금의 자리까지 올라갔나. 그 자리가 쇼윈도의 마네킹처럼 딱딱한 재질이지만 살갗이 있는 양, 피가 도는 양, 그런 줄 알고 있었나. 그렇다 해도 이건 아니지 않은가.

문자가 온다.

형수님, 취재에 응해 주서서 감사합니다. 모레 오전에 뵙겠습니다.

사진을 찾아놓으라는 뜻이다. 할 말을 준비해 두고 행복한 가정의 안주인 모양새를 갖춰달라는 말이다.

성혜는 서재로 가 책꽂이에서 사진첩을 꺼낸다. 몇 장을 들추도록 딸과 성혜 사진뿐이다. 성혜는 몇 장인가를 넘긴다. 셋이서 찍은 사진이 한 장 나온다. 성혜와 딸은 치~즈로 웃고, 그의 시선은 렌즈가 아닌 렌즈 너머에 고정되어 있다. 성혜는 다시 몇 장을 넘긴다. 부부 사진이 한 장이 나온다. 이번에도 그의 시선은 렌즈 너머 어딘가를 향해 있다. 표정 없는 얼굴은 우울한 것 같기도 하고 쓸쓸한 것 같기도 하다.

성혜는 사진첩을 덮는다. 그는 가족인가 아닌가. 가장이라는 틀을 부수고 싶었나 행복에 지쳐 스스로를 제거하고 싶었나. 성혜는 그가 펜션에서 혼잣말처럼 했던 말이 떠오른다.

"경주마를 풀어주면 어디로 갈까. 우선은 마주가 없는 데로, 마방이 없는 데로."

성혜는 갑자기 욕지기가 난다. 흔들리고 싶고, 토하고 싶고, 타인의 체취에 자신의 체취를 문대고 싶어 하는 욕망 덩어리는 누구도 아닌 그다. 넷넷넷넷으로부터 사라져 돌아오지 않는 것으로, 예와 아니오의 단답형으로부터 멀어지는 것으로, 행복한 가정을 골탕 먹인다. 이런 빌어먹을! 세미나 때 선배가 한 말처럼, 누군 몰라서 이렇게 사는 줄 아나.

신혼 시절, 시어머니는 성혜에게 말했다.

"좋은 집안의 외동딸이라는 거 안다. 그렇다고 시어른이 하는 말에 꼬박꼬박 말대꾸냐?"

성혜는 전을 뒤집다 멈췄다.

"어머니, 말대꾸가 아니라 제 의견을 말씀드린 거예요. 명절엔 어느 집이나 똑같은 음식을 해먹으니 다른 메뉴로……."

시어머니는 부침개 뒤집개로 프라이팬을 탁탁 두드리며 말했다.

"또! 또! 또! 그렇게 말을 해도 못 알아듣니? 밥 먹었니? 그러면 예, 어디 나갔다 왔니? 그러면 아니요, 그러면 돼. 거기다 무슨 토를 달고 말을 늘어놓아. 니 남편을 보고도 모르겠니? 쟨 어려서부터 지금까지 말대꾸라는 걸 모른다. 내 말을 한 번도 거역한 적이 없어. 너보다 못나서 그랬겠니?"

그는 예와 아니오를 부침개 뒤집개로 뒤집듯 집을 나갔다. 이래도 되나. 나쁜 자식! 그는 캐리어에 갇힌 게 아니라 보란 듯이 자신만의 방을 찾아 나갔다. 잉꼬부부가 없고, 행복의 롤 모델이 없는 섬으로, 그것들에 맞추려 불침번을 서야 했던 노역으로부터, 점점 멀어진다. 둘이 살기엔 황량한 이 집으로부터, 다툼 한번 없던 그 고인 물로부터, 마블이 좋은 생고기와 유기농 야채를 준비하는 것으로부터, 멀리, 멀리, 떨어져 나간다. 부단히 원했지만 참아야 했던 바로 그것을, 그는 선수를 쳐 장악한 것이다. 질투심이 맹렬히 타오른다.

성혜는 마른 침을 삼키며 단축 번호 일 번을, 천천히 누른다.

"지금 거신 번호는 없는 번호입니다."

그가 돌아오지 않겠다는 뜻은 확실해졌다. 성혜는 와락 휴대폰을 움켜쥔다. 어째서 그동안 그에게 전화를 걸지 못했던 걸까. 엉뚱한 사람이나 붙잡고 시답잖게 전화질이나 한 까닭은 무엇일까. 알 듯 모를 듯했던 불안과, 미열과도 같이 끈질기게 달라붙던 초조감은 무엇이었나. 이 복잡한 마음의 요동은 무엇이며 부러움의 정체는 또 무엇일까.

성혜는 털퍽 소파에 앉는다. 그는 자신의 생일날, 자신에게 생일 선물을 한 셈이다. 실종이라는 그 아름다운 케이크에 촛불을 켜고, 원하던 꿈을 실행했던 것이다. 나쁜 자식! 야비한 자식! 그런데 참 좋은 날이다.

# 제 이름을 가지세요

네게 끌려. 그의 눈이 나를 안는다. 줄 수 있지? 저거. 그가 여전히 나를 보며 명화집에 든 그림을 가리킨다. 루벤스의 〈노인과 여인〉. 그림 속의 젊은 여자는 노인에게 젖을 물린다. 노인은 두 손이 쇠사슬에 묶인 채 풍만한 젖을 빤다. 여자의 표정은 진지하고 노인의 눈은 멍하다. 감옥이야, 아사 직전이야, 산다는 게. 그가 툭 명화집을 놓는다. 감옥에서 젖을 주던 딸과 그 젖을 빨던 노인이 명화집에 갇힌다. 나는 고개를 끄덕인다. 그리고 또 끄덕이며, 젖가슴을 풀어헤친다.

그 후 어떻게 되었나.

나뭇잎, 그 사이로 바람이 흐른다. 바람은 눈에 보이지 않으나 여실히 살아 사물을 만진다. 인간이 바람 같은 것이라면, 그도 나도 바람이어야 하는데, 그래, 바람이다. 바람이 아니라면 저 운전자도 나도 이 자리에 같이 있지 못하리라.

차 안엔 바람이 없다. 노래도 나오지 않는다. 침묵의 뭉치가 굳어지고 또 굳어지며 시간을 끈다. 무슨 말을 해야 할까. 아침을 먹었냐는 말? 어느 한때 구름이 보기 좋았다는 말? 가방에 시집을 넣어왔다는 말? 아니면 절망에 대한? 말하지 마. 너는 말을 잃었어.

차는 북쪽 지방도를 달린다. 시속 사십오 킬로미터. 가을을 감상하기엔 딱 좋은 속도. 가로수의 잎이 반은 누렇고 반은 퍼렇다. 누렇고 퍼런색이 뒤섞여 가을의 속도를 알린다. 가을은 깊어갈 새도 없이 열매와 이파리를 떨군다. 하니, 가을을 탄다는 말은 수명이 짧다. 수명이 짧아야 그 다음 것이 오기 쉽다.

사람에 비해 자연은 결자해지를 잘한다. 바람을 맞아들이고 보내면서, 해를 먹으며 토해내면서, 더위와 추위를 결박했다 풀어내면서, 그러나 고통은 말하지 않는다. 말해봤자 헛것이라는 걸, 자연은 일찍이 알아버렸다. 일찌감치 알아낸다 한들, 사람은 자연이 될 수 없다. 자연의 일부라는 말은 그렇게 되고 싶다는 소망이지 자연의 몸통은 되지 못한다. 사람은 사회라는 자연 없이는 존재할 수 없다. 저 흔들리는 이파리와 이파리 위에 내려앉은 햇빛은 사람의 영역과는 다른 세계다.

오늘은 어느 가수가 노래했던 시월의 마지막 날. 열두 달 모두에는 마지막 날이라는 게 있다. 마지막이란 끝이 아니라 시작과 연결된 문이라고 한다. 회전문처럼 시작과 끝이 돌고 도는, 일종의 윤회와 같다는 말일 터다. 그랬든 저랬든 산 사람 입장에선 시작은 시작이고 끝은 끝이다. 끝이 났다는 말과 끝장이 났다는 말은 다르다. 끝이 났다는 말은 객관적이지만 끝장이 났다는 말은 주관적이다. 시에는 끝도 없고 끝장도 없다.

좋아하는 것이야말로 자연 현상이다. 어쩔 수 없는 불가항력의 무저항쯤. 그걸로 끝이었다면 지금쯤 나는, 그는, 어떤 모습으로 있을까.

현실 속의 그는 현실 너머에 있었다. 현실 너머가 좋았다. 무작정, 무저항으로 빨려들었다. 그에게 젖을 물리던 그때, 그가 젖을 빨던 그때, 나는 행복했고 그는 시인이 아닌 시였다. 끝도 없고 끝장도 없는 시. 주어가 숨어 있는 시. 그는 젖을 다 빤 다음이면 이런 말을 했다. 사랑을 원하는 게 아냐. 그저 외로울 뿐이지. 피곤이 몰려와. 자야겠어. 시가 시인으로 돌아서던 그때, 나는 참담했고 그는 현실로 돌아간 사내였다. 시작도 끝도 있는 시인. 생활고에 시달리는 시인.

가방을 열어 시집을 꺼낸다. 그의 이름이 박힌 시집. 첫 장을 연다. 그의 얼굴이 처음 보는 판화로 와락 들이친다. 젖을 흠모하던 때와는 판이한 공적인 얼굴. 후르르 책장을 넘기다 멈춘다. '어머니의 젖'이라는 제목. 어머니와 젖은 시원이라는 내용. '어머니의 젖'을, 수없이 읽었지만 다시 읽는다. 글자들이, 젖을 빨던 그의 얼굴과 겹친다. 눈을 감고 이마를 살짝 찡그렸을 때의 표정, 입술과 턱을 힘차게 움직일 때마다 홀쭉하게 패이다 불룩 나오던 볼, 젖꼭지에 달라붙던 혀의 강력한 빨판의 힘. 이제 그만. 너는 기억을

버렸어.

　차창을 연다. 심호흡을 한다. 그는 갔다. 아내와 어린 자식과 생활고가 기다리는 집으로 가버렸다. 그는 가지 않았다. 기꺼이, 젖을 내주는 여자를 찾아 명화집을 보여주거나 네게 끌려, 줄 수 있지? 저거. 그러한 말을 흘리고 있을지도 모른다.

　지금 운전대를 잡고 있는 남자는 젖이 무엇인지 모르는 표정이다. 운전자는 밖의 풍경을 보지 않는다. 시집을 꺼내도 차창을 열어도 돌아보지 않는다. 운전자는 묵묵히 시속 사십오 킬로미터를 유지한다. 차는 엔진 음이 조금 날 뿐 잘 닦인 소로를 무난하게 달린다. 운전자의 옆얼굴로 해가 들이친다. 운전자가 삼십 도 정도 굽은 소로를 돌자 해가 뒷좌석으로 간다. 뒷좌석엔 운전자가 던져놓은 점퍼가 그대로 있다.

　소로가 두 개의 길로 갈린다. 하나는 오래된 시멘트 다리가 있는 길, 다른 하나는 소로 옆에 야트막하게 언덕진 길. 운전자가 시멘트 다리를 건넌다. 다리를 건너 얼마를 달리자 사십오 도 정도 굽은 소로가 나온다. 소로 한쪽엔 산이 있고 다른 한쪽엔 작은 천이 있다. 천 바닥엔 물보다 자갈이 더 많이 깔려있다. 산 그림자가 천에 내려앉는다. 천이 어둑어둑 무거워진다. 차는 천변을 따라 달린다. 차안이 써늘해진다. 무릎을 모으고 두 팔을 어긋나게 낀다. 운전자가 히터를 튼다. 곰팡이 냄새가 쏟아져 나온다. 차창을 연다. 천변을 흘러 떠다니던 바람이 차 안으로 들어온다. 머리칼이

왼쪽 뺨으로 쏠린다. 머리칼을 쓸어 올린다. 사이드미러로 군용 지프가 보인다. 운전자는 속도를 올리지 않는다. 군용 지프가 운전자의 차를 질러간다.

산세가 깊어간다. 골도 어둠도 깊어간다. 잘 닦인 소로는 점점 굽이지며 등고선의 간격을 좁힌다. 운전자는 같은 속도로 굽이굽이 산길을 탄다. 이정표대로라면 북쪽 끄트머리를 향해 간다. 이대로 가면 더는 갈 수 없다는 안내 표지판이 나올 것이다.

차가 산 정상에 오른다. 정상 한편엔 전망대라고 쓰인 안내판이 서 있다. 안내판 오른쪽으론 등나무와 벤치가 있고 외등이 켜 있다. 운전자가 외등 옆에 차를 세운다. 외등이 운전자의 옆얼굴을 비춘다. 운전자는 운전대를 잡은 채 묵묵히 있기만 한다.

이윽고 운전자가 내게로 얼굴을 돌린다. 외등을 등졌다지만 한눈에 보기에도 늙지도 젊지도 않다. 잘생긴 것도 못생긴 것도 아니다. 뚱뚱하지도 마르지도 않다. 어디서나 흔히 볼 수 있는 보통의 남자. 운전자가 처음으로 입을 뗀다. 어디로 갈까요? 모텔이 좋을까요 여기가 좋을까요.

목소리 또한 굵지도 가늘지도 않다. 유심히 들으면 옅은 바이브레이션이 들어있다. 태생적으로 있는 바이브레이션인지 긴장해서 나오는 바이브레이션인지는 모른다. 운전자가 한쪽 팔꿈치를 운전대에 대고 턱을 괸다. 나는 눈을 내리깐 채 시집만 만지작거린다. 운전자가 무연한 눈길로 시집을 바라본다. 뭐 준비해 온 거 있습니까? 나는 고개를 젓는다. 운전자가 운전대에서 팔꿈치를 떼더니 정면을 향해 고개를 튼다.

산 정상 맞은편엔 커다란 산이 버티고 있다. 짙고 무거운 어둠의 덩치. 저 속으로 뛰어들면 무엇부터 박살이 날까. 하얀 게 검게 되고 네모가 동그라미가 되는, 속성의 변화가 있을까. 변태와 변태가 이어지고, 또 이어진다면 저 검은 덩치는 존재 자체만으로도 가치가 있다.

시인과 나의 가치는 제로가 되었다. 출구 없는 열정은 제로지대로 빨려들고, 한 치 앞도 내다볼 수 없는 관계는 종말을 고했다. 종말도 열정의 하나라고 말하고 싶지만, 그만하자, 너.

운전자가 시커먼 산에 눈을 꽂는다. 준비가 덜 된 걸로 보입니다. 쿵, 가슴 밑바닥으로 뭔지 모를 게 내려앉는다. 무엇을 준비해야 했나. 하소연이나 푸념을 줄줄이 늘어놓는 그런 것? 눈물을 죽죽 흘리는 그런 것? 처음 보는 남자와 동행을 결심하게 된 절절한 사연 같은 것? 준비가 덜 되어 보인다 해도 돌이킬 수 없다. 나는 쭈욱 그래왔다. 무엇이 됐든 선택을 하면 돌이키지 못한다.

그에게 처음 젖을 물리던 순간, 나는 돌이키지 못하리라는 것을 알았다. 그는 젖꼭지가 무르도록 젖을 빤다. 그의 혀는 카멜레온의 혓바닥처럼 점성도 좋고 흡착력도 훌륭하다. 그러나 젖을 빤 후에는 〈노인과 여인〉에 나온, 노인의 멍한 눈동자로 돌아간다. 아무것도 머물지 못하는, 그 무엇도 접근할 수 없는 외딴 영역. 만약 그가 젖만 아는 인간이었다면 나는 그를 버렸을 것이다. 송골송골 땀을 흘리며 젖을 빨다 순간 허망하게 바뀌는 얼굴은, 흔들리는 내 존재를 더욱 흔들고, 부정확한 나를 정확하게 한다. 그에게 나는 별것 아니라는 무언의 직언.

운전자와 나는 하루 종일 어딘지도 모를 곳을 돌아다닌다. 연료는 바닥을 향해 가고 그때쯤, 혹은 그 전에라도 운전자와 나는 결론을 맺어야 한다.

운전자가 입을 뗀다. 생각이 많아 보입니다. 생각이 많으면 어렵습니다.

나는 생각이 많다기보다 미련이 많다. 미련도 생각의 한 줄기라면 할 말은 없다. 헌데 나는 암수술로 유방을 잃었다. 미련을 연장시키려 해도 할 수가 없다. 더는 젖을 공급해줄 수 없다는 사실 앞에서 미련 따위라니.

그는 젖이 풍만한 여자를 찾아 떠났다. 그에게 이별은 끝이었고, 내게 이별은 끝장이었다. 사실, 끝과 끝장의 차이란 없다. 지금도 나는 그에게 무릎을 내어주고, 그는 내 무릎에 누워 젖을 빤다. 나는 그를 내려다보며 이마에 흘러내린 머리칼을 쓸어주고, 그는 지그시 눈을 감고 다른 쪽 젖을 조몰거린다. 그와 나는 허무의 열정을 격렬하게 맞보며 눈물을 흘린다. 이러한 것도 생각이라면 운전자의 말은 맞다. 생각이 많은 사람은 어렵다.

밖은 캄캄하다. 전조등 빛이 어둠을 가른다. 주변은 죽은 듯이 소리가 없고 공회전 음만이 신산하다. 습하고 찬 기운이 차 안으로 스며든다. 운전자가 운전대에서 손을 떼며 시집을 돌아본다. 후회합니까? 지금 가셔도 됩니다. 나는 차창 밖으로 고개를 돌린다. 그에게 후회를 한 적이, 내게 후회를 한 적이, 후회하지 않는다. 그는 지금도 아름답고 슬퍼 보이며 고결하다.

그가 단에 올라 시를 낭송할 때면 는개가 내린다. 그가 시를 낭송한 후면 어두어두해지는 개펄이 드러난다. 그가 시에 대해 말할 때면 많은 여자가 그를 둘러싼다. 여자들은 그를 잡으려 크게 웃거나 질문을 하거나 다시 한번 낭송해달라고 조른다. 그의 목소리는 시다. 그의 목소리, 시의 목소리를 잡으려 젖을 꺼낸다. 그는 젖을 빨거나 빤 후에도 시의 목소리를 들려주지 않는다. 사적인 자리에서 직업을 연장시키는 짓은 하는 게 아니라고 한다.

살아있다는 것에 진저리를 치던 즈음 그를 만났다. 그는 시의 목소리를 들려주었지만 시는 아니었다. 시를 통해 절묘하기만 한 생을, 쉽게 말해 가지고 놀았다. 절망을 아슬아슬하게 타며 구애하는가 하면, 희망을 구질구질하게 염원하며 혐오했다. 나처럼 살아있다는 것에 진저리를 치고 있다는 걸 알았다. 그와 나는 젖을 주고 빠는 걸로 잠시나마 생의 잔인함에서 비껴갔다. 그렇게 말해도 된다면.

운전자는 후회하느냐고 묻는다. 후회란 해도 해도 끝이 나지 않는, 핏기 잃은 불치병이다. 운전자는 지금 가도 된다고 말한다. 가도 된다는 말은 젖을 잃은, 저 끈덕진 삶으로 돌아가라는 말이다. 뜬금없게도, 그를 데려와, 젖을 찾아와, 라는 말이 목젖을 할퀸다. 목구멍이 뻑뻑해지더니 눈물이 주르르 흐른다.

운전자가 파킹에 놓았던 레버를 드라이브로 놓는다. 대답이 없으시니 다른 데로 갈까요. 바다 어떠세요. 밤바다를 보며 하는 것도 좋을 듯합니다. 차는 산 정상을 내려간다. 전조등 빛이 창자처럼 구불대는 산길을 비춘다. 저 아래로 가면 밤과 하나가 된 바다가 있다. 그가 쓴 시에도 바다가 나온다. 시인은 그저 그런 바다를 섬세하게 그린다. 바다 가운데 떠 있는 섬, 섬을 향해 돌진하는 파도, 그러나 섬은 끄떡하지 않는다. 다시 돌아가는 파도, 다시 돌아오는 파도, 때리고 또 때려도 섬은 문을 열어주지 않는다. 시인은 살아있음에 진저리를 친다.

차는 생의 모퉁이를 돌듯 굽이굽이 내려간다. 반대편 차도에서 간간히 차가 올라온다. 하이빔이 순간 운전자의 눈을 멀게 하더니 이내 사라진다. 그에게 눈이 멀었다. 나에게 눈이 멀었다. 그에게 조바심이 났다. 나에게 조바심이 났다. 젖이, 가능하다면 뽀얀 젖이 나오는 젖이 필요했다.

아이를 낳았다. 젖꼭지가 까맣고 퉁퉁해졌다. 젖꼭지 끝에서 젖이, 뽀얀 젖이 맺혔다. 아이가 젖을 달라고 보챘다. 분유를 타 먹이곤 그에게로 달렸다. 젖이 흘러 브래지어가 축축했다. 마음이 더할 수 없이 달떴다. 젖이 잘 나온다는 음식을 챙겨먹었다. 일 년

쯤 되자 뽀얀 젖이 현저히 줄었다. 그가 자꾸만 명화집의 〈노인과 여인〉을 들추었다. 마음이 타들어갔다.

이 시간, 이 도로를 타는 사람들에게 묻는다. 그 일은 후회하고 반성해야 할 일인가요. 그는 아사 직전의 노인이었는걸요. 그를 살릴 수 있는 길은 모유밖에 없었는걸요.

몸을 틀어 조수석 문에 등을 기댄다. 운전자의 옆모습이 한눈에 들어온다. 너무나 평범해서 다시 만난다 해도 알아보지 못할 듯한 남자. 튼튼하지도 허약하지도 크지도 작지도 않은 몸. 특별할 것도 없는 몸이지만 저 몸은 인생이다. 삼십 몇, 혹은 사십 몇이라는 인생이 응축되어 있는 기록물. 운전자에게 새겨진 기록은 알 길이 없다. 아내가 있다면 어느 날 아내에게서 버림을 받았거나, 직장이 있다면 어느 날 직장을 잃었거나, 사업을 한다면 어느 날 사업이 망했거나, 그러저러한 이유가 아니라면 자신의 삶을 긍정할 수 없어 나왔는지도 모른다. 혹여 그렇다면 운전자와 시인은 같은 부류다. 젖을 좋아하냐고 물어볼까. 아니, 같은 부류라고 해서 지향점마저 같을 순 없다.

차는 산길을 내려와 인가가 있는 길로 접어든다. 인가 뒤에는 언덕 크기의 산이 있고 산은 어둠을 병풍처럼 두르고 있다. 인가에서 나오는 불빛이 인가 앞의 밭을 비춘다. 밭에는 눈으로 식별할 수 없으나 무엇인가가 심어져 있다. 기온이 싸늘하다. 낮만 해도 얇은 겉옷 하나로 충분했지만 지금은 두툼한 옷이 필요하다.

운전자가 갓길에 차를 세운다. 운전자는 몸을 틀어 뒷좌석에 던져놓은 점퍼를 집어 내 무릎에 놓는다. 나는 무릎에 놓인 점퍼를 바라보기만 한다. 남자의 체취가 배어있는 옷. 땀과 기름과 먼지와 스킨로션과, 운전자가 다니고 기거하던 데의 모든 것을 흡수해 운전자만의 체취를 만들었을 표피.

시인에게는 체취가 없다. 시를 낭송할 때에도, 시에 대해 강의할 때도, 시인의 눈은 허기에 번득인다. 그러한 것을 굳이 체취라고 한다면, 그의 체취는 채우고 채워도 채워지지 않는 심연이다. 시인은 젖을 빨며 허기를 채우고, 젖을 떼는 순간 심연에 몰락한다. 나는 젖을 빨리며 허기를 채우고, 젖이 다하면 그의 심연에 몰락한다. 그가 젖을 빨 때면 그의 볼따구니는 다이내믹해지고, 나의 유선은 최선을 다해 열린다. 그 순간만큼은 그와 내가 역사의 시간을 넘는다.

운전자의 얼굴이 나를 향한다. 점퍼를 입으라는 뜻인지, 입기 전에는 출발하지 않겠다는 뜻인지 짐작하기 어렵다. 운전자와 나는 묵묵히 서로를 보기만 한다. 침묵과 눈길과 알 수 없는 느낌들이 어떤 강박증과도 같이 좁은 공간을 누른다. 운전자와 나는 눈길을 돌리지 않는다. 자세를 바꾸지도 않는다. 운전자는 팔에 턱을 괴고, 나는 차문에 등을 기댄 채 꼼짝하지 않는다.

운전자가 운전대에서 팔을 내린다. 운전자는 내 쪽으로 몸을 돌린 그 자세로 팔을 뻗는다. 운전자의 팔이, 손이, 내 얼굴 가까이로 온다. 시인은 저 운전자처럼 조용히, 천천히, 손을 뻗은 적이 없다. 시인은 항상 급하며 도발적이다. 생각을 단숨에 지워버리게 하고, 윤리나 질서를 순식간에 무화시킨다. 운전자의 손이 내 뺨 앞에서 멈춘다. 무엇을 기대하는 눈빛이 아니라고 말할 수 없군요. 운전자는 조용히, 천천히, 뻗었던 팔을 그대로 거둔다.

운전자가 차를 출발시킨다. 밤의 지방도는 지나가는 차도 사람도 뜸하다. 겨울이 아닌데도 겨울 못지않게 을씨년스럽다. 운전자는 대낮부터 지금까지 운전만 하고, 나는 어디로 가는지도 모른 채 낯선 고장을 지난다. 느닷없이, 왜 이렇게 지지부진한가 하는 생각이 스친다. 시인이었다면 이렇게 질질 끌었을까. 운전자는 여전히 사십오 킬로미터를 넘지 않는다. 운전자의 속도가 고독하다.

시인이 젖꼭지에서 입을 떼는 순간, 시인과 연락이 되지 않아 퉁퉁 분 젖을 짜내는 순간, 시인의 손이 〈노인과 여인〉에 멈추는 것을 보는 순간, 속은 시리고 뭔지 모를 것에 온통 휘말린다. 텅 비이고 막막해지며 아주 짧은 순간 나라는 존재는 강렬하게 없어진다. 그러한 것을 또 다른 생명이라고 한다면, 나는 그 무엇과도 호환되지 않는 그 생명 때문에 살아왔을 수도 있다. 이제 그 생명은 영원한 생명을 찾아 길을 나선다. 때론 방지턱이 있고, 돌발 상황도 있겠지만 나는 번복할 수가 없다.

어디가 좋겠습니까? 바다가 내키지 않으면…… 생각해 둔 데가 있으면 그리로 가지요. 딱히 생각해 둔 데는 없다. 적절한 장소와 시간,

방법보다는 확고한 의지가 중요하다. 시인과 나는 우연히 만났지만 더할 수 없이 확고하다. 우리는 굶주린 짐승으로 필사적이며 살인적이다. 자기 검열은 시스템에서나 작동하지 필사적인 짐승에겐 존재하지 않는다. 이러한 의지는 꺾일 줄도 꺾이지도 않는다.

차는 인적이 드문 길을 지나 도심으로 들어간다. 불빛이 많아지고 상점과 사람이 제법 있다. 네온의 빛이 색색으로 빛을 낸다. 겉으로만 화려한 세계는 외피가 가진 생리이며 생존 전략이다. 시인은 외피를 선망했으며 선망하지 않았다. 그 또한 시인의 생리이자 생존의 법칙이다. 생존의 법칙은 처절하게, 진심을 조소하며 시를 통해 나온다. 그의 시어들, 꽃잎처럼 흩어졌다 다가오는 그의 주장들, 외부와 내부를 용케도 간음한다. 그의 자아들, 아쉽게도 독자의 검열을 피해간다. 그는 시를 강의할 때면 과잉된 자아를 경계하라는 말을 한다. 시와 시인은 한 몸통이자 다른 몸통이며 외피이자 내피이다.

차는 도심 골목을 이리저리 꺾어 돌다 나온다. 차가 모텔들이 즐비한 골목을 지나다 무인텔 앞에 선다. 무인텔 주차장 입구에는 검고 긴 줄이 죽죽 늘어져 있다. 운전자의 눈이 무인텔에서 멈춘다. 아직도 미련이 남았습니까? 미련이 있으면 벗기가 힘듭니다. 운전자의 말은 밀도가 높다. 암시적이나 핵심을 잊지 않는다. 시인의 언어는 시를 말할 때에는 흑단처럼 검고 윤이 나, 일상으로 돌아서면 퍼석하다. 그럼에도, 시와 시인은 여태도 내게 미련을 남긴다. 운전자의 말처럼 미련이 있으면 실패할 확률이 높다. 나는, 미련이 남았지만, 실패하고 싶지는 않다.

운전자가 무인텔을 지나 해변이 있음직한 골목으로 간다. 바닷바람이 비릿하니 찝찔하다. 바람은 바다를 휘저어 바다의 물질대사를 실어 나른다. 내 안에도 바람의 물질대사가 꿈틀거린다. 시간을 넘고 싶어 하는 운동성, 혹은 열망이다. 운전자에게도 시간을 넘고 싶어 하는 운동성 혹은 열망이 있다. 운전자와 나는 그 이유로 만났지만 지금은 모른다. 바람에도 표정이 있는데 운전자는 표정을 주지 않는다. 표정이 없는 것도 표정이라면, 운전자는 이미 시간을 넘어선 자다.

차가 바다와 좀 더 가까운 골목으로 들어선다. 허름한 낚시 가게가 간판 불을 끈 채 바닷바람을 뒤집어쓰고 있다. 그 옆엔 작은 횟집이 있고 횟집 담을 낀 공터에는 빨랫줄이 있다. 빨랫줄에는 시커먼 잠수복이 축 걸쳐져 있고, 장대와 어망 같은 어구들이 횟집 담벼락 밑에 아무렇게나 놓여있다. 생존의 흔적들, 생의 입김들. 하지만 아무런 감흥도 일지 않는다. 운전자는 적당한 장소를 찾고 나는 운전자에게 의지한다.

운전자가 골목을 벗어나 도로로 진입한다. 편도 이차선 도로엔 차들이 많지 않다. 운전자는 여전히 같은 속도로 달린다. 이정표를 지날 때마다 북쪽이 가까워온다. 살 던 데와는 멀어지고 시인과 지내던 곳과도 멀어진다. 눈에서 멀어지면 마음도 멀어진다지만, 내가 가진 거리는 눈에서 멀어질수록 가까워진다.

차는 도로 옆 송림이 울창한 길을 달린다. 소나무도 군락으로 살고 사람도 무리를 지어 산다. 무리를 떠난 존재는 이단이기도 하고 자유이기도 하다. 그것에 관한 책임은, 묻지 마라 너는 네게 충실했다.

송림을 낀 도로가 연이어진다. 운전자가 송림을 낀 소로로 들어간다. 바닷바람이 아주 가까워온다. 차는 소로가 끝나는 지점에서 멈춘다. 해변이 한눈에 보이고 파도 소리가 울울하다. 운전자는 잠시 해변을 바라보더니 변속 레버를 파킹에 놓는다. 달빛이 어스름 바다에 깔린다. 바다와 달빛은 서로의 몸을 더듬으나 재촉하지 않는다. 운전자와 나는 하루를 같이 보내도록 재촉하지 않는다. 바다와 달빛이 자연스레 여유롭다면, 나와 운전자는 고의적으로 여유롭다.

달빛이 모래밭을 어루쓴다. 저 모래밭을 공처럼 데굴데굴 굴러간다면, 저 모래 속에다 팔 하나를 뚝 잘라 묻는다면, 그래도 없어진 유방은 돌아오지 않는다. 시도 시인도 그대로이고, 우묵하게 고인 그의 허무도 달라지지 않는다. 그가 수많은 사람에 섞여 수염을 기르고 얼굴 복판에 용을 문신한다 해도 나는 그를 찾아낼 수 있다. 그의 전부를 이룬 허무는 그를 감추지 못한다. 그는 지금 이곳과는 뚝 떨어진 저 어디에서 무엇인가를 한다. 시의 마지막 절에 임팩트를 주려 몇 시간이고 꼼짝하지 않는다. 젖의 공급자와 정산한 후의 가뿐함을 후련하게 마신다. 칭얼대는 아이를 거들떠 보지 않은 채 〈노인과 여인〉에 몰두한다. 그렇다 해도 너, 움직이지 마라.

운전자가 한쪽 팔꿈치를 핸들에 올리더니 턱을 괸다. 운전자가 내 쪽으로 반쯤 몸을 돌린다. 나는 차문에 등을 기대고 실루엣처럼 보이는 운전자를 바라본다. 달빛과 파도 소리가 차 안에 들어찬다. 운전자가 시속 사십오 킬로미터처럼 말한다. 밤바다에 왔습니다. 시작을 해도 되겠습니까. 나는 시집을 만지작거리며 운전자에게서 눈을 떼지 않는다. 운전자가 내 쪽으로 상체를 기울인다. 나는 차문에 등을 기댄 채 운전자의 그 다음을 기다린다. 운전자는 마치 드로잉을 하듯 눈으로 나를 찬찬히 훑더니 목에서 정지한다. 목이 가늘군요. 운전자가 눈을 거두고 상체를 바로 한다. 밤바다와 달빛이 있는 데서 하는 것도 괜찮겠다고 생각했습니다. 다른 생각이 있다면 그리로 갈까요. 방파제는 어떻습니까. 바람과 파도와 달빛이 극적으로 만나는데요.

극적인 만남은 오르가슴이다. 그의 혀가 강력한 빨판으로 수축과 이완을 반복할 때면 나는 그의 혀를 찬양하고, 내 몸은 활짝 열린다. 그의 혀의 성실성과 내 몸의 몰입도는 비례하며, 비례의 극점엔 하늘이 있다. 하나하나 계단을 오르고 또 계단 꼭대기에 서면 갑자기 하늘이 나타난다. 몸뚱이가, 한순간에 하늘로 쑥 빨려가다, 갑자기 저 아래로 무한 빨려 내린다. 그 순간, 나는 흐느끼며 속삭인다. 나, 그대를 바라노니, 데스여 제 이름을 가지세요.

운전자가 차를 뺀다. 차는 송림이 우거진 숲길을 나와 도로를 탄다. 운전자는 해변 저 멀리에 있던 방파제를 찾아간다. 방파제는 긴 콘크리트 구조물을 마치 남자 성기처럼 해안에서 바다까지 뻗고 있다. 파도는 끊임없이 방파제를 치고 방파제는 파도의 자극에 신음한다. 운전자는 방파제가 무엇인지 알고 있다. 높이 솟다 떨어질 때의 그 절절한 슬픔을, 기쁨을, 허무를, 그리고 고독을, 그것이 죽음이라는 것도 안다.

차는 송림이 끝나는 지점에서 꺾어든다. 바닥을 콘크리트로 다진 비탈길이 나온다. 차가 비탈길을 내려가자 시멘트 바닥의 넓은 주차장이 나온다. 주차장 한편엔 수산물센터가 있고 다른 한편엔 문을 닫은 횟집들이 있다. 방파제는 주차장을 담으로 치듯 주차장 바로 옆에 길게 둘러쳐 있다. 운전자가 주차장 복판에 차를 세운다. 횟집 이름이 새겨진 트럭이 한 대 있을 뿐 다른 차는 없다. 운전자가 방파제를 바라본다. 차가 방파제까지 올라갈 수 있으면 좋겠습니다만, 방파제로 가자면 걸어야 합니다.

방파제에는 테트라포드가 있다. 그것을 밟고 내려가야 바다와 만난다. 하늘을 향해 솟다 나락으로 떨어지려면 자동차가 있어야 한다. 속력을 높여 단숨에 테트라포드를 건너뛸 때에라야 거대한 절벽의 문을 통과할 수 있다.

달이 구름 속으로 들어간다. 사위는 어두워지고 자동차에서 내쏘는 빛은 생경하게 밝다. 운전자와 나는 어정쩡하게 있기만 한다. 밤이 차 안을 밀고 들어온다. 밤은 부단히 움직인다. 지체하지도 그만두지도 않으며 꾸준하다. 아직도 뽀얀 젖을 가졌다면, 시인과 나는 지금도 지체하지 않으며, 그만두지 않으며, 꾸준했을 터다. 시인과 나는 진즉에 밤을 알았고, 그 밤이 어떻게 울컥대며 파동을 일으키는지 알았던 듯하다.

운전자의 목소리가 밤을 깨운다. 여기도 내키지 않으면 다른 데로 갈까요. 차가 진입할 수 있는 데로 말입니다. 장소는 문제가 아니라고 생각했는데 문제가 된다. 문제가 아닌 것을 문제로 만드는 것은 상황을 지연시키려는 심리다. 절망을 회전문에 넣고 빙글빙글 돌려가며 시간을 끌어보려는 어리석음. 그럴 생각은 없었는데, 그렇게 되어 가고 있다. 그러나 너, 돌이킬 수 없다.

차는 다시 도로를 탄다. 가로등 저 뒤편으론 추수를 끝낸 논과 푸성귀를 심은 밭이 거뭇하게 있다. 시인은 내 무릎에서 일어난다. 어느 영화에서 농부인 어머니가 밭일을 하다 등에 업은 아기를 앞으로 돌려 젖을 물리는 걸 봤어. 어머니의 손엔 흙이 잔뜩 묻어 있었지. 해는 어머니의 머리를 달구고 어머니는 상체를 굽혀 아기에게 한 점 그늘이라도 만들어 주려 했어. 아기는 얼굴이 빨개지도록 젖을 빨았어. 어머니는 대지야. 내겐 그런 어머니도 어머니의 젖도 없었어. 시인의 얼굴이 공허로 물이 든다. 시인의 공허가 나를 습격한다. 내가 어떤 존재인지를 까발리는 저 가증스러운 발언들, 표정들. 나는 시인을 죽이고 싶어 몸을 떤다.

향연은 끝났다. 달아오르던 열기는 일순 거꾸러지고, 빙점 이하로 떨어진 감각은 나와 시인의 공존을 거부한다. 지저분하고 너절한 기분 같은 것이 두통처럼 몰려온다. 서둘러 브래지어를 하는데, 젖이 쑥 빨려나간 유방이 역겨운 나부랭이로 보인다. 시인을 돌아본다. 그는 공허 속을 발가벗은 채 더듬더듬 기어가고 있다. 하나의 인간이, 인간이길 뿌리치는 그 가학성과 이기성이 나를 질식시킨다. 그러한 이유로, 나는 시인을 포기할 수 없었다.

차는 북쪽이 아니라 왔던 길을 달린다. 운전자의 속도가 밤의 속도와 꼭 맞는다. 한결같은 속도가 포기하지 않겠다는 뜻으로 비친다.

차가 작은 시멘트 다리에 오른다. 다리는 오래 전에 만든 것으로 십 톤 이상의 차가 오르면 붕괴될 정도로 허술하다. 운전자가 다리 중간에 차를 세운다. 차가 진입할 수 있는 데를 생각해봤습니다. 이런 다리 말입니다. 작은 다리라기보다 대교입니다. 대교 아래엔 물이 깊습니다. 달빛도 좋습니다. 시인의 시에는 바람과 하늘과 물과 달이 나오지만 대교는 나오지 않는다. 대교는 오픈된 세계이고 시는 감추어진 세계. 대교가 직진만을 허용한다면 시는 은밀한 굴곡을 향한다. 시인은 벗은 가슴을 내 가슴에 밀착시킨다. 산다는 게 허상이야. 니 젖통도 허상의 비늘이고. 모욕감은 들지 않는다. 시인의 발언은 자해이고 내 젖은 발화만을 고집한다.

운전자는 다리를 건넌다. 이 다리는 물이 말라 삭막합니다. 물이 깊어야 다리는 제 구실을 합니다. 희망은 마음대로 되지 않을 때 사용하는 카드다. 달콤한 조각 케이크로 심난함을 어르는 일종의 종이학 같은 도구. 시인은 희망을 희망하지 않는 것으로 자신을 컨트롤한다. 시어에 교묘하게 숨어 희망이 일으킬지도 모를 트러블을 방지한다. 시인의 시에는 흡착력이 좋은 혓바닥이 있으나 쉬이 드러내지 않는다. 시인의 시가 좋고, 시인의 혓바닥이 좋다.

차는 어둠을 밝히며 대로와 소로와 비포장 길을 달린다. 직진과 코너링을 하면서도 시속 사십오 킬로미터를 넘지 않는다. 이런 속도로 대교까지 가면 무엇이 있을까. 대교엔 수량이 풍부하고 달빛이 좋다지만, 차량도 많고 아치와 네온의 빛도 있다. 달빛은 사물을 적당히 은폐시켜주나, 네온의 빛은 사건 사고로 고발한다. 매스컴을 떠들썩하게 하고 마이크를 잡은 자들을 흥분시킨다. 그것이 대교가 가진 속성이라 해도 너, 후진할 수 없다.

차가 대도시로 진입한다. 이정표가 많아지고 차선과 차량과 불빛이 번잡해진다. 운전자는 이 도시를 익히 알고 있을지도 모른다. 이 도시에서 태어났거나 자랐거나 출발해 나를 만나러 왔을 수도 있다. 익숙한 도시와 길은 때론 저지선이 되기도 한다.

차가 정지 신호를 받는다. 여기서 조금만 가면 이 도시에서 제일 큰 다리가 나옵니다. 이곳 사람들은 그 다리를 좋아합니다. 통행인도 많

습니다. 이런 저지선은 매설된 지뢰처럼 나를 위축시킨다. 결단
은 흐지부지되고, 흐지부지된 자신을 용서하자면 시간도 필요하
다.

운전자는 사거리를 지나 우회전을 한다. 다시 우회전과 좌회전
을 하자 강을 낀 도로가 나온다. 도로 저편엔 이 도시 사람들이 좋
아한다는 다리가 강에 걸려있다. 네온의 빛이 모두의 근심을 가
린다. 운전자가 다리를 향해 간다. 저 다리엔 차를 세울 만한 공간이
없습니다. 차량 통행도 많고 다리 옆 인도엔 사람도 많이 다닙니다. 어떻
게 할까요.

어떻게 할까. 운전자 말대로 모텔로 가는 게 좋을까. 모텔엔 시
인과 내가 있다. 젖과 땀과 흥분과 눈물이 얼룩져 있다. 그 비트는
이제 문을 닫았다. 모텔은 의미를 상실한, 시인 말대로 허상의 비
늘이 되고 말았다.

차는 대교를 이십여 미터 앞두고 있다. 저 다리마저 아니라면 더는
갈 데가 없습니다. 더 갈 데가 없다니, 운전자는 마음을 바꿨나. 운전
자가 대교를 탄다. "결심은 때론 흔들리기도 합니다." 동행하기를 거
절하겠다는 뜻인가. 운전자가 흘깃 나를 돌아본다. 아직도 시집을
갖고 있군요. 시집엔 시인이 살아있다. 비트가 폐업을 선고했지만
시집으로 남아 시간의 깃대를 돌린다. 시인이 돌리는 깃대는 그때
를 타전하며 생과 사를 노래한다.

운전자가 대교를 건너 강변도로로 진입한다. 강변도로 한쪽엔

인도가 있고 군데군데 벤치가 놓여 있다. 밤이기도 하고 날씨가 차가워선지 벤치에 앉은 사람은 없다. 운전자가 강변에 있는 갓길에 차를 세운다. 대교에서 붉고 푸른 네온의 빛이 검은 강물에 떨어진다.

운전자가 한쪽 팔꿈치를 핸들에 대고 턱을 괸다. 운전자의 얼굴에 짙은 그림자가 어린다. 운전자가 돌연 나를 돌아본다. 여기까지 왔습니다. 네온의 빛이 노랗고 붉고 푸른빛을 깜박이며 운전자의 얼굴을 비춘다. 운전자의 얼굴은 네온의 빛을 받을 때마다 현실이다 비현실로, 비현실이다 현실로 바뀐다. 시인의 얼굴도 저렇다. 시인은 어둠과 빛을 모티프로 자신을 감추다 팽창시키기를 반복한다. 그 얼굴을, 그 세계를, 더는 볼 수 없다. 그래도 너, 멈추지 마라.

마침내 운전자가 무겁게 입을 연다. 아직도 제가 필요하십니까.

운전자는 누구인가.

유람선 한 척이 네온의 전구를 반짝이며 대교 밑을 지난다. 뱃전에는 몇몇 사람이 휴대전화로 사진을 찍거나 서로의 어깨에 팔을 두르고 있다. 배를 탈 걸 그랬나. 뱃전에서 검은 바람의 신부가 될 걸 그랬나. 물의 저 깊은 곳으로 뛰어들어, 젖을 드러내며, 빨리며, 축축해지며, 저릿하며, 나른하며, 혼절하던 나를 놓아줄 걸 그랬나.

운전자의 눈과 내 눈이 마주친다. 운전자는 누구인가. 나는 운전자의 눈 속을 파고든다. 나, 그대를 바라노니, 데스$^{deach}$여, 제 이름을 가지세요.

# 시내

누구니.

누가 나를 휘젓고 있니.


눈이 온다. 유리로 된 마루 미닫이문을 연다. 댓돌에 놓인 고무신이며 구두에 눈발이 쌓인다. 꽃밭에도 하얀 솜이불이 깔린다. 중문 앞에 매어둔 살구가 꼬리를 흔든다. 목줄이 출렁출렁 흔들린다. 빈 밥그릇이 엎어진다. 눈 덮인 고무신을 탁탁 털어 신고 대문으로 간다.

돈암동 골목길이 눈밭이다. 새벽일을 나가는 사람 몇이 눈을 밟으며 간다. 한참을 대문 앞에 서서 외등 저 너머를 기웃이 본다. 목이 멘다.

대문을 닫고 부엌으로 간다. 부뚜막에 넌 임주 아버지의 양말과 아이들 양말이 따끈하다. 양말을 잘 개켜 안방으로 가져간다.

다시 부엌으로 간다. 밤새 연탄불에 올려놓은 양은솥이 뜨겁다. 뚜껑을 연다. 허연 김이 왈칵 올라온다. 부엌이 따뜻해진다. 바가지로 양은솥의 물을 퍼 세숫대야에 붓는다. 세숫대야를 들고 마당으로 간다.

수도 옆 펌프에도 눈이 소복하다. 수도꼭지를 튼다. 손이 수도꼭지에 쩍 붙는다. 세숫대야의 물을 반쯤 수도꼭지에 붓는다. 수도꼭지에서 물이 쫄쫄 나온다. 세숫대야에 수돗물을 받아 가만가만 세수한다.

수건으로 얼굴을 닦으며 대문을 돌아본다. 대문 안, 중문 쪽은 늘 어둑어둑하다. 울컥 목이 멘다.

안방으로 들어가 경대 앞에 앉는다. 임주 아버지가 사다 준 일산 구루무를 바른다. 그 위에 임주 아버지가 사다 준 코티분을 톡톡 두드린다. 임주 아버지가 사다 준 새빨간 베니를 입술에 바른다.

경대에서 물러나 벽에 걸린 한복을 입는다. 한복 위에 앞치마를 두르고 앞치마 끈을 질끈 조인다. 영자가 아랫방 문을 열며 큰소리로 하품한다. 아함~ 아주머니 벌써 일어나셨세요? 아이고 화장까지 마치셨네. 참 부지런도 하시지.


추석을 앞둔 날 작은아버지가 아버지를 찾아온다. 형님이 알아보라는 대로 신랑짜리를 물색하러 여기저기를 다녔습니다. 대천 면사무소에서 군계일학을 봤습니다. 그렇게 잘생긴 청년은 조선을 다 뒤져도 없을 겁니다. 집안도 대대로 양반에다 그 댁 땅을 밟지 않곤 웅천에 발을 디딜 수가 없다고 합니다.

싸락눈이 희끗희끗 날린다. 군불을 땐 방에서 몸을 옹송그린다. 쌍매가 방으로 들어온다. 아씨, 죄송합니다만 아씨 몸 좀 살피겠습니다. 쌍매가 귓밥을 만져본다. 한복을 들추고 발이며 복숭아뼈를 만져본다. 앉은자리를 한 바퀴 돌아 뒤태를 본다. 세상에나 이렇게 참한 색시가 있다니. 신랑 될 사람의 증조할머니의 몸종이라는 쌍매가 아버지를 만나고 간다.


임주가 광호 손을 잡고 사립문에 들어선다. 엄마, 광호가 용모 또랑에 빠져 떠내려갔어. 경숙이는 웃으면서 구경만 했어. 경숙이는 검정 고무신에 담아온 민물조개를 두 손으로 받쳐 든 채 울먹인다. 엄마, 난 광호가 장난치는 줄 알았어.

막 쪄 낸 고구마를 소쿠리째 내어놓는다. 임주와 경숙, 광호가 소쿠리 앞에 둘러앉는다. 발그레한 볼따구니들이 붉은 고구마를 호호 불어가며 먹는다.

어스름 저녁이 초가집에 내려앉는다. 장독에서 놀던 참새들이 파르륵 날갯짓을 하며 만잘댁네 쪽으로 간다.

임주 아버지가 사립문 안으로 들어온다. 반듯한 이마, 호리호리한 몸매, 선함이 가득한 눈이 아이들에게로 향한다. 임주, 경숙, 광호가 발딱 일어나 아버지 다녀오셨어요, 하고 인사한다. 부엌에서 밥 짓는 냄새가 푸근하게 초가집을 채운다.

시내야, 이리 와 인사해라. 새어머니다.

새어머니가 고개를 숙인 채 말이 없다. 새어머니께 절을 하고 뒷걸음으로 방을 나온다.

농장에서 일하는 일꾼 내외가 광이 있는 쪽으로 가며 소곤댄다. 새로 온 마님은 돌아가신 마님보다 젊고 체격도 크네. 찢어지게 가난한 집이라면서요? 주인어른이 논 세 마지기를 주고 데려 오셨대. 큰 아씨보다 아홉 살밖에 차이가 안 난다니 어린애지 뭐예요, 쉿! 시내 아씨 온다.


돈암동 태극당에서 생과자와 빵을 잔뜩 산다. 임주, 경숙, 광호, 덕호, 정주에게 빵과 생과자를 나눠준다. 새끼들이 새끼 새처럼 오물오물 잘도 먹는다. 안방으로 와 이불을 펴고 수면제를 잔뜩 털어 먹는다.


노천리 가라티가 뒤숭숭하다. 일본 놈들이 전쟁 물자가 되는 거라면 뭐든 가져간다고 난리다. 시집올 때 아버지가 해주신 놋대야를 왕겨 속에 넣는다. 왕겨가 든 자루를 마루 밑 땅을 파고 묻는다. 일본 순사들이 들이닥친다. 시집 올 때 해 온 놋수저와 놋사발을 빼앗긴다. 시집올 때 가져온 자개장롱은 무사하다.


테레비가 집으로 들어온다. 동네사람들이 안방 가득 들어찬다.

담 하나를 사이에 둔 피태호네 엄마가 옆구리를 찌른다. 임주 엄마는 좋겠수. 돈암동에 테레비 있는 집은 이 집이 처음이라던디. 우리 태호, 낼두 임주네서 테레비 좀 볼 수 있을까?

정주를 무릎에 안는다. 테레비 화면에서 기생충이 꿈틀거린다. 사람들이 놀라 입을 가리거나 한숨을 토해낸다.

정주가 테레비를 보며 목이 근질댄다고 한다. 정주 입을 벌려본다. 테레비에 나오는 것과 같은 허여멀건한 것이 정주 목구멍에서 날름댄다. 손으로 쭉 잡아 뺀다. 허옇고 퉁퉁한 회충이 기다랗게 빠져나온다. 정주가 앙앙 운다.


집안이 조용하다. 윤희 손을 잡아끌고 광으로 간다. 사람보다 큰 항아리가 광에 빼곡하다. 윤희야, 저건 쌀독이야. 윤희가 다른 항아리를 가리킨다. 언니, 저 항아리엔 뭐가 있어? 으응, 저기엔 새우젓, 또 저기엔 황서거젓, 또 저기엔 멸치젓, 또 저기엔 호두, 그다음엔……

언니, 저거 봐. 누룽지다! 항아리 뚜껑엔 넓적한 소쿠리가 놓여 있다. 그 위엔 가마솥 바닥을 그대로 본뜬 듯한 누룽지가 있다. 윤희야, 저 항아리 속에도 누룽지가 잔뜩 들어 있어. 일꾼들 참 줄 때 쓴대. 우리 저 누룽지 먹어볼까? 누룽지 끝을 손가락으로 조금, 아주 조금 떼어 입에 넣는다. 언니, 우리가 누룽지 먹은 거 새어머니가 알면 혼내지 않을까? 글쎄…… 새어머니는 이상해. 말도 없고 우리를 찾지도 않고 혼내지도 않고 방에만 있어.

광문을 열고 밖을 살핀다. 해가 깨질 듯 쨍하다. 아버지는 면에 볼 일이 있다며 나갔고 새어머니는 교회에 갔다. 집안일을 해주는 어멈과 일꾼도 보이지 않는다.

광문을 닫고 윤희의 손을 잡는다. 언니가 꼭 해보고 싶은 게 있어. 어머니! 하고 큰소리로 불러보는 거. 광문에 대고 윤희와 힘껏 소리친다. 하나, 둘, 셋! 어머니—!


저녁을 먹자 배가 아파온다. 고구마 종자를 보관하는 골방으로 들어간다. 배가 뒤틀린다. 전신이 젖는다. 아랫배에 힘을 준다. 덕호가 나온다. 임주 아버지가 경숙에게, 덕호 몸무게를 재야 하니 천칭을 빌려오라 한다. 경숙이가 달려 나가다 맷돌 계단을 헛디딘다. 경숙이 맷돌 계단에서 구른다. 경숙이 우는 소리가 덕호의 울음소리보다 크다. 시어머니가 아들을 낳았다며 미역국을 끓여 내온다.


군산 여자가 오기로 한 날이다. 눈이 사박사박 내린다. 뽀드득 뽀드득 눈 밟는 소리가 난다. 벌떡 일어나 문고리에 가위를 꽂는다. 임주 아버지가 방문을 툭 친다. 문고리에서 가위를 빼고 문을 연다. 군산 여자가 까만 두루마기를 입고 임주 아버지 뒤에 서 있다. 마르고 키가 크다. 군산 여자가 방에 들어와 절을 한다. 형님,

처음 뵙겠습니다.

군산 여자의 두루마기를 받아 벽에 건다. 군산 여자가 쪽박과자와 오꼬시를 임주, 경숙이, 광호 앞으로 민다. 이거 먹어라.

심장이 벌렁댄다. 눈앞이 흐려온다. 마음을 다잡고 군산 여자를 쏘아본다. 오늘부터 자네가 이 집 살림을 맡아 하게. 아이들 밥이며 빨래, 청소, 다 하게. 이부자리는 옆방에 펴 놨으니 그만 가게. 시집 올 때 해 온, 눈보다 하얀 옥양목 이불과 침대 높이만큼이나 두텁고 폭신한 요가 눈에 어른댄다.

임주 아버지와 군산 여자가 옆방으로 간다. 몸을 움직일 때마다 빠스락 빠스락 이불 버석대는 소리가 천둥소리로 난다.

임주와 경숙이와 광호를 끼고 잠을 청한다. 첫닭 우는 소리가 난다. 웅천 시내가 닭 울음에 깨어난다.


어질어질하다. 머릿속이 텅 빈 것처럼 휑하다.


새들이 처마 밑에다 알을 깐다. 처마 근처에 뱀이 넘실댄다. 사립문 옆으로 큰 구렁이가 움실움실 기어간다. 꿈이며 생시에도 뱀과 구렁이가 꾸물꾸물 혀를 날름댄다. 임주 아버지에게 뱀과 구렁이 때문에 죽겠다고 말한다. 임주 아버지가 일꾼을 시켜 탱자나무를 자른다. 일꾼이 가시가 뻗친 탱자나무를 처마 밑에 넣는다.

내리 딸 둘에 아들을 낳는다. 임주 아버지가 응호라 이름 짓는다. 돌 달 즈음 융호를 업고 웅천 장터에 간다. 해가 지글지글 끓는다. 융호가 입을 옷가지와 신발을 사들고 집으로 온다. 융호를 요에 뉜다. 융호가 숨을 쉬지 않는다.

산지기가 와 융호를 멍석에 둘둘 만다. 임주 아버지가 몸부림을 치며 데려가지 말라고 통곡한다. 산지기와 함께 여우가 득시글대는 야산을 지난다. 야산 끝자락에 있는 대나무 숲을 지난다. 아기들만 묻는 애장 터에 당도한다. 바위와 바위틈에 융호를 눕힌다. 여우가 물어가지 않게 바위틈을 돌로 빡빡하게 메운다.

융호가 죽은 지 이 년 만에 광호가 태어난다. 임주 아버지가 광호를 애지중지한다.


초례청이 차려진다. 사모관대 차림의 임주 아버지는 청아하다. 이목구비는 또렷하고 키는 훤칠하며 몸매는 호리호리하다.

첫날밤이다. 일가붙이들이 손가락에 침을 묻혀 문창호지를 뚫는다. 킥킥대는 소리, 소곤대는 소리가 방안까지 들어온다.

밤이 깊도록 임주 아버지는 족두리와 치마저고리에 손을 대지 않는다.

등 뒤에서 뭔가를 찢는 소리가 난다. 한동안 조용하던 방안에 임주 아버지의 음성이 난다. 그동안 받은 편지들을 없앴소. 날이 밝는 대로 태워 없앨 것이니 마음 놓으시오.

임주 아버지가 족두리와 치마저고리를 벗긴다. 웅천국민학교 옆 신혼집에 새벽닭 우는 소리가 활발하다.

동대문시장엘 간다. 임주 아버지는 임주 것으로 계란색 스웨터를 산다. 경숙이 것으론 청색 스웨터를 고른다. 임주와 경숙이가 입을 브라쟈와 빤스도 산다.

임주가 계란색 스웨터를 입는다. 경숙이는 청색 스웨터를 팽개치며 언니 게 더 좋다고 퉁퉁 입이 나온다. 임주는 그럼 너 입으라며 경숙이에게 계란색 스웨터를 준다. 경숙이는 입이 잔뜩 부은 채 계란색 스웨터를 입는다. 털이 북실한 계란색 스웨터는 퉁퉁한 경숙이보다 빼빼 마른 임주가 더 어울린다.

재봉틀을 부여잡고 용을 쓴다. 죽음의 문턱까지 이르자 정주가 나온다. 임주에게 애기 씻기게 물을 덥히라 이른다. 가위로 태를 가른다. 임주 아버지는 딸이라는 소식에 오던 걸음을 돌린다. 시어머니도 딸이라는 말에 오지 않는다. 열두 살짜리 임주가 미역국을 끓여 내온다.

무창포에 배가 들어온다. 팔뚝만 한 갈치를 산다. 호박잎으로 갈치 비늘을 북북 벗긴다. 쌀뜨물을 받아 애호박을 넣고 갈칫국을 끓인다. 임주 아버지가 시원하게 맛이 좋다고 한다. 임주, 경숙이, 광호가 코를 빠뜨리고 먹는다.

서른한 살이 되던 해 6·25전쟁이 터진다. 군산 여자와 임주 아버지는 서울로 가고 없다. 웅천 시내에 사는 사람들이 너나할 것 없이 피난을 간다.

광호를 업고 이불보따리를 머리에 인다. 임주가 옷가지를 싼 보따리를 든다. 경숙이는 일본 꽃이 새겨진 남색 유리 꽃병을 든다. 아이들 손을 잡고 시댁이 있는 웅천 가라티로 간다.

포 터지는 소리가 가라티를 흔든다. 땅이 울리고 집이 흔들린다. 창호지 문이 부르르 떨고 소반에 놓은 밥그릇이 쭈르르 미끄러진다. 아이 셋이 방바닥에 엎드린다.

누런 군복을 입은 인민군이 들어와 총을 얼굴에 들이댄다. 임주 아버지 어디 있냐며, 바른대로 말하지 않으면 죽이겠다고 한다. 인민군과 함께 온 춘자 아버지가 붉은색 완장을 찬 채 거드름을 피운다. 아, 그러니께 내가 누군지 알것지? 임주 아버지 오촌 당숙이란 말이여. 조카는 반동분자라 처분해야 쓰것구먼. 면서기를 했고 세무서에 다니니께 반동분자인 거여.

국군이 들어온다. 춘자 아버지는 노천리 사람들에게 조리돌림을 당하다 돌에 맞아 죽는다. 춘자 아버지가 작성한 살생부에는 임주 아버지 이름이 두 번째로 들어 있었다고 한다.


임주 아버지가 선글라스 두 개를 사온다. 중학교 삼 학년인 임주와 중학교 일 학년인 경숙이가 화들짝 좋아한다. 정주가 발을 뻗대며 울고불고 난리를 친다. 나 줘! 나 달란 말이야! 내 건 왜 없어! 경숙이는 꼬맹이는 안 된다며 선글라스를 등 뒤로 감춘다. 정주가 빡빡 울어댄다. 임주가 정주에게 선글라스를 건넨다. 부러뜨리지 않게 잘 써 종콩아. 정주는 눈물을 딱 그치고 선글라스를 쓴다. 정주가 빤스만 입은 채 두 손을 허리에 대고 활짝 웃는다. 임주가 패추리 카메라로 정주를 찍는다. 돈암동 집이 웃음바다가 된다.

영자가 숱이 많은 긴 머리를 쫑쫑 땋는다. 머릿단이 굵은 동아줄이다. 영자는 땋은 머리를 휙 앞으로 젖히더니 정주를 업는다.

대문 밖에서 총소리가 난다. 4·19혁명이 났다고 한다. 영자가 정주를 업은 채 대문 밖으로 나간다. 데모하던 사람들이 성신여대 뒷산을 오른다. 순경들이 데모대를 겨냥해 총을 쏜다.

영자더러 안으로 들어가라고 이른다. 영자는 성신여대 뒷산을 흘끔대며 꿈질거린다. 전차 종점 앞엔 사람들이 백잘쳤다는디유.* 영자 어깨를 탁 친다. 어여 들어가라니까! 영자는 발 한 짝을 대문에 걸친 채 연신 성신여대 뒷산을 흘깃댄다.

임주와 경숙이 책가방을 들고 뛰어온다. 엄마! 무서워! 학교에서 얼른 집에 가라고 했어. 임주와 경숙이를 대문 안으로 밀어 넣는다. 꼼짝 말고 있어. 대문 밖은 얼씬도 하지 마라.

* 사람이 많이 모였다는 뜻의 충청도 사투리

4·19가 끝나자 경숙이가 말한다. 엄마, 우리 일 년 후배 민자가 총탄에 맞아 죽었대. 개네 오빠가 대학생인데 그 오빠 목마를 타고 부정부패 물러가라고 소리치다 총에 맞았대. 민자는 겨우 중학교 이 학년이다. 가슴이 철렁 내려앉는다.

아버지가 진갈색 홈스판 양복 차림으로 들어오신다. 시내야, 일본 놈들이 창씨개명을 하라고 들볶는다. 이제부터 니 이름은 시내가 아니라 다희다.

군산 여자가 돼지고기를 넣고 찌개를 끓여 내온다. 형님, 아침 드세요.

놋대야에 물을 받아 광호 얼굴을 씻긴다. 됐네. 군산 여자가 임주 아버지 앞에 돼지고기 찌개를 놓는다.

시어머니가 가라티에서 달려오신다. 시어머니는 대뜸 임주 아버지와 군산 여자가 묵는 방에 들어간다. 야야 에미야. 첩년한테 시집올 때 해 온 이부자리를 줬냐? 에잇, 배알딱지도 없는 것. 시어머니가 하얀 깃을 단 다홍색 비단 이불을 마당에 던진다. 시어머니가 이불을 꽉꽉 밟으며 군산 여자를 욕한다. 그동안 앓던 체증이 가라앉는다.

중학생이 된 광호에게 가정교사를 붙인다. 가정교사는 좋은 대학을 다닌다고 한다. 강파르게 마른 게 마음에 걸린다. 가정교사는 사랑방에 묵으며 광호를 가르친다.

사랑방에서 휙휙 공기 가르는 소리가 살을 벤다. 욱욱, 울음을 억누르는 소리도 난다. 임주가 못 참겠는지 발칵 사랑방문을 연다. 아니, 지금 내 동생한테 뭐하는 짓이에요? 세상에나, 가죽혁띠로 우리 동생을 때리다니. 엄마! 엄마! 이 사람 내쫓아요! 내 동생 죽이겠어요!

가정교사가 나가자 영자는 거칠게 펌프질만 해댄다.


정주네로 간다. 정주가 욕조에 물을 받아 목욕을 시킨다. 소고기를 잘게 썰어 볶은 걸 입에 넣어준다. 복숭아 통조림도 작은 숟갈로 떠먹인다.

광호. 내 아들 광호. 보따리를 싼다. 보따리를 푼다. 다시 싼다. 다시 푼다, 다시 싼다…….

정주가 파 한 단을 앞에 놓는다. 엄마, 파 좀 다듬어 줘요. 파 다듬을 줄 알지? 무릎 앞에 놓은 파 단을 멀뚱히 보기만 한다. 이게…… 이걸 어떻게…… 손이 파 단 위에서 허둥댄다. 정주가 파 한 뿌리를 들고 겉대를 벗긴다. 엄마, 파 다듬는 걸 잊었나봐. 이렇게 하는 거야.

정주가 사위 올 시간이 됐다며 마중이나 나가자고 한다. 정주가 겨드랑이에 팔을 끼고 엘리베이터를 탄다. 아파트 저쪽에서 막내 사위가 온다. 막내 사위가 장모님 오셨냐며 벙긋 웃는다. 정주가 사위에게, 엄마 치매기가 심해진 것 같다고 소곤댄다.

며칠을 뜬눈으로 샌다. 뒤뜰에 있는 아카시아 나뭇잎이 바람에 스스스 운다. 벌떡 일어나 뒤뜰 봉창을 연다. 캄캄한 하늘엔 달빛만 교교하다.

옷깃 스치는 소리가 뒤뜰 봉창 앞에서 멈춘다. 봉창을 연다. 임주 아버지가 맨발에 거지꼴을 하고 서 있다.

임주 아버지를 얼른 방으로 들인다. 언제 올지 몰라 매일 해 둔 밥을 가져다준다. 임주 아버지가 밥 한 그릇을 뚝딱 비운다. 서울서부터 걸어왔소. 시체들이 길바닥에 널렸더라고. 밤을 타 오느라 시체인지 뭔지도 모르고 밟았소. 쌀을 주머니마다 넣었는데 시체에 엎어지다 숨다 하느라 쌀이 다 없어졌더라고. 대천에 들러 당신 어머니가 해주는 밥을 얻어먹었소. 당신 형제들은 무사하니 걱정하지 마시오.

임주 아버지는 바닷가에 있는 상엿집에 숨는다. 매일 밤마다 밥을 해 들고 임주 아버지한테 간다. 인적이 없는 캄캄한 밤길. 집을 나와 집에 올 때까지 쿵닥쿵닥 가슴이 터진다.

냉장고 문이 무겁다. 있는 힘을 다해도 문이 열리지 않는다.

대문 밖 돌 턱에 쪼그려 앉는다. 골목이 한산하다. 지팡이를 짚은 할배가 찔뚝찔뚝 걸어온다. 할배가 툭 말을 던진다. 아들네 사오 딸네 사오? 할배를 외면한다. 쓰짤데기 없는 늙은이 같으니라고, 감히 어디다 말을 붙여?

야쿠르트 아줌마가 다가온다. 할머니, 며느리 없어요? 야쿠르트 값을 받아야 하는데. 야쿠르트 아줌마에게 냉장고 문이 무거워 열지 못하겠다고 말한다. 야쿠르트 아줌마가 안으로 들어와 냉장고문을 연다. 야쿠르트 한 병을 들고 다시 대문 돌 턱에 쪼그려 앉는다. 한낮이 기웃해지도록 며느리도 광호도 오지 않는다. 임주도 경숙이도 정주도 오지 않는다.


광호 밑으로 딸을 낳는다. 젖이 나오지 않자 임주 아버지가 산지기를 부른다. 산지기가 산방 맞은편에서 닭을 잡는다. 닭목이 비틀리며 닭이 끼아악 끼아악 명주 찢는 소리로 운다. 태어난 지 삼일밖에 안 된 딸이, 닭 우는 소리와 똑같은 소리로 운다. 닭 우는 소리가 그치자 울던 딸도 울음을 그친다. 가라티 사람들은 부정을 타서 애가 죽었다고 한다. 이름도 얻지 못한 딸을 애장 터에 묻는다.

애기 포대기를 둘둘 말아 재봉틀 위에 놓는다. 광호가 자박자박 걸어와 재봉틀을 가리킨다. 엄마, 왜 애기가 재봉틀에 있어? 입을 틀어막으며 하염없이 운다.

딸그락딸그락, 책보에 든 필통에서 몽당연필 구르는 소리가 사립문까지 들린다. 현주가 헐레벌떡 들어온다. 엄마! 엄마! 나 학예회에서 천사 맡았어. 낼부터 학교 파하면 남아서 연습해야 한대. 용모또랑 돌아서 오려면 무서운데 어떡해. 친구들은 다 가고 혼자 남을 텐데.

재봉틀을 돌린다. 흰 모시로 짧은 간당꼬를 만든다. 어깨엔 천사 날개를 달아준다. 천사 간당꼬에 풀을 빳빳이 먹인다. 경숙이가 천사 옷을 입고 엉덩이를 샬룩대며 춤을 춘다. 밀잠자리 고추잠자리가 경숙이 머리 위를 뱅뱅 돈다.


아버지가 새어머니에게 며칠 간 출장을 간다고 말한다. 아버지가 없는 동안 새어머니는 방에 박혀 바느질만 한다.

광천 사는 고모가 약식을 만들었다며 보자기를 펼친다. 시내야, 윤희야, 어여 먹어라. 아버지는 우리 집에 계신다. 어젯밤에 몰래 집에 와보니 호롱불 밑에서 니들과 새어머니가 오곤조곤 얘기하고 있더란다. 애비 없을 때 구박을 당하는 건 아닌지 걱정이 돼서 일부러 출장 간다고 하고 우리 집에 오신 거더라.

광 안 항아리 위에 번듯하게 놓여있던 누룽지. 윤희와 누룽지 끝을 떼어 먹던 일. 동무들과 뛰어 놀다 배가 고파 살금살금 부엌으로 들어가던 일. 부뚜막에 올라가 간신히 무쇠 솥뚜껑을 열고 보았던 일꾼들의 밥. 따뜻한 밥알을 표 나지 않게 조금 떼어

먹던 일.

고모가 빈 보자기를 접는다. 동무들이 빨리 나와 놀자고 부른다.

임주 아버지가 페추리 카메라를 목에 건다. 덕호에겐 임주 아버지가 사 온 짧은 반바지에 무릎 밑까지 오는 하얀 타이즈를 신긴다. 정주에겐 임주 아버지가 사 온 리본과 레이스가 달린 연분홍색 원피스에 가죽 샌들을 신긴다.

돈암동 전차 종점 앞에서 택시를 잡는다. 서오릉에 이르자 덕호가 능 주변에 깔린 잔디에서 구르기를 한다. 임주 아버지가 덕호와 정주를 능 앞 잔디에 나란히 앉힌다. 덕호는 군말이 없고 정주는 덥다며 짜등짜등 몸을 뒤튼다. 임주 아버지가 두 아이를 향해 샤따를 누른다.

해가 쨍하다. 임주 아버지가 사 온 일산 양산을 펼친다. 두 아이를 불러 능 가장자리 나무 그늘로 간다. 준비해 온 신문지를 펴고 김밥과 사이다를 놓는다. 가랑가랑한 덕호가 볼이 터져라 김밥을 먹는다. 임주 아버지는 사이다가 뜨뜻하다며 상을 찌푸린다.

6·25가 끝나자 군산 여자가 가라티로 온다. 고구마 종자를 놓던 골방에, 덕호를 낳던 골방에, 임주 아버지와 군산 여자가 들어간다.

속이 메슥메슥하다. 머릿속이 빙빙 돈다.


가라티에서 예산으로 이사한다. 가라티에서의 오 년이 오십 년이다. 다섯 아이를 데리고 예산역에서 내린다. 태어난 지 두 달도 안 된 정주를 업고 오리 길을 걷는다. 해가 뜨겁다. 정주가 울다울다 고개를 축 늘어뜨린다.

예산 집에 도착한다. 영길네 집 방 두 칸을 세 얻어 들어간다.

정주가 열꽃으로 펄펄 끓는다. 머리가 벌겋게 부풀고 딱쟁이가 두텁다. 정주를 들쳐 업고 인근 의원으로 간다. 의사는 못 고치겠다고 한다. 다른 의원으로 간다. 애를 포기하는 게 좋겠다고 한다. 속이 까맣게 타들어간다. 마지막으로 다른 의원을 찾는다. 의사는 태열이라며 정주 머리에 뭔가를 바른다. 정주 머리에서 부글부글 거품이 인다. 딱쟁이가 떨어지며 정주가 살아난다.


전화를 기다린다. 임주, 경숙이, 정주의 전화는 없다. 하루가 간다. 전화는 없다. 또 하루가 간다. 전화는 없다. 대문 밖으로 나가 돌 턱에 쪼그려 앉는다. 마른 바람이 골목을 훑는다. 마냥 앉아있다 골목 쪽으로 간다. 임주 아버지는 저세상으로 갔다. 간 지 얼마나 됐는지 기억나지 않는다.

해가 뉘엿뉘엿 떨어진다. 순경이 다가온다. 할머니, 어디 사세요? 길을 잃은 모양인데…… 순경이 전화를 건다. 아, 여보세요,

실종 신고 내신 분! 찾는 분 같은 할머니가 여기 계시니 일루 와 보시겠어요?

광호와 며느리가 헉헉대며 온다. 광호가 인상을 팍 쓴다. 엄마! 말도 없이 나가면 어떡해!

광호 손에 잡혀 광호네로 간다. 광호가 은목걸이를 목에 걸어준다. 며느리가 옆에서 궁시렁 댄다. 주소랑 전번, 이름이 새겨졌으니 이제부턴 맘 놓아도 되겠네.

임주 전화가 온다. 엄마! 길 잃었다며! 아이, 왜 집을 나가곤 그래. 엄마! 정신 차려요. 올케가 먹을 건 줘요? 때리거나 구박하진 않아요? 엄마 몫으로 매달 올케한테 돈 보내고 있어요. 목욕이랑 파마 하시라고. 먹고 싶은 거 있음 올케한테 말해요. 돈은 꼬박꼬박 보내고 있어요. 엄마 잘 모시라고 올케 옷도 사서 보냈어요.

전화를 끊는다. 눈물이 주르르 볼을 타고 몸뻬에 떨어진다.


서울역에서 임주 아버지를 기다린다. 임주 아버지와 정주가 나온다. 옆에 있던 여자 둘이 임주 아버지를 흘긋댄다. 와, 저 남자 좀봐. 서울역이 훤해지네. 최무룡보다 잘 생겼다야.

임주 아버지가 계란 꾸러미를 내민다. 옆에 있던 여자들에게 보란 듯이 계란 꾸러미를 받는다.

집에 오자 정주가 귓속말을 한다. 엄마, 아버지가 말하지 말랬는데, 기차 안에서 아버지랑 어떤 여자랑 얘기했다? 아버지랑 나랑 나란히 앉았는데 건너 자리에 어떤 여자가 와서 앉았어. 그 여자도 서울역에서 내렸는데, 할머니가 준 계란 꾸러미를 아버지가 그 여자한테도 줬어.

임주 아버지는 다시 군산 여자를 만났나.

며칠 후, 임주 아버지가 백금으로 된 스위스제 손목시계를 사다 준다.

인민군이 유성기 두 대와 레코드판 여러 장을 들고 나간다. 임주 아버지가 애지중지하던 유성기가 인민군에게 잡혀 만잘 댁으로 간다. 인민군은 만잘 댁에 기거하며 유성기를 틀고 노래를 따라 한다. 인민군이 이북으로 물러나자 유성기가 집으로 돌아온다.

해가 떨어진다. 가리티가 껌껌해온다. 낮을 들고 어린 임주를 앞장세운다. 콩 다발 하러 가자. 임주가 밭고랑으로 들어간다. 만삭인 배를 뒤룽대며 밭으로 간다. 머슴들이나 하는 일을 하다니 남 부끄러워서 원. 주위를 두리번댄다. 가라티 사람들은 보이지 않는다.

낮으로 콩대를 꺾어 새끼줄로 묶는다. 제법 큰 다발이 나온다. 임주야, 이것 좀 머리에 이어다오. 콩 다발을 임주랑 들어 머리에 인다. 벌렁 자빠진다. 임주가 까르르 웃는다. 다시 임주와 들어 머리에 인다. 벌렁 자빠진 채 버둥거린다. 아이고야 기운이 어째 이리 없냐. 임주와 함께 키득키득 웃는다. 콩밭으로 달빛이 내려앉는다.

임주 아버지가 경숙이를 데리고 대천해수욕장으로 놀러간다. 칭얼대는 광호를 재우며 경숙이를 부른다. 해수욕장 가면 아버지 잘 감시해라.

임주 아버지와 경숙이가 마당에 들어선다. 경숙이를 부엌으로 잡아 끈다. 아버지랑 잘 놀았니? 경숙이는 졸린 눈을 비빈다. 응, 아버지가 날 안고 파도타기 해주었어. 경숙이를 흔들며 다시 묻는다. 아버지가 누구랑 얘기하던? 경숙이는 반쯤 눈을 감는다. 응, 아버지 친구랑 얘기…… 경숙이가 고개를 툭 꺾으며 잠에 떨어진다.

덕호가 다리를 절룩이며 들어온다. 정주가 뒤따라 들어온다. 엄마, 오빠 다리 다쳤어. 철조망에 걸려 넘어졌어. 덕호 오금에서 피가 철철 흐른다.

성신여대 옆, 공장으로 쓰던 시멘트 건물엔 철조망이 쳐져 있다. 사람과 기계가 빠져나간 자리엔 쥐와 잡초만 무성하다. 그 음산한 데는 가지 말라고 일렀건만.

급히 덕호의 다리를 천으로 묶고 일광병원으로 간다. 의사는 찢어진 데를 꿰맨 후 붕대를 칭칭 감는다.

덕호가 반바지를 입을 때마다 오금에 난 상처자국이 눈에 꽉 차게 들어온다.

어디를 가는 거냐. 가기 싫다. 경숙이가 손을 잡는다. 엄마, 미안해. 어쩔 수가 없어. 광호가 운전을 하고 광호 옆에 앉은 정주가 뒤를 돌아본다. 엄마, 미안해. 올케 언니도 힘들어 해.

광호가 차를 세운다. 광호 등에 업혀 계단을 오른다. 인민군이 얼굴에 총을 들이댔을 때보다 무섭다. 광호가 건물 안으로 들어간다.

할머니들이 널따란 방 구석구석에 웅크려 있다. 요양원 직원이 어떤 할머니의 기저귀를 갈아주고 있다.

경숙이가, 가져온 이부자리를 바닥에 깐다. 엄마, 오늘부턴 여기가 엄마 자리야. 광호는 창밖만 내다보고 정주는 가져온 내복이며 옷을 꺼낸다.

애들이 간다. 낯선 사람들 틈바구니에서, 임주 아버지도 없는 곳에서, 6·25 때보다 더 무섭다.

전쟁이 터졌다고 한다. 비행기 소리가 가라티를 갈기갈기 찢는다. 사립문을 뛰쳐나가 임주와 경숙이를 부른다. 경숙이가 광호를 업은 채 뚝방 길을 뛴다. 경숙이 머리 바로 위로 미국 비행기가 떨어질 듯 난다. 경숙이와 광호가 목청이 찢어져라 운다. 미국 비행기가 대천 쪽으로 간다. 숨이 턱에 닿게 뚝방에 오른다. 경숙이 고무신 한 짝을 주워 발에 신긴다. 우는 광호를 받아 안고 뚝방을 내려온다.

매미 우는 소리가 질기다. 임주 아버지는 임주와 경숙이를 데리고 사랑방으로 간다. 임주 아버지가 방바닥에 벌렁 누워 두 팔을 벌린다. 임주가 임주 아버지 오른팔을 베고 눕는다. 경숙이가 임주 아버지 왼팔을 베고 눕는다. 임주와 경숙이가 벗은 등짝을 방바닥에 댔다 떼었다 한다. 짜그닥 짜그닥 소리가 난다. 임주 아버지도 웃통을 벗고 방바닥에 등짝을 댔다 떼었다 한다. 짜그닥 짜그닥 소리가 난다. 셋이 숨넘어가게 웃는다. 임주 아버지가 유성기를 튼다. 임주 아버지와 임주, 경숙이가 유성기에서 나오는 노래를 따라 부른다. 매미 울음보다 노랫소리가 더위를 물린다.

정주 손을 잡고 광화문에 있다는 장미다방을 찾아간다. 마담은 늘씬한 몸매에 딱 붙는 원피스를 입고 손님을 맞는다. 마담에게 임주 아버지가 어디 있느냐고 묻는다. 마담은, 누구신데 임주 아버지를 찾느냐고 묻는다. 집사람이라고 답한다. 마담의 얼굴색이 싹 바뀐다. 아니, 홀아비라더니 마누라에 애에……참 기도 안 차네.
장미다방을 나온다. 느닷없이, 한복차림이 걸치적거린다. 서둘러 전차를 탄다. 한복 말고 신식 옷, 바지나 치마를 입은 사람들에게 자꾸 눈이 간다.

그날 저녁, 임주 아버지가 일산 구루무와 코티분, 빨간색 베니를 사온다.


아버지가 혼수로 옷감을 끊어 온다. 똑같은 감인데 하나는 흐린색이고 하나는 고운 색이다.

아버지가 농 검사를 한다. 새어머니의 농엔 고운 색의 옷감이, 내 농엔 흐린 색의 옷감이 들어 있다. 아버지가 새어머니를 앞에앉힌다. 당신이 이러면 되겠습니까. 시집가는 아이한테 고운 색을줘야 하지 않겠습니까. 새어머니의 얼굴이 붉게 달아오른다.


덕호와 정주 도시락을 싼다. 손바닥만 한 양은도시락에 뜨거운밥을 푸고 위에 계란후라이를 덮는다. 시어머니가 덕성유치원 단복을 덕호와 정주에게 입힌다. 비쩍 마른 덕호와 인형처럼 작고예쁜 정주가 시어머니의 손을 잡고 집을 나간다.

정주가 유치원에서 돌아와 찡얼댄다. 혼자 타는 그네가 타고 싶단 말이야 잉잉. 내가 타려고 하면 남자애들이 뺏어 탄단 말이야잉잉. 시어머니가 정주를 달랜다. 이 할미가 너 끝날 때꺼정 그네지키고 있다가 타게 해주마. 정주 입이 헤벌쭉 벌어진다.

다음 날, 정주는 혼자 타는 그네를 탔다며 신바람이 나서 구멍가게로 내달린다.

몇 년 만에 친정 나들이를 간다. 기차가 다니는 굴다리 앞에 이른다. 장대만큼이나 큰 흑인이 코앞에 선다. 저게 사람인가 짐승인가. 푸르르 다리가 풀린다. 6·25가 끝난 한참 후에야 그 굴다리 안에서 양민들이 학살당했다는 말을 듣는다.

거실에서 임주가 선풍기를 튼다. 엄마, 여기 대구는 서울보다 더워. 임주가 수박을 썰어 입에 넣어준다. 엄마, 맛있어?

수박을 먹은 후 방으로 들어간다. 광호. 우리집 장남 광호. 보따리를 싼다. 보따리를 푼다. 싼다, 푼다, 싼다…… 임주가 방으로 들어온다. 엄마, 지금 뭐하는 거야? 왜 자꾸 보따리를 쌌다 풀다 그래.

임주가 집을 나가며 당부한다. 엄마, 누가 벨 눌러도 열어주면 안 돼. 아무 것도 하지 말고 텔레비전이나 봐요. 임주가 테레비를 틀어놓고 나간다.

임주가 풀이 죽어 들어온다. 엄마, 나 없는 새 무슨 일 없었지? 홍 서방 말이야, 지금 병원에서 결과 나왔는데 위암이래.

임주가 덕호에게 전화를 건다. 니 매형, 위암이란다. 엄마 모신지 석 달밖에 안 됐는데…… 앞으로 간병도 해야 하고 병원도 다녀야 하는데 엄마를 어찌 하면 좋을지 모르겠다. 니 매형이 우선 해 질 때까지 니가 모시면 안 될까?

임주 아버지가 아프다며 자리에 눕는다. 아이들한테 발뒤꿈치를 들고 다니라고 이른다. 덕호가 딱지치기해서 땄다며 딱지 한 움큼을 마루에 쏟는다. 덕호에게 쉿! 하며 손가락을 입에 댄다. 임주 아버지가 스타킹 사와 스타킹! 하며 신경질적으로 말한다. 스타킹이 뭐냐고 묻는다. 임주 아버지는 스타킹도 모르냐며 계속 스타킹 소리만 한다. 쿡 주눅이 들어 임주에게 묻는다. 스타킹을 사오라는데 스타킹이 뭐냐. 임주도 모른다고 한다. 임주 아버지가 사과도 몰라? 스타킹이라는 사과 말이야, 한다. 임주를 시켜 동네 가게에 가보라고 한다. 임주가 동네 가게를 갔다 온다. 스타킹이라는 사과는 없다고 한다.

젊은 여자가 단팥죽을 입에 넣어준다. 아이고 맛나기도 해라. 누구슈? 고맙기도 해라. 경숙이가 임주를 가리킨다. 엄마, 언니야. 언니 못 알아보겠어? 나는 누구야? 임주가 턱에 묻은 단팥죽을 휴지로 닦는다. 엄마, 엄마 딸이야. 나는 임주, 쟤는 경숙이, 쟤는 정주. 아직도 못 알아보겠어?

경숙이가 찻숟갈로 연시를 떠 입에 넣어준다. 엄마 좋아하는 연시야. 맛있어?

요양원 직원이 임주를 손짓해 부른다. 한꺼번에 많이 드리지 마세요. 따님들은 안타까워 자꾸 드리지만 따님들 가시고 나면 체하세요. 지난번에도 체해서 바늘로 따드렸거든요.

임주 손을 잡는다. 니네 집에 가고 싶다. 여기 말고 니네 집에. 딱 하루만. 딱 하루만. 경숙이가 얼굴을 가까이 댄다. 엄마, 언니도 형부가 돌아가셔서 안 돼. 지금 아들네서 살아. 형부, 재작년에 돌아가셨어. 나도 순주 둘 키우느라 형편이 안 되고.

딸들이 핸드백을 든다. 엄마, 다음에 올게 잘 지내요. 딸의 팔을 잡는다. 가지마. 가지마. 나 좀 데리고 가. 하루만. 딱 하루만.

딸들이 핸드백을 놓고 주저앉는다. 엄마! 엄마! 딸들이 손수건을 꺼내 눈가를 꾹꾹 누른다.

거기 가고 싶다, 거기…… 딱 하루만이라도 거기. 경숙이가 볼따구니를 어루만진다. 엄마, 광호네 말하는 거야? 올케한테 그 대접 받고도 또 광호네야?

딸들이 간다. 하늘이 무너진다.


바윗돌만큼이나 큰 덩이가 내리누른다. 숨구멍이 찢어지다 막히다 한다.


임주 아버지가 생활비를 봉투에 넣어 준다. 빳빳한 보라색 일 원짜리는 따로 준다. 덕호랑 정주 주구려. 임주 아버지가 크레용과 스케치북을 준다. 덕호랑 정주 주구려.

정주가 눈깔사탕이 먹고 싶다고 한다. 빳빳한 일 원짜리를 장롱에서 꺼내준다. 정주가 나팔꽃처럼 웃으며 구멍가게로 내달린다.

대문 밖에서 아이스케키요, 아이스케키요, 하는 소리가 난다. 덕호가 아이스케키가 먹고 싶다고 한다. 빳빳한 일 원짜리를 장롱에서 꺼내준다. 덕호가 번개처럼 뛰쳐나가 아이스케키를 입에 문다.

정주가 옆집 동무와 그림을 그리겠다고 한다. 장롱에 모셔둔 스케치북과 크레용을 준다. 정주가 동무와 함께 성신여대 뒷산에 올라 그림을 그린다.

임주, 경숙이, 광호, 덕호, 정주가 사랑방에 엎드려 엎치락뒤치락 논다. 영자를 시켜 밀가루 반죽을 한다. 다 된 밀가루 반죽을 다다미방망이로 밀어 칼국수를 만든다. 한 대접씩 푼 후, 채 썰어 데친 호박을 고명으로 놓는다. 영자가 넓은 양은쟁반에 칼국수 그릇을 얹어 사랑방에 넣어준다. 짭짭대며 먹는 소리가 마루까지 들린다.


군산 여자가 연신 이 방 저 방을 기웃댄다. 사랑방을 들여다보다 주위를 두리번댄다. 시어머니가 사립문 안으로 들어선다. 군산 여자가 움찔 놀라 고구마 종자를 놓는 방으로 쏙 들어간다. 시어머니가 살몃 다가와 옷자락을 잡아 끈다. 에미야, 저 지집년 말이다, 도망갈 눈치다. 애비 시계 얼릉 떼다 감춰라. 사랑방엔 임주 아버지가 주머니에 넣고 꺼내 보는 회중시계가 벽에 걸려 있다. 회중시계를 떼어 방으로 가져온다.

시어머니가 가자 군산 여자가 사랑방문을 연다. 회중시계가 없는 걸 보자 눈을 동그랗게 뜬다.

군산 여자가 보퉁이를 옆에 끼고 사립문을 나간다. 가라티 길로 스산한 바람이 분다.


덕호네로 간다. 둘째 며느리는 끼니마다 따신 밥을 내놓는다. 반찬도 물렁하니 맵지 않은 것을 준다. 경상도 말이라 알아듣기 힘들어도 조잘조잘 말도 잘 붙인다.

광호, 우리집 종손 광호. 보따리를 싼다. 다시 푼다. 다시 싼다. 푼다……

갑자기 광호가 들이닥친다. 술 냄새가 진동한다. 엄마 모시러 왔다. 엄마한테 전화하니 종일 밥을 굶었다고 하신다. 대체 밥도 안 챙겨 드리고 뭐 하는 거냐? 광호와 덕호가 언성을 높인다. 형님, 오해하지 마세요. 집사람이 식탁에 반찬 다 해놓았고요, 밥은 전기밥솥에 있어요. 저흰 맞벌이인데 그럼 어떻게 할까요. 광호가 옷보따리를 집어 든다. 그래, 알았다. 엄마가 전기밥솥 뚜껑을 못 여신 거 같다.

광호네로 간다. 며느리가 잔뜩 부어 쳐다보지 않는다. 목이 말라 방문을 연다. 며느리가 또 나오느냐며 소리 지른다. 방문을 닫는다. 몸이 사시나무 떨듯 떨린다.

임주 아버지가 호롱불 앞에 앉는다. 애들아, 옷 다 벗고 이불 속에 들어가 있어라. 임주와 경숙이가 옷을 홀랑 벗는다. 임주 아버지가 아이들 내복이며 빤스를 잡고 이를 잡는다. 톡톡 이가 터지는 소리가 난다. 임주 아버지가 빤스 고무줄이 있는 데를 뒤집어 호롱불에 댄다. 따다닥 호롱불에 이 터지는 소리가 난다. 임주와 경숙이는 이불을 뒤집어쓰고 장난을 치다 이 터지는 소리에 머리를 빼꼼 이불 밖으로 내민다.

임주 아버지와 둘이 살던 아파트에서 광호네로 온다. 며느리가 작은방을 가리키며 여기가 어머니 방이라고 말한다. 이부자리에 눕는다. 귓가로 엥엥 모기 소리가 난다. 귓바퀴가 가렵다. 눈두덩이 가렵다. 팔뚝이며 가슴이며 전신이 가렵다. 여기저기를 북북 긁는다.

경숙이와 정주가 온다. 아이고, 내 딸들. 경숙이가 얼굴을 보더니 깜짝 놀란다. 아니, 엄마 모기 물렸잖아. 세상에나. 눈꺼풀까지 물렸네. 눈두덩은 왜 이렇게 부었어.

정주가 코딱지만 한 창을 가리킨다. 언니, 여기 방충망이 찢어졌어. 모기가 일루 들어왔나봐. 경숙이가 발딱 일어나 방충망 앞으로 간다. 찢어진 거 보니 일부러 찢었네. 엄마 모기에 물리라고. 지들은 모기약 뿌리며 살 거 아냐. 못된 것들. 경숙이가 분을 삼키지 못한 채 다가앉는다. 엄마, 밥은 제때 줘요? 광호는 엄마가 이런 줄 알아?

고개를 숙인 채 손가락 마디만 만지작댄다. 지들끼리만 먹어. 지들 다 먹은 다음에 나오라고 할 때나 나가서 먹어. 오줌이 마려워 방문을 열면 또 나온다고 소리 질러. 에미가 무서워.

경숙이가 와락 소리 지른다. 어이구 속 터져!

정주가 머리칼을 만진다. 언니, 엄마 머리 좀 봐. 완전 떡졌어. 머리는 하늘로 솟구치고 길기는 왜 또 이케 길어. 야쿠르트 같은 거 엎지르고 거기에 그냥 누우셨댔나 봐. 풀 먹인 거 같이 뻣뻣해.

경숙이가 단호하게 말한다. 애, 내가 엄마 목욕시킬 테니 넌 엄마 머리 잘라라.

경숙이가 활활 옷을 벗겨 세탁기에 넣는다. 정주가 작은 의자에 앉힌 후 보자기로 어깨를 덮는다. 정주가 가위로 머리칼을 싹뚝싹뚝 자른다. 경숙이는 엄마 머리가 짧아지니 내 속이 다 시원하다고 말한다. 경숙이가 몸에 비누칠 해 닦는다. 가려움이 한결 덜해진다.


이른 아침이다. 소름이 돋고 머리가 주뼛 선다. 자리에서 일어나 임주 아버지를 본다. 불길한 느낌이 전신을 쭉 훑는다. 임주 아버지를 흔든다. 미동조차 하지 않는다. 이불을 확 젖힌다. 임주 아버지가 똥을 싼 채 숨을 안 쉰다. 어젯밤까지만 해도 임주랑 통화했는데 무슨 날벼락인가. 전신이 떨린다. 건넛방으로 갔다 부엌으로 갔다 안방으로 갔다 임주 아버지가 싼 똥을 들여다 보다 한다. 머릿속이 멍해온다. 손발이 후들후들 떨린다. 벌벌 떨리는 손으로 전화기를 든다. 광호야, 아버지 돌아가셨다.

임주 아버지가 준 돈으로 재봉틀을 산다. 석유등 불빛 아래서 재봉질을 한다. 치양 댁이, 임주 엄마는 솜씨가 좋다며 시어른 두루마기를 맡긴다. 며칠 안 걸려 두루마기를 끝낸다. 술 도갓집 하는 장집이네는, 임주 엄만 앞섶을 날렵하게 뽑는다며 혼수를 맡긴다. 약국 하는 순덕이네가, 임주 엄마는 옷을 잠자리 날개로 만든다며 환갑 때 입을 옷을 맡긴다. 사람들이 옷을 찾아가며 돈을 준다.

임주 아버지가 퇴근해 온다. 재봉틀 좀 그만 할 수 없소? 생활비도 넉넉하게 주는데 밤이고 낮이고 잡고 있으니 원. 다시 한번 재봉틀 잡으면 박살 낼 거요.

보릿고개다. 도용이네 할머니가 햇보리를 쪄서 멍석에 넌다. 숙집이와 할머니가 햇보리를 가래로 이리저리 훑으며 말린다. 도용이는 버짐이 잔뜩 핀 얼굴로 경숙이와 공깃돌을 논다. 임주 아버지가 퇴근해 들어온다. 하얀 쌀밥을 고봉으로 퍼 상을 차린다. 임주와 경숙이가 달려와 밥상 앞에 앉는다. 도용이가 공깃돌을 놓고 머뭇머뭇 마당을 나간다. 도용이를 불러 밥상에 앉힌다. 도용이가 임주 아버지의 눈치를 보며 쌀밥을 깨끗이 비운다.


횡설수설 말이 가닥을 잡지 못한다. 의사는 광호에게, 배우자를 잃어서 쇼크가 온 것이지 치매는 아니라고 한다.

정주가 광호에게, 엄마를 우리집으로 모시는 건 어떻겠느냐고 한다. 광호는 오빠를 두고 왜 너냐고 퉁명스레 말한다. 광호가 든든하다.


임주 아버지가 갑오징어를 잔뜩 사온다. 갑오징어에서 등뼈를 발라 햇빛 좋은 장독대에 놓는다. 임주와 경숙이가 갑오징어 등뼈로 공책에 쓴 글자를 지운다.

경숙이 얼굴이며 배에 두드러기가 난다. 경숙이는 고등어만 먹으면 두드러기에 시달린다. 임주가 벌겋게 성한 곳마다 갑오징어 등뼈를 갈아 바른다.

광호가 툇마루에서 댓돌로 떨어진다. 광호 이마에서 피가 나온다. 경숙이가 갑오징어 등뼈를 갈아 광호 이마에 문댄다.


경숙이네로 간다. 경숙이가 흑백 사진 한 장을 들이민다. 한복에 허리띠를 질끈 맨 채 펌프질을 하며 웃는 사진이다. 엄마, 엄마는 평생 한복만 입고 어찌 살았어? 불편하지 않았어? 이것 좀 봐. 흑백이라도 엄마 입술 새빨간 게 보여. 경숙이가 키득키득 웃는다.

엄만 맨 얼굴로 있었던 적이 한 번도 없었어. 아버지가 평생 바람을 피워서 화장빨로 산 거야?

경숙이가 돌보고 있는 손주 두 놈이 잠에서 깨 운다. 경숙이와 사위, 손녀, 증손주와 함께 저녁을 먹는다. 사람 사는 소리가 째글째글 하다.

방으로 들어온다. 광호, 내 아들 광호. 보따리를 싼다. 보따리를 푼다. 다시 보따리를 싼다. 보따리를 푼다. 싼다, 푼다, 싼다……

용미리 납골당에 도착한다. 임주, 경숙이, 광호, 덕호, 정주, 며느리 둘, 사위 둘이 납골당 건물 밖에 있는 단에다 술잔이며 포를 놓고 절을 한다. 돗자리에 앉아 단에 놓인 위패와 단지기를 본다. 노여움이 인다. 아버질 저런 간장종지만 한 데다 넣다니. 임주가 깜짝 놀라 소근댄다. 엄마, 단지가 아니라 유골함이야. 유골함은 다 저래. 임주를 째려본다. 아버질 저런 간장종지 같은 데다…… 임주가 움찔 놀라며 등을 쓸어준다. 눈물은 나오지 않는다.

사지가 툭툭 꺾인다. 몸이 철푸덕 내려앉는다. 숨이 왈칵왈칵 새어나간다.

한껏 달아오른 가마가 시원하다. 살이었고 마음이었던 몸이 시원하게 탄다.

임주, 경숙이, 광호, 덕호, 정주가 운다. 엄마, 엄마, 운다.

광호가 유골함에 뼛가루를 붓는다.

덕호가 유골함을 안고 꺼이꺼이 운다.

유골함에 새겨진 글자를 내려다본다. 전다희 1921년 음력 3월 22일 생. 2008년 음력 1월 9일 졸.

연줄이 툭 끊긴다.

임주 아버지도, 임주도 경숙이도 광호도 덕호도 정주도 한꺼번에 사라진다.

일곱 살 때 돌아가신 어머니가, 병석에 누워만 계시던 어머니가, 사뿐사뿐 다가온다. 시내야, 이리 온.

예, 어머니~. 어머니에게 달려간다. 흰 고무신이 흰 돛단배로 난다. 연분홍치마에 흰 저고리가 코티분 향으로 나풀댄다.

탯줄이 마르고 얼마 즈음이면 말을 시작합니다.

또 얼마가 지나면 글을 배웁니다.

말과 글로 나이를 먹습니다.

나이가 두터워질수록

고요한 바람에 대해, 흐느끼는 비에 대해, 어둠의 날개에 대해,

툭툭 솟다 까무룩 꺼지는 마음에 대해, 글로 쓰기가 어려워집니다.


모르는 것도 많아집니다.

발 하나를 들이밀고, 또 발 하나를 들이밀지만, 고개는 자꾸 갸웃거려 집니다.

오랜 세월 듣고 배우던 말과 글이 이렇게 어려운 줄 몰랐습니다.

다행입니다.


열한 편의 단편을 묶어 여덟 번째 책을 냅니다.

엄마에 관한 단편도 들였습니다.

엄마가 곁을 떠나고 나니 이제야 조금씩 보입니다.
엄마를, 깊이 안아줍니다.

각각의 마음이 성겨 이곳 거제로 내려왔습니다.
살아보고 싶었던 곳이기도 합니다.
공간을 옮긴다고 마음마저 가벼워질 순 없겠지만
무게는 많이 덜었습니다.

도무지 알 수 없는 하늘과 바다와
깊은 한숨과 반짝 터지는 생각들에
깜짝 놀라는 나날입니다.

2022년 4월
거제에서 김정주